飞凤家

白描 署

白描 著

作家出版社

目录

contents

至情至性　妙手白描（代序）

高洪波

白描是我的同事，又是相知很深的好友。他退休时的岗位是鲁迅文学院的常务副院长，而鲁院恰恰又是我的母校，这让我对白描多了几分敬意。

白描让我感佩的当然不仅是他的工作岗位，尽管他尽心竭力为文学事业培养接班人，我想说的是他的为人处世以及健朗的生命态度，他的文化修养和对生活中美好事物专注不懈的追求寻觅。如果再往深处细处说，是我们两个人不约而同的爱好与兴趣，让我没法不喜欢白描。

我们首先喜欢足球，这种喜欢既时尚又大众化，尤其是四年一届的世界杯期间，应该是我们最欢乐的时光。1994年夏天，中华文学基金会第一届"21世纪文学之星"评委会召开，由冯牧、袁鹰、张锲、谢永旺领着雷达、秦晋、崔道怡、张守仁一干人马入住京郊戒台寺，住的是小恭亲王溥心畬的老宅，我和白描是小字辈，每天白天讨论评稿，晚上看世界杯，过瘾。但有一点不足，由于时差原因，半夜看球是必须的，大家无人带闹钟，注意：那时手机不普及，所以叫醒众球迷的任务落在了白描的身上。他为了完成唤醒者的艰巨任务，每天晚上大量喝茶，以膀胱替代闹钟，结果每场好球我们都没耽误，白描多棒！

那时的白描刚从陕西调京，在外国专家局工作，他的夫人毕英杰，是曾在陕北插队的北京知青，白描自然对北京知青生活比较了解，这让他写了一部感人肺腑的报告文学作品《一颗遗落在荒原的种子》，毫无争议地获得当时的最高奖——全国优秀报告文学奖（鲁迅文学奖前身），而他的长篇《苍凉青春》早已获得很大影响。正是这些作品让我窥见白描艺术才能和巨大潜力。那时他还没有成为我的同事哪。但我知道他主编过西北文学大刊《延河》，与路遥、贾平凹、陈忠实都是好朋友，从内心里认定：白描不该属于外国专家局，他该归队。

后来白描真的归队，先配合后接替他的老乡和好友、著名诗人雷抒雁，成了鲁院负责人。

既为作协同事，来往便多，何况我们都喜欢养狗、藏玉，共同的爱好，想不成为朋友都不行。我在白描家看过他心爱的阿富汗猎犬可汗，长发披肩的大狗可汗居然很内向甚至腼腆，对我家的美女犬谷子避让再三，端的好风度。除了爱犬，白描对玉文化的精深造诣在我看来是作家圈里首屈一指，他对古玉有心得，对今玉有理想，甚至成为若干玉雕大师的知音和导师，这让白描写了一部奇书《秘境》，这部书展现了白描丰厚的文化底蕴及记录生活与时代的能力。

你必须认可：世界上任何一件事，只要白描想做，就一定做到极致。譬如书法，白描想练了，他就成为很好的书法家；譬如打保龄球，白描想打了，就成为一流高手；譬如钓鱼，白描想去挥竿垂纶了——淡水黑坑钓，他会成为渔场老板的悲怆乐章；海钓，他会成为降服大海巨物的出色渔人。

白描就是这样一个人，哪怕是大病骤降危机四伏，他从容淡定地应对，出院后将此等伤感万分的经历转换成又一部纪实文学《被上帝咬过的苹果》。白描就是这个有色泽有分量有香气更有味道的苹果，他示人以刚强、顽韧，又示人以修养、学识，风雨云烟两由之，云在青天水在瓶，用生命的快乐真谛书写人性的光辉，用认真而不敷衍的人生姿态应对各种挑战，所以我说白描是作者、学者，更是一个强者。

白描的性格另一面是外圆内方，眼里不容一粒沙，在许多事情上敢于仗义执言。在刚刚结束的中国作协九代会上，我与白描同组，在讨论会上，一个老同志对某位逝世诗人有不实指责，他当场批评驳斥，不留一点情面，举座肃然。另外，针对另一个老同志在微信上传播关于我的不实信息，尽管白描与之交情亦厚，但在批评他之后，逼他向我道歉，这虽然是件小事，但小事见气节与人品，你不佩服都不成。

白描为什么成为我说的妙手？盖因象棋有高手、妙手与正手，俗手乃至臭手之说，人生如棋局，妙手能举一反三，出其不意，每走一步，后面的结果都让你赞叹不已。

妙手白描，退休后潇洒从容，游走于他的文学世界，佳作迭出；也悠闲自在，垂钓于北海碧波之间，风浪中擒大鱼于掌上。除了羡慕嫉妒恨——哦，没有恨，只有佩服，除此之外，岂有他哉！

高洪波，诗人、散文家，中国作家协会副主席。1951年12月生于内蒙古。出版作品有儿童诗集《大象法官》

《鹅鹅鹅》《吃石头的鳄鱼》《喊泉的秘密》《我喜欢你，狐狸》《种葡萄的狐狸》《少女和泡泡糖》《飞龙与神鸽》，散文集《波斯猫》《文坛走笔》《高洪波军旅散文选》《司马台的砖》《人生趣谈》《为二十一世纪祈祷》《柳桃花》《避斋走笔》《高洪波散文选》，评论集《鹅背驮着的童话——中外儿童文学管窥》《说给缪斯的情话》等。散文集《悄悄话》获全国第三届儿童文学优秀作品奖。《我想》获全国第一届儿童文学优秀作品奖，其中，《我想》这首诗和张继楼的《童年的水墨画》一起进入了人教版语文五年级下册的第九课《儿童诗两首》。

飞凤家

　　我的家乡出过一个人物：于右任。于右任的老家斗口于村，距我家手巾白村五六里地，孩提时，在秋日的风雨过后，我们村一帮孩子，常去斗口于村捡拾落果。那里有一片很大的果园，早年于右任在家乡搞农业改良试验，建了斗口农事试验场，果园那时就有了，引进了多种优良品种的苹果。新中国成立后斗口农场成了国营农场，那是我们孩子的向往之地，买果子要花钱，但捡拾地上的落果却不用，苹果有黄元帅、国光等，虽然落果大都跌破或有腐烂，却是不花钱的解馋吃物，收获不会很多，但那也会让我们兴高采烈。

　　我们两个村子，地处泾阳和三原两县交界处，一直归泾阳县辖，新中国成立后一会儿三原，一会儿泾阳，归属几经变动，现在属于泾阳地面。泾阳地处三秦大地腹地，被誉为关中平原的"白菜心"，中华人民共和国大地原点就在离我家10里外的一处高地上。县西50里是唐太宗李世民的陵寝九嵕山，形同笔架，人们叫它笔架山；县北30里是嵯峨山，五峰并峙，也形同笔架，人们叫它北笔架山。两架笔架拱抱泾阳，于是有了说道：

此地必出文曲星。后来仅现、当代便出了于右任、吴宓、冯润璋、李若冰、雷抒雁等。

于右任早年在家乡致力于办学兴教，我的父亲曾在他开办的小学念过书。父亲曾向我回忆：于先生让人把桌子在操场一字排开，学生们写字，他逐一察看，见写得好的，便当众夸奖。父亲说，他的毛笔字曾受到于先生的表扬。于右任的鼓励，让父亲好不得意，后来他虽做了农民，刨挖土地终其一生，但对笔墨依然心存眷恋，在我刚识得几个字时，他便把毛笔塞到我手中，说字是一个人的脸面，字不行，便颜面无光。他告诉我，于先生说过："写好飞凤家，天下人人夸。""飞凤家"三字最难写，他写了这三字，让我照着写。在我慢慢对写字有了兴趣后，家里泥皮墙上，到处都是我用锅墨写的"飞凤家"，还有一些类似口号的涂鸦。庄户人家里少不了麻袋、口袋类盛粮物具，村人拿来让父亲在上边写名字，以作标记免得丢失，后来遇到这样的事，父亲就让我代笔。我很喜欢在口袋上写字，这是一种颀长袋子，用粗棉线编制而成，能装百十斤粮食。毛笔落在棉织物上，比涂在土墙上的感觉要好得多。

古来家乡人便崇文重教，农民里，毛笔字写得好的人多不胜数。"文革"后"清理阶级队伍"，大队举办审查对象学习班，我刚返乡做了农民，便让我去做记录。审查对象里有个老地主，腰间挂一只粗布小袋，让他写交代材料，他便从腰间解下袋子，打开，拿出一方黄铜墨盒，一支细管毛笔，满把老茧的粗手却写得一手漂亮的蝇头小楷，直教人心里不由赞叹。他的字我是喜欢得不得了，百看不厌，在我看来无异于法帖。学习班结束时，我偷藏了两份他的交代材料，一直保留在手边。

于右任已作古，父亲已作古，老地主已作古，但故乡的传统没有丢。故乡的书法家层出不穷，他们很牛，别人问："你临谁的帖?"答曰："没临过帖。"问者吃惊："没临过帖，字写得这么好?"再答："我临碑哩。"西安有碑林，那是闻名于世的书法宝库，临碑比临帖听去更唬人。虽有吹牛的嫌疑，但得条件便利，可常去碑林接受浸礼，也非诳语。记不清我去过碑林多少次，上大学时五分钱门票，我不吃不喝在里边从早上开馆待到晚上清场闭馆。米芾讲："石刻不可学，但自书使人刻之，已非己书也。故必须真迹观之，乃得趣。"也许米芾的话自有道理，但在我感觉里，碑刻的汉字艺术，读来更能使人心旌摇荡。

我常感叹天下字写得好的人是那么多，《三希堂法帖》32册，收录自魏晋至明134位书法家的作品，只是乾隆年间内府所藏之精要，历朝历代官方民间还有多少书家可为法式楷模，那是一个说不清的数字。走到各地城市大街上，最吸引我眼球的是店铺牌匾，我一直固执地认为牌匾上的题刻，是一个城市文化底蕴的代表性符号。父亲说字是人的脸面，我以为牌匾是城市的脸面，一个城市的水有多深，看看大街上的牌匾，心里便大概有了数。有些匾额，字写得颇有气象，看署款，闻所未闻，让人心里直感叹散落在民间不知有多少高人。

字，本是一种实用书写符号，但汉字的魅力就在于可以独立成为一门艺术。古人解释：仓颉之初作书，盖依类象形，故谓之文，其后形声相益，即谓之字。汉字创造之初，形是第一要素，这形在数千年发展演进中，出落得活色生香，摇曳多姿。字因人异，不同的书家会有不同的书体，这便构成了书法艺术的恣肆汪洋。

我之习书，皆因兴趣，沉浸在翰墨书香中，实属人生之大乐趣。南朝书法家王僧虔讲："书之妙道，神采为上，形质次之，兼之者方可绍于古人。"神采最难得。我一向认为，从汉字脱颖出来的书法艺术，不同书体不同造诣不仅给人不同的视觉印象，而且给人不同的审美感受。在这黑白对比的审美感受里，首要的是书法意蕴提供给观者的审美愉悦。激活这愉悦感觉的酵母就是神采。我一直向往自己笔下有鲜活神采，也一直为之努力，但所得不多。每每看到别人字写得那么好，自己便沮丧得很，好在汉代赵壹一番话聊可自我安慰。赵壹讲："凡人各殊气血，异筋骨，心有疏密，手有巧拙，书之好丑，在心与手，可强为哉？"喜欢，投入，就行了。

2014 年 11 月 18 日

海豚起舞的地方

在北海养老，是在那个海豚起舞的日子萌生念头的。

2012年，步入花甲之年，即将迎来退休，忙了一辈子，累了，该歇歇，该换一种新的活法了。春节前，就和妻子商量，这个年怎么过。妻子说，去北海吧，那里气候温暖，空气清新。妻子曾两次到过北海，我也在北海参加过一次文学界的会议，对南国这个滨海城市感觉不错，于是我们便有了一个不同以往的假期。

在北海火车站对面的"海尚巴黎"租了房，踏踏实实住了下来。没有京城过年的喧闹和应酬，身心彻底放松，银滩，冠头岭，红树林，合浦，老城街道，四处游玩，累了，在街边可供休憩的地方随便一坐，沐浴着南国的暖阳，或者选一咖啡馆，凭窗临海，要一杯牙买加蓝山，听着音乐，有心无心翻看着杂志，任轻拂的海风梳理着散漫的思想，任时光无声无息在耽迷中滑过，如此悠然随性，惬意了得！

这个时节，北方还是冰天雪地，但银滩却已经有人下海嬉水了。元宵那天，丽日当空，蓝天如洗，朋友租了船，约我去海上垂钓。一向喜欢钓鱼，但过去玩的是淡水钓，海钓没玩过，自是欣喜。

小船从侨港出发，船家是渔民，我和朋友任他随意而行。初次海钓，钓技生疏，这一天渔获不多，红腊、黑腊、白鲳，总共钓了不到十条，但钓多钓少不重要，要的是一种感觉，一种体验。中午阳光最好的时候，我们甚至抛下钓竿，拿出准备好的啤酒和佐酒之物，在船上小酌。北部湾的空气是透明的，海水碧蓝，阳光在浪花上跳跃，耀金闪银，有些晃眼，小船也在碧波上轻晃，像摇篮，人就被晃进缥缈迷离亦真亦幻的醉意里了。

午后从海上返回，经过冠头岭附近水域，看看时间尚早，遂选了一处钓点让小船抛锚，我和朋友再度抛竿。

这里多是石头公。这家伙很讨厌，一咬钩就钻进石头缝里，鱼钩被挂住，只能耐着性子等它重新钻出再收线。但惊喜正是在这个时候出现的——在距离我们不远的海面上，忽见一群大个儿东西在游动，我的第一反应是鲨鱼，心里一紧，叫出声来。船家笑道："不是鲨鱼，是海豚。"

海豚？这地方有海豚？定睛看时，果真是海豚，数了一下，共九条，其中两条还是白颜色。这群海豚在四五十米开外的地方游弋，有着美丽曲线的身体时而浮出水面，时而隐进碧波，时而只露出光滑的背脊，时而潇洒一跃，溅起的浪花在阳光下晶莹闪亮。它们优哉游哉地追逐嬉戏，姿态高贵又优雅。离海岸这么近，竟有成群的海豚，可谓奇观。

想靠近一些，船家让船向前行驶了一段，说不能再近了，再近它们会游走。我们停泊下来，那群精灵丝毫不为我们所扰，依然在那里悠游嬉戏。船家说，北海生态好，海水干净，海豚常在附近海上出没，这对他们早就不新鲜了。对北海人不新鲜，对我却是个惊喜。有关海豚的故事，在人们传说和文艺作品中不胜枚举，这东西温良，有灵性，通人性，素来与人类友好相处，还有说法，人在海里遭遇危急关头它常会挺身相助，它们是人类的朋友，是美丽与吉祥的象征。在这个新春的上元之日与它们邂逅，是幸运，是吉缘。

回到住处给妻子一讲，妻子也是称奇。妻子对北海有一种特殊的喜爱，这喜爱来自她最直接的感受：在北京皮肤总是干燥，冬日里洗了手，要是不涂抹润肤霜，马上就粗糙干皱，尽管她从小生于斯长于斯，对此也不能适应；北海呢，大冬天脸上手上什么也不用涂抹，却柔爽滑润。她是教师出身，职业缘故患有咽炎，北京霾重，嗓子总是难受，而在北海这儿咽炎竟不治而愈。最奇妙的是，她近年血压忽高忽低，已经开始用药，但到北海不到半个月，那血压变得正常了，停了药也保持稳定，这真难以置信。当地朋友解释说，北海的负氧离子是北京的数十倍、上百倍，负氧离子高，心血功能得到改善，血压自然就会趋于正常。这种解释是否在理，我不知道，但妻子身体传递出的信息，却委实是让人高兴的。

我对北海感兴趣，在于它的悠然与从容，用流行的话说就是慢生活。数十年来陷在工作里，事务缠身，难得清闲，还有必须应对的各种人际关系，必须承担的各种责任与义务，喜欢与不喜欢的人，喜欢与不喜欢做的事，不由你来选择，都必须面对，你是一枚螺钉，拧在哪儿就得在哪儿吃劲，或者说你只是一个庞大系统里的小部件，你的一切行为，只能按照设定的程序来运行。还有生活中那些几乎每天都摆脱不开的烦恼，那些随时会袭来的坏情绪——赶飞机，前边的道路突然被堵死，盯着手表眼看要误了航班，却干急无奈。去医院开几片感冒药，好吧，排队，乌泱乌泱的人群如同集市，领到药已是半天过去了。有些本该是愉快的事儿，你要参加，心里也不免发毛，比如赴宴，外地朋友来了，说一个地方欢聚，约好6点，4点钟你心里就紧张起来，规划行车路线，盘算着如何绕开拥堵，席间要是喝几口，自然须请代驾，一趟往往就是几十公里。周末休息日，该轻松了吧，可是一些有关文学方面的会议，如某个人的研讨会，某部作品的首发式，某项活动的开幕仪式，邀请你去。选择周末是因为不上班，大家都有时间。请你就是要你去捧场，都是熟人或朋友，不去就是不识抬举，就是不给人家面子，就会得罪人。这样的活法是常态，打不破，挣不脱，免不了。出了京城，走进北海，这一切都抛开了，生活运行轨迹由自己划定，可以在影院看午夜零时首映的新片，可以睡到日上三竿，可以晃晃悠悠去沙滩上溜达，可以在小馆选几样海鲜，开一瓶小酒轻酌浅饮。北京有什么事来电话，回一声"人在北海"，就一句，便可以推却。仙家有蓬莱，佛家有乐土，陶渊明有桃花源，这些不去想，有了北海的这份闲适与自在，于我就足够了。

当然我明白这一切都是短暂的，我和妻子，假期过后还是要回到京城去，回到那条老路上去，那里有家，那里是安身立命之地，烦也好，腻也罢，终难脱身。

妻子却说："退休后，我们就来北海好不好？"

妻子有了想法，她想在北海有个自己的窝儿。

北海房价便宜，朋友陈建功、冯艺几年前在北海买了房，几次动员我也在北海选购一套，我未曾动心。但今天，在这个海豚起舞的日子，妻子的提议倒是让我动了心思。

那就先看看房吧。朋友带着跑，看了几处。北海亚热带气候，植被葱翠，四季花红，银滩边上有一楼盘，海景房，园区像是精美的公园，两室一厅在北京也就是一间厨房的价格，决心一定，买了下来。

此后每年冬天，我们都是在北海度过。

在我的感觉中，北海是一个半梦半醒的城市。作为中国首批开放的14个沿海城市之一，她的发展比其他城市滞后，至今城市人口不到60万，没有大工业，没有如潮的人流喧嚣，没有白热化的竞争带来的紧张与不安，日常生活节奏不徐不疾，如钟摆按照既定的节律向前运行。徜徉在老街，那未经修饰样貌斑驳的古建，那静幽深邃的小巷，那生长出蕨类植物的墙头和爬满青苔的墙角，那悬挂街边的老式路灯，都仿佛是时光雕刻出的怀旧之作，引人生出遥远的遐思。北海产珍珠，称作珠城，有道是"东珠不如西珠，西珠不如南珠"，珍珠里的上品南珠就产在北海，进到店里选一颗如孔雀翎般的彩虹珍珠，捧在掌心欣赏，倏忽间眼前就闪现出神话里的螺女，那碧波仙子舞步盈盈倩笑吟吟，从缥缥缈缈的地方翩然而至。去菜市场，挑担的妇女就守候在街边，菜蔬碧绿鲜嫩，称两斤荸荠，女人拿起小刀，一个一个替你削了皮，塑料袋儿装好递到你手里。城市里出租车不多，有趴活儿的"黑车"守候在小区门口和商场近旁，"黑车"心不黑，北海地面不大，一趟活儿一般也就二三十，十块八块也拉。没活儿了，司机也不着急，哥儿几个就凑在车前甩扑克，一天能挣多少算多少。日暮时分，鸟雀归巢，人们就去街头海滩溜达，兴致来了，进得海鲜大排档，三五人，百十块，吃吃喝喝心满意足。

北海不温不火，不急不躁，有种柔性的坦然澹如。这让我联想到在江南小镇见过的情景——居家过小日子的妇人，从市场买两根鲜嫩青葱，一枝清香栀子花，行走在石板路上，与街坊熟人打着招呼，悠然转回家去。还有谁家小媳妇，捧了锅碗瓢盆日用家什，蹲在小桥流水的青石阶上，一边洗涤，一边与身旁的伴儿谈笑，流水缓缓，辉映着她们的笑脸，光影离离，勾画着她们的身姿，日子就这样从她们指缝和笑声中流走。还想起古人画上的情景，日影迟迟，幽帘轻垂，残梦未销的佳人"懒起画娥眉，弄妆梳洗迟"，那番慵散怩娇，蛮是勾人情思。北海的模样，就如这江南女子画中佳人，安适散淡，怡然从容，时光在这里拉长，如旧梦，如老酒，有了一种可供品味的深邃。

到处听人抱怨环境恶化，空气污染，北方的霾天，已成大患，人们如同遭逢兵燹匪患，人心惴恐，山河惊惧。2016年岁末，小半个中国雾霾肆虐，学校放假，汽车限行，北海一下子涌进许多操着北方口音的外地人，听说逃往海南的人更多。这个时候我正在北海，在微信上，我转发了一组九张图片，七张图是七个城市的霾景，其余两张，一张是蓝天白云下北海清朗的城市景色，一张是北海优质空气报告的实时截图，图片的对比真够刺激人。文字说明中我写道："我在北海。没有丝毫的幸灾乐祸，我那远方的家，我那远方的故乡，我的身在远方城市的朋友们，也本该享受这样的蓝天和阳光。"在推崇"发展就是硬道理"的30多年里，北海经济指标未曾冲在前列，也许让人遗憾，但她避开了先破坏、再治理的发展误区，留下了蓝天白云，留下了河清海晏，留下了清明澄澈的空气和纳芬吐芳的城市，留下了可供后人作为的巨大空间。在古哲先贤天人合一理想的照耀下，北海人在未来的岁月里，尽可以按照自己的心性，为这个城市描绘如意蓝图。

北海聚人气，许多作家不约而同选择北海作为养生写作之地，除了捷足先登的陈建功、隋丽君、冯艺、张燕玲之外，近几年，黑龙江的张雅文，上海的张重光，湖南的陈启文，陕西的穆涛，北京的詹福瑞、李美皆、周家旺，广东的杨克，甘肃的郭伟、赵亮，等等，都在北海购了房，寻找到了闹市之外的一片清静。不久前《中国作家》副主编高伟出席北海文学周活动，刚刚逃离北京的雾霾，一到北海，面对蓝天碧海，呼吸着清新的空气，即刻醉了，活动结束专门用两天时间看房，选了一家，地段价位都很理想，20：50航班返京，18：30匆忙签了购房合同。除了自然环境，北海文学界有一帮很好的人也是一个因素，身为市人大常委会副主任的作家廖德全，作家、宣传部副部长梁思奇，文联主席董晓燕，作协主席邱灼明，作家诗人顾文、阮直、庞白、伍道扬、谢凌洁、陆刚夫、小昌……这个文学团体风清气正，和睦友善，待外来同道如兄如弟，如姊如妹。这是一个文学大家庭，平时无事，各忙各的，彼此惦记了，电话招呼一声，选个可人去处，把酒话家常，痴情说文学。感受着这样的气氛，享受着这样的友情，如饮醍醐，如沐春风。

享受北海，最难得的，是心灵的那份宁静。退休时，曾给鲁院同事留赠十首五古，正是在那个新春欣赏海豚起舞之后写的，题记写道："壬辰春节适南国北海度假，高天丽日，碧海银滩，令人心旷神怡。年步甲子，公务将卸，过往知寒暑，晚来向林泉，人生又开新境，悠游哉从心所欲，早心向往之也。然回想职内所历，复多感慨，神之所至，信笔且涂，一日一夜竟得五古十首。逝者如川，不舍昼夜，且托殷情于片纸，惟寄厚望于来者。吾鲁院之事业，更光耀于未来。至祈。至盼。"十首里边的第一首便是："曾经陈蔡厄，昂昂未踟蹰。举杯中兴日，长揖归田庐。"职场生涯结束，长揖谢幕，田庐何处觅，身心何所托？其实心里是有数的，那就是北海。

900多年前，苏东坡获赦，从海南渡海经徐闻抵廉州，廉州即当今的北海合浦。在徐闻，东坡先生感慨自身命运，留下诗句："芒鞋不踏名利扬，一叶虚舟寄渺茫。林下对床听夜雨，静无灯火照凄凉。"到了廉州，心情大好，挥毫书写"万里瞻天"四个大字，这四字如今仍悬挂于合浦的海角亭。苏东坡是遭遇坎坷之人，自然有种翻江倒海般的心情，而我却是盼来了一份安适，到手的是可以任由自己心性裁剪的岁月，倒合了东坡居士另外一种感触："芒鞋竹杖自轻软，蒲荐松牀亦香滑。"还有唐代诗人张祜的那份洒脱："朗吟挥竹拂，高楫曳芒鞋。"一些早在计划中要写的东西，在北海付诸实施，文化非虚构长篇《秘境》，在北京拖拖沓沓耽搁了几年，特别是下部《翡翠纪》，涉及很多考据性内容，写作时必须摊开一河滩文献资料，没有个持续整段的时间效率会大打折扣。2014年年底，告别京城，托运了两纸箱文献资料，一头扎进北海，没有干扰，没有应酬，心无旁骛，就像唱戏，那气口不会被打断，浑圆自如，接续从容，几个月就完成了难啃的《翡翠纪》。新近一部长篇计划，也决定放在北海完成，入冬前，和妻子就到了北海，一改迟眠晏起的生活习惯，晚夕早早高枕安寝，清晨曙光初露即起床出门，在园区花园走上几圈，回到住室即开始写作。妻子准备好早餐，招呼上桌，出了书房，先去阳台上，眺望红日从东方升起，海面上铺开绚丽早霞，点点渔舟驶向远方，就觉得这新的一天有了鲜亮的色彩和盈盈的充实。

看新闻，又是霾天，担心京城女儿一家，心疼正在呼吸那污浊空气的小外孙，心情郁闷，干脆散心去罢。约了朋友去海钓，那天竟钓得一条巨大的黑腊鱼，驾船的渔民也说不容易。照片在微信上一发，引得朋友圈一片赞叹。还想重温邂逅海豚的情景，看那精灵在碧波里起舞，遗憾未曾看到，我知道那机缘是可遇而不可求，在北海，已经有了一份属于我的因缘际会。本是一个西北土著，从长安城到北京城，再到天高海阔的南国珠城，生命里平添了迥然不同的体验，老来对生活还抱有新鲜感，也算是一种幸运罢。

吾心安处是故乡，北海，就拿她当家了。

2017年1月6日于北海

梅州人

去广东多少次，记不清了，但从未去过梅州。梅州地处粤东北一隅，多是山地，远离广州、深圳、珠海这些热闹都会，珠三角一带优越的地理位置和数十年改革开放滋养的风光，吸引了人们的目光和脚步，而梅州距这些流光溢彩风姿摇曳地带五六小时车程，就像一般人游览了一个大公园，不会绕一圈再去看后墙外的景致，去广东，梅州往往就被错过了。

不去梅州，是个遗憾。

我是出席全国文学院院长联席会议第一次到梅州。此前对梅州的了解，只有泛泛几点印象：侨乡，客家人主要集中聚居地，球王李惠堂、元帅叶剑英的家乡。到了梅州，才知梅州是一本大书，值得细细阅读，深深体味。

梅州被称为"世界客都"。史料记载，自东晋始，在跨越1500年的岁月里，中原汉民由于躲避战乱等原因，经历了5次大规模的南迁，他们在赣、闽、粤、川等地落脚定居，形成了中华民族中一支独特的民系——客家民系，世称客家人。梅州是一处客家人主要集中聚居地，客家文化在梅州表现得又最为突出鲜明，所以来到梅州，客家文化所展示的独特魅力，格外耐人寻味。

客家人主要标志之一，是他们的居所。福建永定土楼的名气很大，已经列入《世界遗产名录》，梅州的围屋、围龙屋，与永定土楼一样，是客家人留在世上的中国古建筑的一朵奇葩。据统计，梅州现存客家围龙屋总数有2万余座，遍布于全市各地，一般都有200年到300年乃至500年到600年历史。这些别具风格的建筑，以静默的方式，向来访者叙说着一个独特社会的历史话本。

这些围屋、围龙屋给我突出的印象，是一个"围"字。它们一重重、一叠叠包围环绕，构成严整的封闭格局。这种封闭格局的首要功能是防御。不难想象，当客家人山重水复地从中原迁徙而来，在一块原本贫瘠的土地上创立家业后，首先要保护自己。山鬼猛兽要防，兵匪盗贼要防，因利益冲突可能结下的仇人冤家要防，他们忐忑不安，高度警惕，戒备心极重。在大山野里，由这些围屋构成的一个个小的社会聚落，成为一个命运共同体，支撑起属于他们的一片空间。

围屋围起来的是同心同德、生死相依、休戚与共、荣损一体的生存理念，是一种向心力。毫无疑问，这利于稳定，利于管理。可以想象，这样一个对外戒备森严的社会聚落，对内，一定却是极其开放的。在我的家乡陕西关中，那些以宗族为构架形成的村落，就有这样的特点，对外很保守，耕读传家是理想，出门为官做生意的人并不多，在他们看来，守住自家一片土地，老婆孩子热炕头，比在外强多了，不到迫不得已，绝不出门一步，外边的东南西北风在村口就被阻绝。但在内，村东谁家来了客人，村西各家马上知道；谁家媳妇茶饭好，谁家婆婆针线差，张三家的老镬沉，李四家的风箱轻，村人尽知。家家户户之间，很少能有相互隐瞒的事情。这种对外封闭，对内开放的文化形态，构成一种超稳定的聚落构架，成为支撑整个社会的一个坚实的基本单元。

但梅州与我的家乡又不同，不同在于这里的客家人不守成，敢出手，既想进来，又想出去，而且出去，似乎成为他们进来之后的最大愿望。

那些客家民居，也在告诉我们梅州人这种观念悄然又强烈的转变。

梅州客家民居包括围楼式、围龙式、殿堂式、中西混合式等。围楼式的民居建筑有方形围楼和圆柱形围楼两种风格，是客家人来到梅州初期的一种民居建筑形式，主要功能是便于防守自卫。那时客家人势单力薄，但到了后来，随着中原汉族多次大批南迁，客家人在数量上已经超过了当地人户，而他们的文化、物质条件又有了较大的进步，于是我们便看到了客家民居建筑的变化——由全封闭形式转向半封闭形式的"围龙屋"建筑。再到后来，又有了殿堂式、中西合璧式等更为开放的新型民居建筑。

位于阴那山五指峰西麓的桥溪村，让全国文学院院长们惊讶不已。我们在这个山清水秀的小村落流连忘返，在落日熔金的霞辉里欣赏梅州人带给我们的另一种创造。当地陪同参观的人员介绍说，桥溪村于明万历年间开村，主要有陈、朱两姓，经历数百年艰苦创业，营造了一个风光秀丽、别有洞天的桥溪村庄。村落布局为狭长东西走向，东水西流。村内客家民居建筑林立，有世德楼、宝善楼、世安居、继善楼、燕诒楼、仕德堂等，其代表性建筑继善楼，由印尼侨商朱汀源等五兄弟于清末联合兴建，前后历时12年，耗洋12万建成。继善楼坐北朝南，平面布局为多轴线横向长方形，中轴对称。正立面为硬山式，侧立面和后立面为悬山式，凹式轩廊大门，披檐式小门，门额悬"继善楼"木制横匾。石砌高台基，绿色琉璃瓷饰门坪通栏，灰瓦面，夯筑土木石结构。共有房间64个，大小厅堂32个，天井5个。陪同人员介绍，这是典型的客家传统民居建筑二层六合杠式楼房。

相对于早期那些围屋、围龙屋，桥溪村民居的变化已经很大了。在我看来，这种变化，是"收"与"放"、"守"与"取"的变化。早先的围屋、围龙屋，内敛，收束，重藏重纳，而眼前的继善楼，通放，豁达，开合有致。这种变化，应归于处世观念和文化姿态的变化。由收到放，由守到取，于此可以看出，愈往后，梅州人是愈开放，愈自信了。

客家人在海外很多，其中从梅州走出的客家人为数不少。梅州客家华侨过南洋，一般都要到松口坐船到汕头再换船到世界各地，松口是客家华侨在家乡的最后一站，许多客家人就是在这里住上最后一晚，天亮后便挥泪告别故土及亲人前往遥远的南洋谋生，所以它是海外客家侨胞的心灵家园，名气极大。据说早先侨胞给家写信，只写"中国松口"即可送到。

梅州人走出去另外一条路，便是读书进取。一首客家童谣，梅州妇孺口皆能诵："月光光，秀才娘，骑白马，过莲塘。莲塘背，种韭菜，韭菜花，结亲家。亲家门口一口塘，放个鲤嬷八尺长。短鲤拿来煮酒吃，长鲤卖来做学堂，教出学生个个好，朝朝早起向太阳。"童谣反映了客家人崇文重教的观念风尚。客家人经历了人生路上太多的悲苦坎坷，他们知道，要改变自己的命运，唯有求知谋进。于是，发奋读书，立志成才，求取功名，光宗耀祖，成为客家青少年不懈的追求。

在梅州，在一些家族祠堂门前，我们常能看到一种叫作"石楣杆"的圆形或方形石柱，高五六米，是用一段段条石雕凿而成，然后再把它们衔接竖立起来。这是客家人的旌表之物。古代，族中倘有人考取进士，除在祠堂大门或厅堂上高悬"进士及第"的匾额外，还要在祠堂或围屋门前竖立石楣杆，以示荣耀和激励后人读书仕进。清代，除了进士，凡举人、贡生、监生、秀才等有功名的人，也可竖立石楣杆，只是底座以八角、六角、四角形相区别。近代，那些高官、富商以及对家乡建设做过重要贡献的海外华侨，族人也为之竖立石楣杆，以示流芳铭念。

祖先艰难进来，后辈立志出去，一进一出，敢进敢出，成为梅州客家人最为独特的气质，最终也成全了梅州。梅州有一处院士广场，大理石铺成的台阶逐级通向广场中央，显得豪华气派。通道两边红色大理石建成专栏，分别刻印有古德生、李国豪、王佛松等23位梅州籍院士的生平简历和主要功绩，广场里分布着院士们的半身雕像；广场中央矗立着三根粗壮的石楣杆，直指云霄。石楣杆均为花岗岩石质，工艺精美，构思巧妙，分别雕刻有莲花、蛟龙、鲤鱼等图案，莲花象征客家人纯洁向上，蛟龙象征客家人自强不息，鲤鱼象征客家人人才辈出，可谓构图优美，意象丰沛。

漫步在院士广场，我不由感叹，梅州人口不到500万，竟出了23位院士，不能不说是个奇迹。

既有坚守又有进取，既懂收又能放，既顺应潮流与时俱进又灵活通变我行我素，让梅州人显得与众不同。

改革开放以后，从珠江三角洲传出一个响亮的口号：时间就是金钱，效率就是生命。我们这次到梅州，听到的却是到处大谈"慢生活"。经过经济建设的积累，金钱有了，工作效率、生产效率上去了，但人却染上现代焦虑症，生存质量大打折扣。梅州人在思考什么是最需要、最有价值的生活。他们对"慢生活"有着自己的诠释，我理解，这种"慢"，不是不要效率，不是不思进取，不是吊儿郎当，而是一种怡然的心态，是看重经济发展对生活质量的带动提升，是强调社会与民生的共同进步，是树立环保意识，推崇天人合一和谐相处，在物我之间，选择以人为本。这是一种卓尔不群的姿态，一种非同凡响的声音。

看来梅州人又要完成一次转身，在快节奏的现代生活中要收一收，求新求变了。

梅州人真是收放自如，梅州的确是值得品味。

2013 年 5 月 13 日

凤凰的忧伤

凤凰古城是中国最美丽的小城之一，名气很大。

赢得这名气不光是因为山水优美，风光旖旎，还因为在一个东西长153米，南北长190米，总面积不到3万平方米的小城内，竟出了不少人才。

从清道光二十年（1840年）至光绪元年（1875年）短短的36年间，这里就涌现出提督（20人），总兵（21人），副将（43人），参将（31人），游击（73人）等三品以上军官；民国时，凤凰出中将7人、少将27人。而民国第一任民选内阁总理、政治家、慈善家、教育家熊希龄，特立独行的一代儒将"湘西王"陈渠珍，著名作家、历史学家沈从文，则被誉为"凤凰三杰"。当然，还有被称作一代"鬼才"的著名画家黄永玉。说凤凰物华天宝，人杰地灵，实在是实至名归。

还有一个原因，让凤凰古城的名头享誉神州，沁入人心，那就是她的名字：凤凰。

这是一个完美的城市名号。凤凰地处湖南湘西自治州南部，据《凤凰厅志》记载："凤凰之名因山受"。在县城以西50里有一名山，其山处于群峰之中，形状若鸟，昂首展尾，人们为取吉祥，称为凤凰山，凤凰县城由此而得名。

凤凰是中国古代传说中的百鸟之王，和龙一样为汉族的民族图腾，常用来象征祥瑞，在汉语里，有关凤凰的成语非常之多，而且多与珍贵、美好事物联系在一起：凤表龙姿、凤采鸾章、凤雏麟子、凤歌鸾舞、凤骨龙姿、凤管鸾笙、凤凰来仪、凤凰于飞、凤楼龙阙、凤毛济美、凤毛麟角、凤毛龙甲、凤鸣朝阳、凤鸣麟出、凤髓龙肝、凤舞龙蟠、凤协鸾和、凤骞龙翔、凤子龙孙……说到凤凰，总能激起人们很多美好的想象。

走进凤凰，总要看凤凰的山，凤凰的水，凤凰的城，凤凰的风土人情，自然，还有意象中的那只神鸟：凤凰的形象。

早就想象：一座以凤凰命名的古城，该有许多精美绝伦的凤凰形象吧，绘画、彩图、木刻、雕塑，以及形形色色的凤凰系列旅游纪念品，凤凰是这座名城的文化符号，肯定少不了这一切。但一趟凤凰走下来，我失望了。

凤凰城里无凤凰！

有什么？触目所及，不是腊肉，就是姜糖，还有豆腐干、熏鱼、苗银和猕猴桃制品之类，此外就是在任何一座旅游城市都能看到的那些零碎小玩意儿。我傻想，凤凰城里尽出聪明人，为什么就想不到开发与百鸟之王凤凰有关的工艺产品？谁不爱凤凰？谁不想来凤凰得凤凰？偏偏，这里没有，连一支近似凤凰的孔雀羽毛也休想看到。

说凤凰城里无凤凰，凤凰人大概不买账：怎么没有？看看我们西门广场，那么大一只凤凰，铜铸的，还是大师的作品，那就是我们凤凰城的标志！

不错，西门广场有座铜铸凤凰雕像。导游介绍说是黄永玉大师设计的。请黄永玉设计，再自然不过，凤凰走出的画坛大师设计凤凰城市标志，责无旁贷，理所当然，但我有点不相信那只铜铸凤凰出自黄永玉之手。若诚如导游所讲，真是黄永玉的作品，我这里就有点不敬了——让人失望，败笔太多。

凤凰是神奇之鸟，吉祥之鸟，富贵之鸟，尊严之鸟，但摆设在这里的这只鸟儿，像是受到惊吓落荒而逃的怪鸟：伸颈探首有悲怆貌，拖曳腿爪显狼狈相，颈羽愣翘出生硬态，尾翎夆乱呈斗败状，而且，凤凰素以柔婉典雅、流畅顺达的线条造型惊艳于世，而这座雕塑，线条板滞艰涩，造型僵硬呆愣，教人实实难以恭维。

还看到一只凤凰，是矗立在凤凰古城一座著名酒店门外的雕塑。与其说是凤凰，不如说更像一只鸡，当然是雄鸡。这样讲，知道免不了要挨骂的，但给我的感觉确实如此。话有点难听，但我不愿意亵渎凤凰在我心中的形象，不愿意将心中那份美好打碎。

名城凤凰无凤凰，是凤凰人的遗憾，也是所有热爱凤凰古城人的遗憾。

2010 年 12 月 15 日

高家童子

北京亮马河古玩收藏品市场，在北京的收藏品市场中不算显眼，近年来完全被潘家园旧货市场、北京古玩城、大钟寺爱家收藏、天雅等古玩市场的光芒遮蔽住了。早先客商车水马龙、熙来攘往的情景已不复存在，在京城四环东北角偏僻的一隅，它蜷缩在时尚家具专卖店、名牌汽车4S店、流行女装商业街、新潮汽车电影院的包围之中，显得陈腐、老旧、灰头奢脑、不合时宜。然而多年来，这里却是我流连忘返的地方，我的很多收藏品，就是从这里淘得的。

这里是最有个性、最有自己风格、最有地域文化色彩的一个去处。京城其他收藏品市场，天南海北的老板都有，这里却以唐山籍商户为主，200多家店铺，多为唐山人所开，进得市场，满耳唐山话，"2141"波形的音调突然上翘又突然下勾，犹如婉转的歌声，一如赵丽蓉的腔调，风趣、好玩、耐琢磨，也有一种土趣。说是土趣，绝无埋汰的意思，倒是觉得含有某种稚拙，而这稚拙，显示给你的是一种土地般的质朴。

可是，留心点，别太自作聪明了，你面前是一批古董生意人，他们什么没见识过？天天和真的假的玩意儿打交道，天天和各色人等打交道，个个出脱得人精似的，即便是那些原本地道的农家妇女，多年开店把她们也开发出来了。你清清醒醒走进她们的店里，任由一番拐着弯儿的唐山话灌进耳朵，指不定——真的指不定，你一会儿就犯迷糊了，比如一件红山玉鸮，明明是仿品，她会说："你问这件是什么？我也不知道，孩子他爸从赤峰乡下收来的。"你以为她不在乎这东西，会轻易处理给你？错了。下边她会用那很有趣的下勾尾音，给你补上一句："说是老红山啥东西，收来不便宜，亏吃大了，哪卖得出去呀？黑乎乎的，沁都吃透了，一般人都喜欢要漂亮玩意儿，有几个识货的？"听了这番话，你不由得会拿起那东西细细打量，有些自以为聪明的买家，说不定心中还窃喜，以为捡漏的机会来了，于是便钻进了那女人的圈套。我见过一位中年男子，就那件玉鸮和女店主磨叨价钱，用强光电筒反复照射，越看"沁"越真，果真像女店主说的"都吃透了"，作假是做不出这等成色的。殊不知，这根本不是沁，而是原石中固有的色斑，岫玉里这种色斑很常见，雕琢时巧妙利用，借以充沁，行话里把这种东西称作"天生子"。好在最后价格没谈拢，那中年男子幸免上当。

　　一次我在亮马河古玩市场转悠，在一家店铺看到一只鼻烟壶。品相一般，但玉质不错，和田白玉，也很有些老味道。烟壶的形状是执莲童子，壶盖为碧玉荷叶，顶在童子头顶，倒蛮有赏趣。问店主，店主回答是清早期的东西，于是也就没有太上心，隔着玻璃柜子看了看，未再做理会。

　　店主姓高，常去他的店，原来唐山的一个农民，十几年前倒腾古董，七八年前在亮马河古玩市场开了店，常跑北京周边主要是河北县市古玩市场收东西，也从河南、安徽、辽宁作假作坊进货，什么玩意儿都经营，柜台里真品赝品杂陈，倒很考验人的眼力。我曾买过他几件小东西，他留有我的电话，有时新进了东西，便让我过去看，大都令人扫兴，被他描述得天花乱坠的东西，一看完全不是那回事，这是一个虚虚实实真真假假都跟你玩儿的生意人。

当时虽未特别在意那玉童子，但过后脑子里却有那个物件的影子，童子那稚拙的味道颇耐人寻味。不过也就是闪回般地想想，时间一长，也就丢在脑后了。

几个月之后，又去亮马河，在高家店铺里发现那执莲童子鼻烟壶还在，这次让老板拿出来，细细上手打量。童子高约7厘米，圆雕，和田白玉，白度颇佳，玉质油润细腻，很有些手头，密度硬度看来也没的说。稍感遗憾的是属于生坑，沁蚀较为明显，那沁蚀痕迹也不是地方，正好在童子面部，未经盘玩，所以看相打了折扣。童子身材短小，脸圆体壮，用硬刀阴刻出脸面和衣纹，线条简洁流畅，但力道十足，下刀自信坚定，毫无犹豫和拖泥带水之感，两腿交行，双手执莲，莲茎经肩绕到身后连接着莲蓬，与头顶的荷叶形断意连，呼应陪衬，而碧玉荷叶之下，是烟壶的壶口，被荷叶遮掩，隐蔽而又机巧，整体造型浑朴稚拙，生动活泛，颇耐人品味。

玉雕执莲童子首创于宋。对于这种造型，民间有多种称谓：执莲童子、持荷童子、磨喝乐、摩睺罗、莲孩、小玉人等。这种新造型在宋代出现的起因，专家说法不一，一说与佛教有关。将其称作"磨喝乐"或"摩睺罗"者，是借用佛教天龙八部之一大蟒神"摩呼罗伽"的梵文音译。大蟒神原本人身而蛇头，在《首楞严经》中，对摩呼罗迦有以下解释："摩呼罗伽，此云地龙，亦云蟒神，腹行之类也。由痴恚而感此身，聋呆无知，故乐脱伦，修慈修慧，挽回前因，脱彼伦类也。"摩呼罗迦是与天龙相对应的地龙，原本是腹行类，但"由痴恚而感此身，聋呆无知"，反而能"故乐脱伦，修慈修慧"，最终挽回前因，摆脱腹行类，脱胎换骨。佛教传入中国后，经汉文化演化，摩呼罗迦由蛇首人身生命的形象逐渐转化为令人喜爱的儿童形象，称谓也简化为"磨喝乐"或"摩睺罗"。一说与"化生"习俗有关，元代僧人圆至注引《唐岁时记事》："七夕俗以蜡作乳儿形，浮水中以为戏，为妇人宜子之祥，谓之化生"；还有一说，既与佛教的"莲花生子"，也与我国传统的"莲生贵子"说法有关。无论哪种说法，这种手持荷叶的小玉人都是一种吉祥玉，自唐代出现"以蜡作乳儿形"始，至宋已成为盛极一时的风俗。孟元老在《东京梦华录》中描述："七月七夕，潘楼街东宋门外瓦子、州西梁门外瓦子、北门外、南朱雀门外街及马行街内，皆卖磨喝乐，乃小塑土偶耳。悉以雕木彩装栏座，或用红纱碧笼，或饰以金珠牙翠，有一对直数千者，禁中及贵家与士庶为时物追陪。"金盈之在《醉翁谈录》描述："京师是日多抟泥孩儿，端正细腻，京语谓之磨睺罗，小大甚不一，价亦不廉，或加饰以男女衣服，有及于华奢者。南人目为巧儿。"陈元靓在《岁时广记》中也有对磨喝乐的记载："磨喝乐南人目为巧儿。今行在中瓦子后市街众安桥，卖磨喝乐最为旺盛，惟姑苏极巧，为天下第一。"《东京梦华录》又载："七夕前三五日，车马盈市，罗绮满街，旋折未开荷叶，都人善假作双头莲，取玩一时，提携而归。又，少儿须买新荷叶执之，盖效颦磨喝乐。"吴自牧在《梦粱录》记载："市井儿童手执新荷叶，效摩睺罗之状，此东都流传，至今不改。"由此可知，无论是受佛文化或世俗文化的影响，供奉玩赏"磨喝乐"，已成为宋代"七夕"时一种节令性风俗，与人们生育祈男、多子多福的愿望相切合。此时的"磨喝乐"，除泥抟的小人偶像外，玉器也引入这一题材。宋代玉器的一个很大的突破，便是淡化了玉器在此前的宗法礼制功能和奉神事鬼神秘色彩，完成了世俗化、装饰化的演进。清王士祯《香祖笔记》记载他读宋人《西湖志余》所得一则趣事：宋高宗赏宴大臣，见王俊扇柄上吊一玉孩儿扇坠，立即认出是他昔日经过四明时不慎坠入河水中的旧物，便问王俊从何而得，王俊回答是从一家店铺里买来的。高宗着人追询下去，铺家回答说是从一个提篮人手中所得，提篮人说得一个陈姓宅院的厨娘之手，厨娘回答说是她破一只黄花鱼，从鱼腹中得到了这只玉孩儿。高宗大悦，"铺家、提篮人补校尉，厨娘封孺人"。这等奇事可信程度如何，且不去理会，但所谓"玉孩儿"想必就是"磨喝乐"无疑。宋开玉雕执莲童子之先河，元明清各代纷纷仿效，多行于世，并一直延续至今。小小一只玉童子，其文化意蕴既长久又丰沛。

店老板老高说这童子烟壶为清物，但我看却很有宋味。宋以降，玉雕执莲童子造型多有变化，但童子的形象和服饰已与宋时有异，特别是清代，开脸不是繁琐无章，就是简单走形，全然失去了宋时的自然古朴、浑圆拙稚的韵味。我再仔细端详那童子，童子头顶的碧玉荷叶让我一下子茅塞顿开，这个巧妙的烟壶盖是后配的，不光包浆沁蚀与童子不一样，更主要是刀工痕迹有明显差别，童子刀工粗粝遒劲，而荷叶刀工柔滑纤巧，风格特征差别很大。当然，鼻烟壶后配壶盖不足为奇，关键不在壶盖，而是我发现童子头顶，也就是壶口的地方，有在童子雕成后切磨过的痕迹，童子原有细线毛发，为了钻磨壶口并掏膛，原来雕琢毛发的部位被切磨掉呈平秃状，但仔细观察仍可看出后加工过的痕迹。

我心里有了数，明白了其中的蹊跷——童子是宋时物无疑，后来，很可能是清时，有人命工匠将其改为鼻烟壶，童子形体壮硕，改为鼻烟壶倒蛮合适，况改制的想法也很巧妙，没枉糟践了原来的物件。老高断为清物，大概基于基本常识——鼻烟传入中国是在明末清初，随鼻烟而来的西方烟盒，在华夏土地上渐渐东方化，产生了既供实用又可把玩的鼻烟壶。老高肯定知道玉器行里早有老玉改作一说，只是他没有想到自个儿面前的这只执莲童子鼻烟壶，就是一件老玉改作的范例。

对于这件东西，老高开价还算合适。说合适，是以清代玉器价格而言，若论到宋代，就算是捡漏了。

买回家，写了张纸条连童子一块儿放在盒子里，纸条上写："高家童子"，从老高店铺买来的，做个标记罢了。

2008年春节，我的朋友、中国作协副主席高洪波偕夫人到我家做客，洪波兄也收藏玉器，来了自然要看我的藏品，我讲了这件东西的来历，洪波兄觉得有趣好玩，拿在手里看来看去。我知道洪波兄特别钟情鼻烟壶，他的烟壶收藏已成系列，见他喜欢，便让他拿了去。洪波兄早先曾把他的藏品送我，这么一件东西送他也算还个人情。开始他怎么都不要，我说："捡漏得来的，从高家店铺来，再回到你们高家的烟壶队列中去，也算你与它有缘。"这一说，洪波兄不再推辞，收了下来。

当初无意中为执莲童子烟壶命名"高家童子"，没想到最后真的落脚高家，倒应了机缘巧合一说，想想蛮有意思。

2010年11月16日

玄 鸟

　　福州的艺术品市场几乎被寿山石垄断，也难怪，寿山石乃国石，近年来随着资源保护呼声日高，开采愈来愈受限制，其价格一路飙升，无论寿山原石还是寿山石艺术品，都成了寿山石爱好者、艺术品投资商和藏家的抢手货。人们到福州，如果想买点有意思的东西，首先会想到寿山石，这是再自然不过的事情，但随之也就冷落了其他艺术品投资市场。所以当朋友听我说想去古玩市场看看玉器，兜头泼来一盆冷水："玉器？福州古董市场里有什么玉器啊？"朋友的话有他的道理，我却想，热寿山而冷玉器，倒有可能是个机会，说不定能撞上好运。

　　顺致古玩城是福州鳌峰洲花鸟市场的一部分，建筑面积不小，但古玩不多，更多是经营花鸟鱼虫和时做寿山石的店面。B座二楼有家古玩店，瓷器字画家具钱币竹木杂项都在经营之列，看到玻璃柜台里摆有玉器，但大都与地摊货无异，便问老板有没有上眼的东西，老板从柜台下边拿出一只盒子，说："都在这里，看看有没有满意的。"这一看让我眼睛一亮，里面东西比摆的明显高出一个档次，其中一件白玉佩饰，搭眼一看便让我怦然心动。

这是一件大型立体等腰三角形的佩饰，不过内面呈弧形，有别于规矩的立体等腰三角形。佩饰以三角形的直角线为纹饰的雕琢中线，两面仅以两条深辙的宽阴线，勾勒出两只玄鸟的面部和尖喙，再以对穿孔琢出玄鸟的眼睛。绝妙的是，如果只看一边，只是鸟纹，如果面对中线两边同时欣赏，却是一个人首造型，鸟纹阴线流畅地雕琢出人的眉毛和鼻梁，对穿孔成为人眼。在人首上部，以减地平凸的刀法，琢出五条凸弦纹和瓦沟纹，与良渚文化玉琮上的神人兽面纹线形有着同工异曲之妙。佩饰正上方，从背面到顶面，直刀单面斜钻孔，孔呈喇叭状，以供穿系佩绳之用。此佩饰极富想象力，鸟纹与人面奇妙组合，颇具玄幻色彩，在简洁的纹饰中，传递出丰沛的意蕴，让人不由叹服古代先民超凡的艺术创造力。而佩的玉质为上佳和田白玉，坚致缜密，白皙泽润，显然出土于燥坑，沁蚀不重，品相相当完好，包浆呈玻璃光泽。

这是一件开门的商代玉佩。除刀工具备显见的商代玉雕特征外，其纹饰也呈典型的商代特征。商族本是黄河下游一个古老的部落，对于其起源有种说法：商部族的始祖契的母亲简狄氏，又称娀简，相传她在玄丘水中洗澡，有玄鸟（即燕子）飞来，生下一只鸟卵，简狄取鸟卵吞食，因有身孕而生契。契长大后，因帮大禹治水有功，被舜帝任为司徒，掌管教化，封于商地，赐姓子氏。故《诗经·商颂·玄鸟》云："天命玄鸟，降而生商，宅殷土芒芒。"商人崇拜鸟，把鸟当始祖神明一般看待，故而在玉器中，多有鸟纹饰出现，而与人面组合，构成鸟人合一的神秘玄幻佩饰，则可看作是一种"图像叙事"，表现了商人对本族历史的敬奉和祀缅。

面对这件玉佩，我按捺住欣喜，努力让自己显得不动声色，先挑了几件别的玉器，向老板询价，最后问到这件玉佩。我有点低估了面前这位看去脏兮兮、粗拉拉的汉子，先问的那几件东西报价并不高，可是对玉佩，他张嘴就是一个极高的价格，那数字就好像早在舌尖上搁着，想都不用想就可以蹦出来。看来此人并不像外表那样粗，对自己的物件是心中有数的。这个价格让陪同我的福建文学院院长吕纯晖和她的同事陈大樟大吃一惊，忙凑过来仔细端详那玉佩，终看不出究竟，而我也不能讲与他们，遂开始了与店老板的讨价还价。老板明白他的东西是商代器物，但更多的道道讲不出来，只是咬定东西到代，玉质好，品相好，收来价格就很高，所以在卖价上硬是不松口。磨了很长时间，谈不拢，只好悻悻离去。

一件心仪的东西，眼看从手边溜掉，总不甘心。在古玩市场又转悠了半天，临近下班前，又回到那家店铺。心中暗想，玉佩未能成交，遗憾的不光是我，老板一定也心存遗憾，将要打烊，也许他会有所松动。于是此番进店，我很干脆地报出一个数字，又扔出一句话："行不行痛快点，我还要赶晚上的飞机回北京。"大概就是这句话起了作用，失去我这个买主，这件东西也许以后很长时间也难出手，老板稍作犹豫，点了头。

随身所带钱不够，出了古玩城在街边取款机前取款，每取一笔随即顺手交与老板，钱款已经付清，老板却说还差500元，一口咬定说500元的零头是我答应给他的。我从没有这样讲过，吕纯晖和陈大樟一直在我身边，也没听到我对老板有如此允诺，两人很是生气，斥责老板讹诈耍赖，那汉子索性将讹诈耍赖进行到底，不多拿出500元交易便告吹。想一想，大头都出了，一个小尾巴给他便给他。款清物易，吕纯晖和陈大樟还耿耿于怀，说我遇到了一个奸商、小人。

　　奸商也好，小人也罢，我讨得了一件自己满意的东西，这是主要的，因而心情挺好。两位朋友见我高兴，很快也就释然。

2010 年 10 月 19 日

岁月的味道

茅台酒厂储酒的地方不叫窖，而叫库房。通常感觉，窖比库房要神秘，窖会让人联想到地下、山窟、洞穴，那是一种秘境，而库房太过普通，无外乎就是存放东西的房子。但当我置身于茅台酒厂库房的时候，才知道什么是茅台酒库的阵势了。

那是一座老旧的平房。墙体粗糙，屋瓦上有苍苔，厚厚的铁门斑驳暗淡。但进得里边，即刻便有一种震慑人心的感觉，足有半人高的黝黑发亮的粗瓷酒坛，一排一排，一行一行，组成无数个方阵，密密麻麻整齐有序地排列在偌大的库房中，坛上编写着外人读不懂的序号。这情景，不像库房，倒像是军阵，巨大的酒坛就是军士，庄重肃然，静默无言，养精蓄锐，伺机待发。

同行的毕飞宇说他来茅台酒厂是为了"接气"，说这里好气场，养心养身。毕飞宇的感觉没错，在茅台镇，茅台酒厂，你无处不感到那种神秘气息的存在，而这酒库，无疑是那气息最浓郁、最醉人的地方。

浓郁醉人的，是岁月的味道。

这里贮藏着陈年老酒。茅台酒厂为自己制定了一套戒律：宗本守道，坚守工艺，贮足陈酿，不卖新酒。

不卖新酒，让我想起了朱镕基为中国会计学院题写的校训：不做假账。不做假账是会计最起码的职业准则，但是这年头，不做假账难，而一个酒厂坚持不卖新酒，更难。假酒都敢卖，新酒怎么啦？但茅台非得贮得五年以上才肯面市。他们要的是自己的品质，要的是那独特的馥郁的酱香。

此刻的气息，就是那醇厚的酱香的味道。

不光是味道。站在酒库里，你会觉得，似乎有种魂灵，有种精魄，在酒坛之间，在空气之中，在看不见的地方，悄然氤氲，四下弥漫。酒坛方阵静穆地坚守着它们的岁月，一坛贮酒500斤，每个坛子其实都装载着一个不断运动变化的小宇宙，那里边所盛的东西原本很简单，水、高粱、酒曲，在一系列修炼之后，它们脱胎为液态的精灵，在这里又开始新一轮更为深邃的修炼。这是一个奇妙的世界，谁也不知道里边有多少微生物，不知道它们的数量，不知道它们以何等面貌，何等规律，何等方式，一分一秒不停地运动变化，在运动中酝酿着质的升华，在变化中实现着自我的完善。《礼记》讲宇宙之始为"太一"，"太一"神秘无穷："分而为天地，转而为阴阳，变而为四时，列而为鬼神。"这酒，是不是有点"太一"的意思？

在会议室，热情的主人打开一瓶50年茅台陈酿，让我们品尝。过去好饮，大病一场后，戒了，但这50年茅台的诱惑实在太难抵御。主人教我们如何品酒。早先总以为，品酒，只能浅浅小抿，用舌尖去咂摸，但主人却说不够，送入口中的量以铺满舌面为宜。主人解释说，舌上各个部位的味蕾分工不同，舌尖对甜味敏感，舌左侧对酸味敏感，而舌右侧对苦和涩敏感。

遂按主人指点，小啜一口，让那精灵在舌面浸濡、滑动，待漫溢舌面，顿觉满口生香，是那种独到的酱香，50年岁月的底子铺在那香里，其醇厚，其深邃，难言其妙。同行的施战军、叶兆言本是滴酒不沾，但也如我一般，忘情地频频举杯。

地道的酿酒人，是无私的，他们酿出美酒，或藏之酒库，或贮之窖窟，这些酒换得银两，是若干年后的事情了。他们把劳动成果留给了后世，前人给今人，今人给后人，后人再给更后边的人，一代一代，创造与传承，绵延不绝。近年来白酒行业打出"年份酒"的旗帜，弄得市场上纷纷乱乱，搅起一场概念混战，其实年份本来就是酒业的一种讲究，是酒品的素质要求，年份更是一种精神，一种无我忘我的大境界，酿酒者把他们的辛劳与向往，都注入酒中，让光阴去守候。他们不期望即获其利，也不希望留名留姓，只希望给后人留得几分喜悦，几分香醉。正像我们在茅台酒厂品尝的50年陈酿一样，那是出自半个世纪前的酒师、曲师、勾兑师之手，他们姓什么，叫什么，是否还在人世，都无从知晓，但他们酿造的琼浆玉液让我们为之倾倒。倘若他们当中已有仙逝者，我想，看到我们陶醉在他们的醇酿里，在另一个世界他们也会感到自豪欣慰的。

酿酒人在酿酒，实际上也在酿造无私奉献的人生，酿造完美理想的人格。

茅台号称国酒，让我想起另一样国宝——和田玉。和田玉被视为国玉，中国人爱玉，首先是玉象征着人的高洁品德，在中国人眼里，美玉具备某种人格化道德化的意义，与操守品行紧密相关。玉石的品质是天生的，这种固有的天德，和人们对于善恶、是非、荣辱、美丑的概念紧密联系在一起，所以君子比德于玉。但中华传统文化所赋予美玉的人格化道德化含义，到了今天，在精神与物质、理念与实践、信仰与功利之间，却是干戈不休。言行不一的尴尬，理想主张和实际作为上的双重标准的矛盾，在眼下中国，已经成为一个死结。我多次前往和田玉出产地玉龙喀什河考察，目睹了那里如何野蛮开采和田玉。地方政府为了创造经济效益，一条河床，甚至是沿河的戈壁滩，谁出钱就承包给谁，一条美丽的玉龙喀什河，被日夜轰鸣的大型机械化开采大军挖得满目疮痍，千百年来采之不尽的白玉资源，经过短短十几年的开采，几近枯竭，有的地段反复承包，以至于没挖出白玉，倒挖出易拉罐来。到了把事情做绝的地步，谁还管他什么子孙后代、未来明天，真是令人不寒而栗。国酒国玉，两样东西，两种从业态度，两种对付手段，可以让我们思考很多。

去茅台厂是参加"壬辰龙年国酒茅台祭祀大典"。每年九月初九重阳节，茅台酒厂都要举行这样一个祭祀大典。大典最为重要的仪程，是向历代祖师宗师上香，敬献陈年老酒，敬献小麦、高粱、净水，上千名参祭人员，分为企业领导、中层管理人员、离退休职工代表、酒师代表、曲师代表、勾兑师代表、经销商代表，多达十余批，分别向历代祖师宗师敬献花篮。大典结束后，我问茅台高管，历代祖师宗师所指何人。答曰：祖师宗师是个大概念，涵盖为中国酒业做出贡献的一切先贤前辈。这个答复太过笼统，但却令人遐想无限。也许这个行业真说不清楚谁是祖师谁是宗师，这不重要，重要的是数千年来无数人用经验积累起来的酿酒技艺，还有职业操守，敬业精神，被一代一代酿酒人继承下来并不断发扬光大，重要的是后来者对行业先贤怀抱一颗恭敬虔诚的感激之心。

岁月真是魔法无边，它湮没了多少东西，又擦亮了多少东西，它让多少物事风流云散，连丝毫踪影都难寻觅，又让多少物事沉淀发酵，永难割舍，历久弥新。赤水河日夜流淌，漫过了多少岁月，无人知晓；赤水河两岸的高粱，红了一茬又一茬，红透了多少个季节，无人知晓，唯一知道的，是四季风里都有那熟悉的久远的味道，那是祖祖辈辈传下来的味道，岁月把一切都写在了风里，茅台人年年都在这风里，为他们崇敬的先祖上香。

茅台厂让题词，我改写了一副旧联，书于宣纸之上："沽酒客来风新醉，登高人去菊还香。"

九九重阳，登高祭祖祈福，茅台人完成了他们一项庄严的大典。而我们，心中则留下长远的醉香。

2012年11月18日于课石山房

小　院

在我的文学经历中，有两个小院，让我永难忘怀。

西安市东木头市7号，是一座平平常常的小院。在20世纪70年代，西安城里像这样的老院子很多：大门是老式的高门槛木门，开在街房的西侧，院内有几进土木结构的房屋，因为在原布局的基础上拆拆盖盖，院落里已不那么整齐了，有窗棂敞亮的高大正房，也有低矮简易的青灰平房，这里凸出来，那里凹进去，通道七拐八拐，和普通居民的大杂院差不多。这是当时"陕西省文艺创作工作室"的办公地点。

陕西省文创室是在"文革"摧毁的省作协、剧协、美协、音协等原机构的废墟上组建的一个专业文艺机构，人员多是原来各协会的老人，刚从被遣散到乡下、"五七"干校以及五行八作一些部门收拢上来。也有新分配来的一些干部和老大学生。7号院里有个东跨院，青砖铺地，老树葱郁，一排坐南朝北的老式平房古色古香，新创立的《陕西文艺》，就被安置在这个小跨院里。

说是新创立，实际上是原《延河》的班底，只是不能"复旧"，《延河》的名字不能再叫了。主编王丕祥，副主编贺鸿钧、王绳武；编辑部主任董得理、杨维新；小说组组长路萌，副组长高彬；诗歌组组长杨进宝；评论组组长陈贤仲。那时我正在陕西师范大学中文系就读，是一个对文学事业充满向往的青年业余作者，先是因为投稿关系，几次满怀敬仰的心情，来到过这个小院。后来《陕西文艺》为了培养业余作者，对外以"工农兵掺沙子"的名义，将一些他们认为有培养前途的青年作者借调到编辑部，一方面参与编辑工作，一方面培养提高他们的写作水平，我作为大学里的"工农兵学员"，有幸被编辑部选中。和我前后被抽调到《陕西文艺》编辑部的有：路遥、叶延滨、叶咏梅、牛垦、徐岳、王晓新等。

我大学的最后一年，就是在这个小院度过的，直到临毕业分配前才回到学校。这是1975年至1976年的事情。

那是一段永远珍藏在我心中的日子。不光因为我的文学事业正是从这里上了路，还因为在那样一个特殊年月，我看到和感受到文学前辈如何顶着种种风险和压力，与"四人帮"一伙进行斗争，如何为文学的复兴和陕西青年作家的成长倾洒心血与汗水，如何为办好刊物呕心沥血。我见证了陕西文学从"文革"的灾难中从复苏到取得发展的一段重要历史，见证了日后为全国瞩目的"陕军"青年作家队伍如何艰难地组建和蹒跚起步，见证了在黑云压城的处境下前辈老师的正义、坚忍和智慧，目睹了他们的奉献、敬业和辛劳，熟知了他们的快乐、幸福和烦恼。正是在那里，我开始了对文学真正意义的思考。

那时胡采还没有"解放"，住在外边。我几次见到丕祥、鸿钧他们私下接胡采到小院来，胡采不便随意和大家说话，总是一副冷峻的神情。编辑部的主要负责人会在丕祥的主编办公室和胡采聊上很长时间。每逢这个时候，编辑部里的气氛便一派肃然。这些人都是从延安时代就开始党的文学工作的，是几十年的老上下级，老战友，彼此之间有着很深的友谊。我们知道他们在进行着重要的谈话。董得理和我们年轻人很谈得来，事后他告诉我们，编辑部的老人们很重视胡采对办刊的意见，胡采也很关心新生的《陕西文艺》，在办刊方针、编辑队伍建设、作者队伍培养等方面都提出一些重要的想法和建议。杜鹏程那时也没有"解放"，但他住在院内，夫人张文彬就在编辑部小说组工作，来往交流相对随便一些。那时晚上我常常在办公室写作，夜深人静之时，老杜在院内散步，有时就会拐到编辑部的小院来，和我坐在办公室的蜂窝煤炉子前，一边烤火，一边随意聊天，丝毫没有名声显赫的大作家的架子。我为晚上熬夜常准备有馒头，老杜会帮我在炉子上不断翻转那馒头，待到馒头烤得焦黄时，我掰一块给他，他也不推让，我们吃着聊着，像朋友、像父子，像家中自己人那样亲近随意，让我心中好生感动。

给我印象最深的一次是在老杜家中的谈话。1976年第一期《陕西文艺》，发表了我的《落织河新曲》，老杜看后把我叫了去。这是一篇我采访眉县水利工地后写出的散文，老杜说这篇东西本可以写成一篇很好的小说，工地上那些感人的情景，用小说的笔法写具有更大的艺术表现空间。"不要按照《朝霞》那些作品的路子写，那是害人的。"老杜说。《朝霞》是当时上海办的"四人帮"的样板刊物，在全国具有极大的影响。老杜还说："你到第一线去，表现工人农民生产建设的实际情形，对他们充满感情，这很可贵。现在他们鼓动写工农兵跟谁斗跟谁斗，他们跟谁斗争呀？他们在辛辛苦苦地建设，他们不建设，斗来斗去，地里还能打粮食，碗里还有饭吃么？"当时老杜作为"利用小说反党"的典型，处境仍很不妙，可他不顾及自身安危，告我以肺腑之言，让我既感动又受益匪浅。

当时王汶石和李若冰已经出来工作了，他们对《陕西文艺》给予了更多直接的关怀。我和汶石夫人高彬在一个办公室面对面办公，常听高彬讲，汶石看了刊物，对其中作品有如何如何的评价，对哪位新作者的出现，感到欣喜异常。就我所知，汶石那时常约见一些新作者，给予他们宝贵的指教，前几年看到一些如今很有影响的作家怀念汶石的文章，有的提到当年如何聆听汶石的教诲，至今仍是感念不已。若冰在老一辈作家里，是个精力充沛、热情爽朗、丝毫不会掩饰自己感情的人，对青年作者尤其寄予很大期望。1975年编辑部国庆会餐，他从领导那桌席上过来给年轻编辑敬酒，指着我和叶咏梅说："你们要努力，陕西文学的繁荣最终还得靠新一代生力军。"他历数借调到编辑部的青年作者路遥、叶延滨等，说："你们都是人才，我们刊物既要出作品，又要出人才，将来你们都要接陕西文学的班。"当时老一辈作家和编辑有些刚刚复出，有些将要复出，都是青年作家所要倚持的大树，但他以长远的眼光激发青年人的责任感和使命感，其情切切，其意殷殷，直到今天回想起来，若冰当时的音容笑貌，仍历历在目。

《陕西文艺》编辑部在东木头市小院的年代，正是"四人帮"疯狂肆虐的年代，但编辑部内部的小环境，却是一个公开抵制"四人帮"倒行逆施行为的斗争整体。1976年清明节，编辑部从丕祥、鸿钧、绳武等头儿到普通编辑，都臂戴黑纱，在小院里自己动手做花圈，然后送到新城广场悼念敬爱的周总理。对待稿件的择用，大家都有一个心照不宣的标准，为"四人帮"一伙摇旗呐喊的稿子，一律不用。记得当时编辑部收到一个剧本，是歌颂小靳庄经验反映农村举办赛诗会的题材。剧中人物有这样的唱词："江青同志是旗手，'三个突出'记心头；江青同志是母亲，指引方向紧紧跟。"诗歌组汪炎阅后，让大家传看，一时成为笑料，嘲笑如此肉麻为"干妈"拍屁的稿子，作者竟也能写得出，毫不犹豫地扔进了废纸篓。

《延河》从1956年创刊，便形成了一系列宝贵传统，这些传统也带到了《陕西文艺》。作者的来稿，每稿必看，每稿必复。对待不合用的稿件，当时编辑部有两种退稿方式，一是信退，一是条退。信退就是由编辑写出对稿件的审阅意见，长处是什么，不足是什么，对作者有些什么建议和希望，编辑或署名或不署名，但都要盖上组里的章子，连同稿件一同寄退作者。条退是附一张事先印好的格式化退稿条，将稿件给作者退回。但那时条退的稿件极少，绝大部分稿子编辑都要亲自写信，意见一般都很详细。像我这样的"工农兵"编辑，给作者写好信后，还需请老编辑过一遍目，高彬、张文彬，还有一位后来调回河南老家的魏子旭，都看过改过我给作者的退稿信。给一些重要作者的信函，有时还要请老董、鸿钧，甚至是丕祥把一道关。我给作者的复信，先在便笺上起草，经老编辑把关修改后，再正式抄写在信纸上。在编辑部工作近一年时间，我的那些信稿，居然装订了5大本。那时自然来稿非常多，每天小说组便有数十件，编辑工作量之大可想而知，但大家都以奉献为乐，没有任何怨言。

编辑们对待工作一丝不苟的精神，从很多细节上都能体现出来。比如改稿，《陕西文艺》沿用老《延河》的规矩，一律用红色毛笔改动，要修改的错别字或标点符号，工工整整写在稿纸的空白处，圆圈圈了，用线引向改动之处。现在编辑们也是这样改稿，但字、圈、线都写画得匆忙迫促，有些圈儿常常很不规范地只是半个圆或是一个钩，这在《延河》和《陕西文艺》都是不允许的。有人习惯先用红圆珠笔修改，之后也须用红毛笔将圈改的字句涂实。有时改动的地方很多，一个句子改动多处，我很佩服那些老编辑，从文内向外引出的修改线，绝无交叉，要改动添加的字词，总会出现在稿纸上最恰当的地方，清清爽爽，井然有序。这是一种功力，也是一种精神，可惜国内现在的编辑，不屑于磨练这种功力，也把这种精神不当回事了。

编辑部的小院里，支有一副克郎棋架子，工间休息时间，大家都打克郎棋。克郎棋由四人较量，两人配对组成一方，输的一方下台让位，赢的一方继续坐擂，迎接新对手的挑战。技术最好的要数评论组组长陈贤仲，汪炎也不错。大家最不愿意搭档的伙伴是诗歌组的魏怡，可这位女将偏偏爱凑热闹，技术差，没力量，还总要和大家抢杆子。丕祥、绳武也常常"与民同乐"，和部下一争高低。这时候小院里总是充满欢声笑语，一副简易的克郎棋，在那政治上异常凶险的日子里，给大家带来极大的乐趣。

陈忠实、路遥、贾平凹、邹志安、李天芳、京夫等文坛"陕军"的旗帜人物和中坚力量，就是在那个时候开始亮相的，他们最初的作品，就是在那个青砖小院被送到印厂进而到达读者手中的。

另一个小院是西安市建国路71号，是我从大学调到陕西作协工作过9年的地方。

建国路71号其实是个很大的院子，陕西作协机关和编辑部于20世纪70年代后期搬迁到这里。但院中有院，作协机关在前边大院办公，编辑部安排在后边小四合院。这里像东木头市7号的小跨院一样，青砖铺地，院中栽植有海棠、腊梅、丁香和梧桐，别有一番清幽古朴的感觉。《陕西文艺》已正式恢复了《延河》的老名称。那段时间直到80年代，是《延河》自50年代在全国叫红之后的又一个辉煌时期。仅以编辑阵容而论，《人民文学》当时的资深编辑、后来的副主编崔道怡曾不胜感慨地评价说："《延河》的编辑力量太让人羡慕了，在全国所有文学刊物编辑部中，恐怕再也找不到第二家。"其时主编王丕祥，副主编贺鸿钧、董得理、余念。丕祥在延安时代就在文艺部门担任领导，是一位具有很高政策水平和丰富文学工作经验的老领导；贺鸿钧即贺抒玉，李若冰的夫人，50年代就是一位令人瞩目的小说家；董得理先是毕业于延安大学，新中国成立后又入中央文学讲习所深造，既通创作也懂理论，是一位在各方面都有着很高造诣的著名编辑家。余念即玉杲，40年代就已成名的著名诗人。这三位副主编也都是老延安。小说组组长路萌，副组长高彬、路遥，编辑有张文彬、李天芳、张沼清、王晓新、徐岳、王润华、雷乐长和我。路萌、高彬也是延安时代老人手，对文学具有很高的鉴赏水平，办刊很有一套办法。张文彬即著名女作家问彬，杜鹏程的夫人。路遥、李天芳等，在当时他们的创作已如日中天，在全国有着很大影响。诗歌组组长晓雷、编辑闻频，都是著名诗人。评论组组长陈贤仲，副组长王愚，编辑李星，哪个都是重量级的评论家，陈贤仲后来调湖北少儿出版社任总编辑，王愚和李星后来先后任《小说评论》主编。难怪崔道怡要发如此感叹，这样一个编辑阵容，可以称得上是梦幻组合了。

陕西的青年作家人才，正是在这一阶段大批走上文坛的。

那时《延河》经常组织全省各地的青年作家和业余作者，举办各种形式的创作研讨会、改稿会、读书班，有务虚的也有务实的。务虚的研讨文学的宏观形势和创作思潮及走向，务实的意在提高作家的基本素质，夯实文学功底和基础，交流创作经验，促进更多更好的作品问世。编辑在日常阅稿中，如果看到一位文学新人写出好作品，便会欣喜万分，相互传阅，尤其是鸿钧，年过半百的人会像孩子一样，两眼放光，拿着稿子在各个办公室奔走相告，其兴奋之情宛如现在的父母看到儿女跃过龙门考取了好大学。编辑部里也经常会有争吵和冲突，但都是关于对稿件的认识和评价，或者是各组之间为争版面，绝不是为个人利益。那一种执着和单纯，那一种活跃和澄澈的气氛，如今回想起来，像小院里的丁香花香一样，让人无限怀念。

东木头市7号小院的克郎棋，又支在这花香小院了。克郎棋架子更显破旧，但工间大家照样玩得兴味盎然。71号院既是办公的地方，也是作协家属院，胡采、王汶石、杜鹏程、李若冰等老作家都住在院内，也住着作协机关和编辑部一些头儿和工作人员。下班后，《延河》小院因有梧桐清荫，海棠花香，丁香吐芳，自然成了最吸引人的去处。数把藤椅，一架克郎棋，有时还会就着青砖地摆摊象棋，大家聊天、品茶、娱乐，悠悠然自得其乐。当然即使闲聊，谈得最多的还是文学，老的谈延安时代和"文革"前文学界的逸闻趣事，年轻的听得津津有味；年轻的谈新涌现的一些新人新作五花八门的信息，老的听得饶有兴趣。也谈自己和身边人的创作，《人生》《平凡的世界》，还在腹中孕育的时候，路遥就不止一次地将未来作品的人物、故事、情节讲给三五好友听，从自己的叙述中体察作品构思是否缜密完整，从别人的反应中审视人物情节是否具备魅力。到了后来，作协家属楼在院子后边矗立起来，大家都搬进71号院来住，《延河》小院就更旺了人气，这道风景延续了多年。

前几年，陕西作协盖了新的办公楼，砍了树，拆了小院。新办公楼落成后，我几次回西安，但没有去看过那新楼。那代表一个时代的小院已难觅踪影了。新楼据说是很时新的装修，暖气、空调、塑钢门窗、网络设备一应俱全，当年的蜂窝煤炉子和电扇、漏气透风的旧门破窗自然不可与之同日而语，但没有了青砖小院，在我的感觉中总觉得像少了一种韵致，断了一种传承，缺了一种类似魂儿似的东西。而心里溢出来的，则是一丝无名的惆怅。

当年的年少书生，如今越过知天命之年，人生恍然如梦。但愿我的这种怀旧情思，不是人之将老的退化；也愿小院曾经承载的人物和故事，长久存留在人们的记忆中。

2006年3月11日

我的防震棚书房

家居京城，我的第一间书房，是一个防震棚。

1991年调京，我进入国家外国专家局，妻子进了一所大学，两边都没有分房，我们和女儿住岳父家。岳父家是一处独门四合院，私产，岳父岳母住北屋正房，另有两间西屋旧平房，经报批，我们请工队拆了这西屋，盖了新房，两间小卧室，还有一个客厅，算是把家安顿下来。

新家不算宽敞，客厅不大，卧室也很小，但这是自己的窝儿，住着踏实，安稳。《长安》杂志主编、诗人子页到北京看望我，屋里屋外转了一圈，不无幽默地说："好啊白描，在北京扎根了，还是个钢筋水泥根！"但随后又说，"遗憾没有书房，读书写作不方便。"

举家新迁，京城煌煌亦攘攘，唐代诗人顾况曾拿白居易的名字开玩笑，说长安居大不易，那时居长安不易，现今居京城更难，有个安身的窝儿已经不错，哪还敢想再添书房？

但子页说的不便，确实存在，卧室很小，客厅是家里的起居中心，想安放一张书桌，静时阅读，闲来书画，竟没个合适地方，这的确是个遗憾。

1976年唐山大地震，波及北京，岳父在院子里搭建了一个防震棚，有一阵子地震闹得紧张，岳父岳母就住在防震棚里。后来形势缓和，那棚子没拆，一直留置在那里，用来堆放杂物。心想有个书房，我就对这防震棚打起了主意。棚子约6平方米，木架结构，板墙，刷了漆，有门，有窗，顶上虽是油毛毡，但用沥青浇了缝儿，不透风不漏雨，挺严实。如果拿这防震棚做个书房，虽然简陋窄狭，但独立一隅，自成一体，也未尝不可。

给岳父说了我的想法，岳父满口答应，并且帮我搬出里边的杂物，打扫干净，小灯泡换成了日光灯，支了书桌，装上台灯，还安了一张单人床。自此，在这个家里，我有了一间书房。

国家外国专家局是坐班制，朝九晚五，早出晚归。每天下班回家，晚饭后是我最珍惜的一段时间。胡同很深，不闻大街上的人喧车嚣，小书房里一坐，摊开一本书，或是铺开稿纸，我就沉浸于所寄怀的那另一个世界。因为地方有限，书桌是一张没有抽屉的简易小书桌，但我会把书桌上收拾得清爽利索，特别是写作的时候。那时没用电脑，还是笔写。面前是摊开的稿纸，台灯放在正对面，待用的稿纸、《现代汉语词典》、烟灰缸放在左上角，写过的稿纸放在右上角，用镇纸压了，旁边还置一盆紫砂浅沿方形凹角小花盆，里边是一株亭亭文竹。这些物什摆放的位置不能乱，乱了，就觉得别扭，觉得不习惯，甚至写不下去，这几乎成了强迫症，家里人知道我的习惯，从不动我的书桌。

1992年，我的《一颗遗落在荒原的种子》获全国报告文学奖，陕西电视台要改编电视连续剧，由我来编剧。这是一个沉重的任务，白天上班，只能利用晚上来写。每天下班回家，我便一头扎进小书房,让身心从京城飞到遥远的黄土高原,飞回到那个搅起城乡风暴的知青上山下乡年代。我给自己规定了任务,每晚2000字,能推托的应酬一概推托,能避免的活动尽量避免。写作从春天延续到冬天,30集,耗费了大半年时间,简陋的小书房给了我安静工作的空间。

院子里有棵合抱粗的大枣树,岳母说她小时候树就那么粗,想来这枣树足有百年以上树龄。大枣树的浓荫遮蔽了半个院子,小书房就在枣树下,夏日里天地间燠热如蒸,大枣树为小书房遮出一片阴凉;到了秋天,枣子红了,枝头像挂满红玛瑙,风一吹,有枣子落下,敲得油毡屋顶砰砰作响。走到院子里,捡拾一颗,擦擦,丢进嘴里,嘎嘣脆,又水又甜。冬日里小屋生了炉火,烟囱出口为了防风倒灌,岳父特地安装了风门。窗外朔风呼啸,小屋里暖意融融,不由想起清代才女吴绛雪的诗句:"红炉透炭炙寒风,炭炙寒风御隆冬。冬隆御风寒炙炭,风寒炙炭透炉红。"有时写累了,站在火炉旁伸伸腰,扩扩胸,火炉上的水壶嗞嗞冒汽,突然又想起白居易的诗句:"绿蚁新醅酒,红泥小火炉。晚来天欲雪,能饮一杯无?"当然,酒是不可能饮的,但这么一想,就仿佛进入了那个怡然境界,写作的苦累,也就在身心的暖意中融化了。

《一颗遗落在荒原的种子》改编成30集电视连续剧《荒原的种子》,剧本完成后,恰至1993年首届深圳文稿拍卖会举办,剧本在竞价中成为唯一成交的影视剧剧本,得了一个不小的数字的价格。小书房见证了我写作的艰辛,也帮我收获了心血所得。举家迁徙,又弄房子,那一段经济困难,这笔收入帮我度过了最艰难的日子。电视剧拍摄时,改名《遭遇昨天》,由李雪健、朱琳主演。在当年,算是比较火的一部知青题材电视剧,几乎所有省台都曾播出。

后来外专局分了房子，我有了像样的书房，但新街口大七条槐树胡同1号那间防震棚书房，一直保留，周末回那里，我还会坐进书房，读书，写作。

2001年，新街口大七条一带拆迁，槐树胡同不复存在，我的那间防震棚书房，连同院子所有房屋，夷为平地。最可惜是那棵大枣树，原本以为这棵树已在京城古树档案中登记入册，开发商万万是不敢动的，搬离前我们也叮嘱过拆迁队，谁知后来那个地区整片大楼崛起后，大枣树消失了，大枣树，还有大树下我的书房那块地儿，成了楼群里的一个道口。

我曾踏访旧地，在小书房的原址久久伫立，道口人来车往，谁都不知道这里曾氤氲着我的芸草书香，曾刻印着一个人的岁月甘苦和绵绵情思。

但记忆不会消失，防震棚书房会一直藏在我的心中。

2019年1月5日于北海

我的大渠

2016年11月8日，泰国清迈会展中心。

国际灌排委员会第二届世界灌溉论坛暨第67届国际执行理事会，正在这里召开。

晚上8点，国际灌溉排水委员会名誉副主席侯赛因·甘德度宣布世界灌溉工程遗产名录评选结果。中国泾阳郑国渠遗址入选。在全场热烈的掌声中，陕西省水利厅副厅长魏小抗从国际灌溉排水委员会主席萨义德·纳瑞兹手中接过奖牌，自此，郑国渠成为陕西省首个"世界灌溉工程遗产"，陕西又喜添一枚世界级"金名片"。

世界灌溉工程遗产与世界文化遗产、世界自然遗产等并称为世界遗产，国际灌溉排水委员会自2014年开始在全球范围评选。每年由各国家委员会组织申报，经由国际专家组评审提出推荐名单，国际执行理事会投票通过后正式列入遗产名录。此次是第三批，全世界共申报48个，入选12个，中国除郑国渠外，浙江溇港、江西槎滩陂，一同入选。

看到这一消息的时候，我正在广西北海。几天前，我刚刚参观过灵渠。灵渠是秦代的一项伟大工程，位于广西兴安县境内，于公元前214年凿成通航。灵渠由东向西，将兴安县东面的湘江源头海洋河和兴安县西面的漓江源头大溶江相连，是沟通长江水系和珠江水系的一条古老运河，有着"世界古代水利建筑明珠"的美誉。我的眼前浮现着2000多年前的历史云烟，遥想着那个扫平六国、完成统一大业的中国首位帝王，如何继续以"挥剑斩浮云"的决绝心态和高昂意气，派遣50万大军南征百粤，命掌管军需供应的监御史禄督率士兵、民夫在兴安境内湘江与漓江之间开凿灵渠，浩荡的长流成为一条运河，士卒、粮饷沿着运河源源不断地运输，岭南随之一扫而平归并大统……当这种波澜壮阔的雄浑景象还在我的心中翻腾时，远在北方我的家乡的郑国渠申遗成功，让我为之激动不已。

大禹治水的故事在中国经久流传，妇孺皆知。在中国辽阔的土地上，从南方到北方，从东部到西部，地质地貌差异很大，水资源和水环境各不相同，人类生存和发展经常受到洪灾或者旱灾的侵扰和制约，一部中国文明发展史，一直与国人治水的历史结伴而行。中国人尊崇大禹，不管在防洪领域，还是在灌溉、航运、供水等领域，任何成功的水利业绩都被视为大禹事业的再现、大禹精神的回归。

在这个历史过程中，秦人治水，创造了辉煌的业绩，积累了丰富的经验。公元前256年，秦昭王命蜀郡太守李冰父子，在成都平原西部的岷江上修建大型水利工程都江堰，工程历时5年，于公元前251年建成。2000多年来，都江堰一直发挥着防洪灌溉的作用，使成都平原成为水旱从人、沃野千里的"天府之国"。修建郑国渠是秦王嬴政登基当年做出的最重要的一项决策，公元前246年动工，公元前237年完成，历时10年，从泾河引水东注洛河，总长300余里，灌溉土地4万顷，从此关中为沃野，无凶年。灵渠始建于公元前218年，完工于公元前214年，历时4年，全长近80里。都江堰、郑国渠、灵渠并称秦代三大水利工程。

我在想象清迈会展中心那个夜晚的情景。国际灌排委员会第67届国际执行理事会全体会议与第二届世界灌溉论坛合并召开，来自8个国家的部长级领导人和58个国家的1200多名代表参会，中国国家灌排代表团50多人参加了此次会议。那应该是让会议现场中国人激动兴奋的时刻。他们当中一些人，作为郑国渠申报世界灌溉工程遗产的专家组成员，此前做了大量的工作。他们会同来自国家灌排委、水利部有关司局、中国水科院、中国水利史研究所、清华大学等单位的专家，深入郑国渠遗址区、陕西水利博物馆、陕西省泾惠渠灌区，参观陕西水利发展史展，实地踏勘遗址保护现状及泾惠渠灌区发展、建设和管理情况，召开各种座谈会、交流会，编写申遗报告，对申遗报告提出意见建议，为郑国渠申遗不遗余力。现在如愿以偿，2000多年前的祖先兴水利除水害、改造山河的丰功伟绩得到认可表彰，足以振奋国人，足以告慰那些留下姓名和没有留下姓名的郑国渠的建设者。

我的想象飞回故乡泾阳。在故乡，两千两百多年前的郑国渠遗址尚在，它的故道上，后世接续秦帝国的事业，修建了一个又一个引泾水利工程，这些渠水还在流淌，现在的泾惠渠就从我们村前流过，家乡人叫它大渠。一辈又一辈人，早就习惯了它的存在，就像习惯门前的路，南边的塬，北边的山一样，在他们觉来，那是老祖宗留下的造化，如同把土地、屋舍、村庄留给他们一样。它与地里的庄稼、囤里的粮食有关，与农时节令、雨晴旱涝有关。它有干渠、支渠，枝枝权权地流经一个又一个村庄，一个又一个乡镇，流出泾阳，又流进三原、高陵、临潼、富平等县。干渠宽阔的堤岸，是人走车行的道路，支渠的小岸，是阡陌便道。大人们在渠水浇灌过的土地上劳作，孩子们在大渠里凫水，在小渠岸边割草，蹦蹦跳跳从窄窄的渠岸小道上学去。很多村名都和大渠有关：大渠拐弯处的村子，就叫它拐渠村；渠水绕着村子弯了一个湾，就叫它湾子杨；有斗口的地方，就叫它斗口于村。它从古老的时光里走来，伴随着故乡的岁月，伴随着一代一代人的生命蜿蜒前行，它是故乡的组成部分，就像血管是肌体的组成部分一样。人们对它太熟悉了，太过熟悉，就觉得寻常。他们不会想到，在远离他们的地方，在泰国清迈的一个特定时刻，全世界水利专家中的权威泰斗们，会把目光聚焦于他们门前的大渠，它在接受一种带有挑剔眼光的严格检阅。经过一系列程序之后，在一个庄严的仪式上，它被授予崇高的荣誉，赋予人类文明创造的历史性意义，并向全世界予以昭告。当故乡人民获悉这一切，一定会因此而激动，而骄傲。我的那些正在大渠岸边劳作的父老乡亲，一定会重新打量那流过村前千年的大渠，心里说："哦，你原来这么了不起！"

2017年，我两次回到故乡泾阳，第二次回泾阳足足住了4个月。我为郑国渠而归来，我要重访大渠。

我7次奔赴郑国渠渠首，那是泾河出山的地方，山叫仲山，渠首的地方叫瓠口。2000多年来，由于泾河河床不断下切，秦以后历代修筑的引泾渠口逐代上移，郑国渠渠首处在下游一片高高的台地上。台地上荒草丛生，爬地龙、野莴苣、刺蓟、野蒿、艾草、野酸枣、狗尾草布满了沟沟洼洼。渠首遗址、古老的引水渠道、高高的人工筑起的土坝，都立了保护碑。在台地边缘陡峭高耸的泾河岸边，栽着遗址保护区东西南北四面方位起止的界桩。我踏着荒草，小心翼翼地拨开酸枣刺丛，来到渠首保护碑前。碑子上镌刻："全国重点文物保护单位 郑国渠渠首遗址 战国 中华人民共和国国务院 一九九六年十一月二十日公布 陕西省人民政府 二零零七年十月三十日立"。郑国渠大坝古遗址耸立在渠首一侧，长约1500米，高7米左右，不明就里的人看到它，会以为是道土梁，好在考古工作者在大坝上剖开一段土皮，层层叠加的镇压层理方可得见。依稀可辨的古渠道是条浅浅的沟洫，已被荒草覆盖。岁月的帷幕把中国古代这个伟大工程几乎快要遮蔽了，它留在这个世上的，除了保护碑之外，只是影影绰绰的痕迹。

我心中感慨万端。

但我知道，它虽然古老，但并没有寂灭死去。

它像一位老祖宗，从它脚下溯泾水而上，沿着泾河左岸，它的子嗣后世累朝累代衍传流转：汉代白渠，唐代三白渠，宋代丰利渠，元代王御史渠，明代广惠渠，清代龙洞渠，民国和当代的泾惠渠，皆因循它而相继出世。在关中土地上，它曾经润泽过的地方，被它后世这些渠道继续润泽。它把恩惠人间的大德懿范传递给它们，它与岁月同在，与大地同在。

我的目光越过高高低低的丘墚壕沟，眺望泾水流出的山口。泾水似练，青山如黛，轻薄的雾岚氤氲在山水之间，现今的泾惠渠渠首在山口那里。在雾岚和清晨太阳的光晕中，我恍惚看见一个少年男子彷徨的身影，他的头顶是一轮明月，他瘦削的身板在大山的衬托下显得非常单薄。他仰头对着月亮，似乎面临什么困境，向头顶的明月讨要主意。

我知道那是我，是48年前的我。

48年前一个月华如水的夜晚，我曾在那里逗留，那是一次终生难忘的对大渠源头的造访。那天晚上，我身上的血，滴洒在泾惠渠的水流里。这如同一个象征，一个隐喻，那次特殊经历足以昭示：我的血脉是和这条大渠融汇在一起的。

如今我又来造访你了——我的大渠！

1969年，我初中毕业回乡做农民的第二年，初夏槐花开的时候，生产派工运送蜜蜂转场。17岁的我，和队里10多个精壮劳力一同出发，去20多里外的南塬上拉蜂箱。大队里办了个养蜂场，蜂场是随着花儿的开放走的，南塬上放蜂的地方在顺陵，也就是武则天母亲杨氏的陵墓，那一带村落和路边槐树多，槐花自南向北次第开放，南塬上的槐花谢了，北塬上的槐花也就开了。我们要做的是把四处散放的蜂箱收拢起来，黄昏时候装车，趁着蜜蜂都归巢的夜晚把蜂箱拉到北塬上去。

装好车，我们稍事休憩等待出发。我被顺陵的石雕吸引，先转悠着看陵墓边上那些石人、石羊、石狮子。最让我惊奇的是用一整块青石雕的独角兽，足有两人多高，像鹿，又像宫殿屋脊上的"望天吼"，肩部和前腿两边相接处长有双翅，翅上刻卷纹，四肢雄健，长尾拖地，造型磅礴，神态威猛。若干年后，我才知道那叫"天禄"，《汉书》里又称此兽为"獬豸"。那个权倾天下的女皇武则天，在她母亲死后，以王礼葬，追封为孝明高皇后，将墓改称为陵，这顺陵也就建得像皇陵一样气魄。石雕在陵墓东南西北四个方位都有，我想多看看，但拉蜂的车队要出发，我只好拉上架子车，随众人开拔。

就在我刚把架子车襻绳搭上肩膀的时候，我的鼻孔开始流血。那一阵子我经常流鼻血，以为是上火，从未去就医。流血了，撩几把凉水拍拍头，随便找团棉花或纸团往鼻孔一塞，血就止住了。这一次没有棉花，也没有纸团，从田地里捡了块土坷垃，堵在流血的鼻孔里，拉起架子车上了路。

转场要去的是北塬上的张家山。张家山是仲山的一个小地名，泾河流经宁夏、甘肃和陕西的黄土高原，冲出泾河大峡谷，从这里进入关中平原。张家山山清水秀，林木葱茏，这个时节正是槐花开放的当口，蜜蜂在那里会采酿出上好的槐花蜜。天气晴朗，一轮满月刚刚从东方升起，顺陵距离张家山60里，鸡叫三遍前，赶到那里不成问题。

一路无事。

麻烦出在最后不到10里的地方。在经过一个村庄的时候，我的鼻子又流血了，先是左鼻孔流，路边捡块土坷垃堵住，右边又流。临近大山，一路都是上坡，车上装了10个蜂箱，平路上不算重，但上坡路必须弓腰低头用些力气。这一低头，一用力，鼻血流得更是难以止住。土坷垃已经不管用了，从路旁扯一把苜蓿，揉成团，挤掉汁液，把两个鼻孔都塞上，还是不管用，鼻血还是滴答下来，滴答到路上，滴答到我胸前的衣服上，就这样，拉着车子，不时停下对付流淌的鼻血，我已经被前边的车队远远甩在后边。

好在月光很亮，大地如同白昼，前边车队的影子可以看见。我加快脚步追随，上坡路大家都累，他们行进的速度不算快，我终没有被落得很远。

终于到了张家山，众人在山下的一片坡地上等我。我从学校刚回乡参加劳动，他们以为我拉车体力不支落在了后面，待我来到他们身边，一干人首先看见我白衣衫的胸前染了很多血点子，以为我在后边遭遇不测，被人打了，一下子慌了神，围拢在我身边。我告诉他们是鼻血，没有打架。我拔出塞在鼻孔里的苜蓿叶，这一拔，那鼻血又涌了出来。

我不知道我流了多少血，只觉得头发蒙，眼睛有些花，身体很疲劳。这里是泾河左岸，离泾惠渠总渠口不远，坡地的一边就是哗哗流淌的泾惠渠。村里一个我叫三哥的，拽着我的胳臂，从渠岸斜坡人们取水用的一条小台阶，下到渠里，让我洗脸，把渠水往头上撩。鼻孔经水一洗，非但没有止血，反倒是流得更多，一小滴一小滴变成了一大滴一大滴。

月光在粼粼渠水上像洒了一层银，血滴滴到水面上，迅速洇染开来，像落英的残红，随着水流漂散而去。

血一直止不住，只好反身上到渠岸上。众人看见我的样子有点发慌。我只能仰起头，对着天，对着悬挂在天幕上的那一轮银盘，希望借助这个姿势能止住长流的鼻血。

运蜂人中有一位名叫"牟娃子"的中年汉子，同姓白，长我一辈，我叫他"牟子叔"。他从坡地下面的荒沟里撅来一把野刺蓟，那肥厚长条的叶子周边呈锯齿状，有针刺，扎手。他管不了那么多，在手里把刺蓟叶揉碎，让我头再仰高一些，把叶汁挤进我的鼻孔里，之后再把揉碎的刺蓟团塞进我的鼻孔。刺蓟是一种野菜，不过人们嫌它扎嘴，很少吃，猪却很喜欢吃。刺蓟也是一种草药，具有凉血止血、祛瘀消肿的功用。农村人下地，不小心跌破了哪里、割破了手脚，就把刺蓟嚼烂或者捣碎，敷在伤口，伤口就会止血和避免感染，很快好起来。刺蓟能长很高，家乡有句俗语："荞麦地里刺蓟花，人家不夸自己夸。"刺蓟长在荞麦地里，高出荞麦一大截，荞麦开白花，刺蓟开红花，那高高的茎秆上方顶一个球苞，花儿从那球苞上绽放，粉中带紫，紫里透红，花瓣像菊花瓣儿一样弯曲细长、密匝繁盛，在荞麦的白色碎花里冒出几株这高挺的花朵，自是分外惹眼。家乡的俗语意思是讲这刺蓟花好出风头，但眼下于我，这野物成了解脱危机的指望。

牟子叔这方法竟真管用，渐渐地，我的鼻血止住了。

蜂箱放置在早已选好的山洼里，正是鸡叫三遍的时候。一干人各寻方便，在山坡的草地上香香地迷糊了一个小觉，待天色大亮，东方的霞光越过张家山的山头把泾河水映得闪金耀银时，我们拉着空架子车踏上归程。

回村的路50里，一直沿着大渠走。我的鼻子完全好了，疲乏的身子也歇息过来。从大渠往下游走，一路都是慢下坡，人人步履轻快，我也是一身轻松。几个时辰前，我的一滴一滴的血，就是从渠里流下去的，血与渠水融汇在一起，早已合为一体，分解不开。我走在回家的路上，我的血先我而行，也奔向家乡的方向。下游有一处地方叫作三渠口，三渠口的地面上有一个叫手巾白的村子，那里有我的家，我一来到这个世界，命运就注定要和大渠联系在一起。

我是在渠岸边出生并长大的。

公元前95年（汉武帝太始二年），一位史逸其名的朝中大臣奏请穿泾引水。《汉书·沟洫志》只记载他是赵中大夫白公。白公奏请的原因是由于泾河河床下切，100多年前的郑国渠引泾渠首高于河面，再从泾河引水已经很困难了。武帝准奏，白公规划并督导穿渠，渠首从郑国渠首上移1200米，在下面几里的地方与郑国渠故道汇合，在下游又开凿了一些新的渠道。

白公主持修建的这条渠，史称白渠。

白渠流到池阳（即今泾阳），《水经注·渭水》载："又东南径池阳城北，枝渎出焉。"这个"枝渎出焉"的地方，在唐代又设三限闸，白渠在这里分而为三，建成太白、中白、南白三条渠，后世就把这里叫作三渠口。查阅清代泾阳县志，三渠口早先涵盖的地域面积较大，到了后来缩小，只限定五个村庄的范围：朱家桥、韩家店、角雏村、蒋家村、手巾白。五个村子的分布形状好似梅花瓣，手巾白村是最靠近大渠的一只花瓣。

村子南面，自西而东，有两个斗口，放水的时候，大渠水从开启的斗门哗哗流进小支渠，这两条支渠要灌溉好多个村庄的土地。我们村子靠近大渠，近水楼台先得月，自然是首得灌溉之利。七八月酷暑季节，骄阳炙烤，大地生烟，地里的玉米正起身生长，被太阳晒得蔫头耷脑，叶片儿拧成了绳子，有些叶尖儿已经衰萎，小支渠又分出引渠，引渠直达田间地头，渠岸上的口子一开，一畦一畦挨着浇灌，一畦地里水还没有灌到头，前首浇过的禾苗儿，就挺起了身，叶子舒展开来，颜色变得鲜绿。这真像渴极的人，咕咚咕咚痛饮一番，立马止渴，真是神了。人们把及时雨比作甘霖，这渠水就是甘霖，禾苗的甘霖，庄稼人的甘霖。麦子也是一样，家乡有农谚：麦成八十三场雨。这八十三场雨，不是说要下八十三场，而是指农历八月、十月、来年三月，麦子播种、分蘖、灌浆，正是需要水的时候。不能完全指靠老天，天不作美的话，有渠水，渠水保障了麦子的生长需求。

村里小渠放水的日子，大人们忙浇地，我们孩子们也快活地忙碌起来。水在渠里像游龙一般向前蹿腾，干涸的渠底发出嗞嗞的吸水的声音。有时我们拿泥巴捏个小人儿、小房子，有意放在渠里，水一来被吞噬，我们就喊："发水啦！发水啦！"然后光着脚片子，踩着水头在渠道里奔跑，溅起高高的水花。

水头漫过的渠底和渠岸，在泥土的裂缝和草棵丛中，会蹦出惊慌失措的蚱蜢、蛐蛐、油葫芦、土黄色或绿色的小螳螂。我们逮蛐蛐，挑那个儿大、看去勇猛善斗的带回家养。渠水聚满的时候，我们就在渠里凫水，不会游漂不起来，手就抓着渠底，狗刨式地往前拱，兴高采烈地欢叫，好像自己有了漂洋过海的本领。

在我们村东南方，大渠上有一个跌水。那是一个很大的跌水，渠里放水的时候，激流倾泻而下，状如瀑布，浪花翻滚，响声如雷。渠岸是土岸，跌水却是用石头水泥筑成，流水的扇形斜坡是水泥，周围一圈岸堤砌了石头，围成一个葫芦形状的深潭。大渠上游关闸的日子，渠里没水了，但这"葫芦"里仍有蓄水，便成了周边几个村孩子们的天然游泳池。那些会凫水的大孩子，从跌水口沿着水泥斜坡奔下，一头扑进水里，溅起很高的浪花，有一些则顺势扎进水里，不见了踪影，过一会儿才从前边冒出头来，这是潜泳，我们的叫法是"钻冒淹"。我羡慕那些会凫水的大孩子，先是在跌水边看，后来便跃跃欲试，下到水浅的地方，试着学"狗刨"，或者撩水和小伙伴们打水仗。过些日子，我突然觉得自己能凫起来了，手不触底，居然可以向前游动。这令我兴奋不已，但我仍不敢到水深的地方去，跌水底是个慢坡，最深的地方一人多深。我们村有个叫"和尚"的小子，大我四五岁，会上树掏鸟窝，会牵着狗撵兔，会用一种灌水的方式在野地里逮黄鼠，单腿蹦玩"斗鸡"，谁也斗不过他，在我心目中，他就是一个英雄。他水性好，别人从跌水的斜坡上扑进水里，他却从石头砌成的峭岸上扑进水里。一天，他叫我不要害怕，撺掇我到深水区去，他一只手托着我，游过深水，游到跌水斜坡的地方，我战战兢兢坐在斜坡上歇息，和尚却不见人了，扔下我不管了，从斜坡到前面水浅的地方，足有十多米，看来是要靠我自个儿游过去了。无奈之下，我给自己壮胆，扑通扑通地个"狗刨"起来，还好，什么事情也没有，顺利地游到水浅处，尽管还有点后怕，但心里却涌出一阵狂喜——我行，我会凫水了！

自从长了这样本事，大渠就成了我的水上乐园。夏日里，大渠里枯水的时候，跌水自然是个好去处，大渠放水了，满渠的水流滚滚滔滔，我就和小伙伴们在渠里游。从渠岸上边某个地方下水，顺着渠水一会儿"狗刨"（我们把这种泳姿叫"打浆水"），一会儿"漂黄瓜"，游一段再上岸，又跑到上游再下水。游累了的时候，就赤条条一丝不挂，躺在渠岸上歇气。太阳把土渠岸晒得热烘烘的，渠里的泥水粘在身上，很快晒出一层白硝，指头一划，一条印痕，鼻子里闻到的都是晒热的泥土的腥味。

跌水和渠里都淹死过孩子。大渠上游开闸放水的时候，孩子们是不知道的，正在跌水里尽情撒欢儿，突然，不期而至的渠水从上游滚滚而来，跌水即刻变成了瀑布，来不及爬上岸的孩子，就被冲走，或者卷进瀑布下的漩涡里，只要卷进漩涡里，就很难再出来，我认识朱家桥一个小子，就这样被淹死了。打捞尸体的时候，我们很多孩子凑在旁边看，捞上来后平摆在岸上，奇怪的是那尸体的肚子平平的，像是并没有灌进多少水。大人们说他是被泥水呛死的，夏日里上边的泾河常有洪水暴发，大渠里的水泥沙量很大。在大渠里淹死的大多是初识水性，以为自己会凫水，便下渠折腾，结果遭遇不测。淹死的也有大人，一个醉鬼晚上回家，东倒西歪沿着渠岸走，一个趔趄竟栽到了渠里，第二天被人在下游十多里外发现，被岸边伸进渠里的柳树根挂住，像一页门扇一样漂在水上。在上游八支渠一个跌水里还淹死过一对情侣。这对情侣是县剧团的台柱子，在《三打白骨精》这出戏里，男的演孙悟空，女的演白骨精。剧团去王桥演戏，安排有卡车接送演员和戏箱，别人都坐车，两人正谈恋爱，男的便骑了一辆自行车，驮着女的自行前往。到了跌水的地方渠岸是一个陡坡，男的想冲上去，不料力气不够，自行车一歪，栽进了翻滚的跌水里，此后很多年，县里人都为这一对青年男女痛心，为县剧团失去了台柱子惋惜。

我在跌水和大渠凫水，父母是不允许的，我只能和小伙伴们偷偷地去。有时是趁父母看管不严，溜出村直奔大渠，有时是趁在野外给羊割草，逮住机会下水玩个痛快。这种事情常常瞒不过父母，他们的感觉很准，怀疑我下水了，先是质问，见我不承认，伸出手指，指甲在腿上一划，划出白痕那就算是定案了。其实我一般是有预防的，从渠水里出来，在渠岸外的洼地里找一汪清水，把身上的泥水痕迹冲洗干净，但即使这样，腿上那白印子还是能划出来。为此，我没少遭受父母的惩罚，轻则饿着不许吃饭，重则挨父亲的巴掌。父亲对付我还有更严厉的招数，在我开始上学读书时，父亲教我写毛笔字，有时偷着去凫水耽误了练字，回到家父亲就让我跪在地上，头上顶一块方砖，一手扶砖，一手持笔，另一方打磨光滑的青砖平放在面前的地上，让我蘸着清水在上面书写，这便是我最初的毛笔字功课。

年纪稍长，要离开三渠口，去15里路外的永乐店读初中了。上学的路，就是沿着大渠走，走出六七里，沿着一条支渠的渠岸一直向南。那渠岸很高，我们叫它高渠岸。下了高渠岸，就是仪祉农校。这是以我国著名水利专家李仪祉先生的名字命名的农业学校，泾惠渠就是李仪祉主持修建的。经过仪祉农校南门，朝东南方向有一条小渠，顺着小渠岸走到一个叫河南窑的村子，就到了另一条大渠，人们叫它南干渠。沿南干渠再走一段，朝南拐，经过一个矗立着高铁塔的丘墚，再不远就是永乐店。那矗立高铁塔的地方是个地理测绘点，后来建成了"中华人民共和国大地原点"，也就是我国地理坐标——经纬度的起算点和基准点，全国统一的坐标系就是据此建立的。上学路上，我曾攀爬到铁塔的最顶层，可以俯瞰方圆十多里范围内的景致，南面泾河蜿蜒东流，东边是永乐店，我就读的永乐中学在镇子的最南端，镇子东边是咸阳通往煤城铜川的铁路线，西边可以看到唐太宗李世民的陵寝九嵕山，北边可以看到仲山、嵯峨山。我沿途走来的两条大渠，自然在视野之内，流经我家门口那条大渠的影子模糊一些，而稍近的南干渠渠岸上栽植着高大挺拔的杨树，形成了一条绿色的长带，那些杨树有的近一抱粗，在渠岸上遮天蔽日，绿色长带犹如绿色游龙，在丰沃的原野上游向东边看不见的地方。

那时我养了一条狗，取名"鹞子"。鹞子极聪明，对我感情很深。在永乐中学上学住校，每周回家一次取粮取馍。它能算准时间，母亲讲，一到周六，从午后它就不吃不喝，趴在家门口，眼巴巴望着东南村口，等待着我的归来。我沿着大渠回家，走到跌水那儿，手指伸进嘴里，打一串嘬哨，不一会儿工夫，远远就看见它从渠岸上一路奔来的身影。它在迎接我，往我身上扑，前爪搭在我的身上，喉咙里发出激动的呼噜呼噜的声音，再之后就是围绕着我转圈儿跳跃、蹦跶，寸步不离地伴我一路走进家门。鹞子后来被人残忍地打死了，那是在"社教"运动中，父亲在生产队一直当队长，运动来了成为"四不清"干部，被"积极分子"强令站在一只凳子上，三伏天夜里头顶上悬挂一只200瓦的灯泡，让交代问题。社教驻队工作组组长姓赵，彬县人，长一张大嘴，一说话唾沫星子乱溅，他高喉咙大嗓子地呵斥父亲，这一切都被鹞子看在眼里。平日里，每当赵组长从我家门前经过，鹞子一定要冲上去堵住他的路，凶狠地朝他狂吠，吓得他连连后退，这时候父母忙跑出来呵禁鹞子。如此遭遇多次，赵组长忍无可忍，决计要除掉鹞子。他来了手绝的，自己不叫人动手，而是下令父亲，让两日内把狗打死。父亲背着"四不清"干部的黑锅，已经挨了不少批斗，现在家里的狗又给他惹出事来，可怜的父亲慌了神，在家里闷着头难受了两天，第二天傍晚，给鹞子喂了两个麦面蒸馍，叫来村里几个小伙子，哄骗着把鹞子拴到屋后小渠岸的一棵杨树上，用镢头、镢锨、棍棒朝鹞子一阵乱砸……

那个周六从学校回家，到了跌水那里，我开始打唿哨，任我的唿哨打了一遍又一遍，却不见鹞子来迎接我。我心里有一种不祥的感觉。回到家后，第一件事是屋里屋外、屋前屋后到处找鹞子，找不见，问母亲，母亲支吾着不回答，也躲闪着我的眼睛。我知道出事了，再三追问，母亲才红着眼告诉我鹞子的遭遇。我像疯了一样，大哭大喊，呼唤着："鹞子！鹞子！还我的鹞子！我要我的鹞子！"父亲进门的时候，我冲到父亲面前，连哭带嚷地质问："为啥要打死鹞子？你是叫谁打死了鹞子？"好像父亲一说出谁谁的名字，我就会去和人家拼命。父亲自知对我亏欠，不理我，也不敢看我，进厨房抓了两个馍，蹲在房檐台上，却吃不下去。见我啼哭不止，父亲重重地叹了口气，闷声闷气说："甭哭了，谁家狗下了狗娃，再逮一只来。"我梗着脖子顶撞："不要，我就要我的鹞子！"

那一晚，在打死鹞子的小渠岸边，我搂着那棵杨树瘫坐在地上，像搂着我的鹞子。我泪流满面。

我至今清晰地记得在我16岁的那个寒冷的冬夜，行驶在村边公路上的那辆马车，马车上那团红红的火光。

1968年，我回乡当农民的第一年。冬季，麦田和秋里收完玉米的"摺茬子"地都要进行冬灌，每个生产队用水是分配了时间的，大渠上有斗门，支渠上又有斗门，斗门一开，多长时间，已安排好，轮到你，你就得白天黑夜连续浇地。

一个晚上，队长派我和几个社员浇地。

天气很冷，但渠水尚未结冰。水在小渠里汩汩流淌，小渠下面顺着地头又有小引渠，有劳力守在渠边负责在每畦的顶头开挖口子，挨排儿一畦一畦地浇；有人提着马灯在地里巡看，见有些高处浇不到，就高声喊叫："口子开大些！"水到头，一畦地浇满了，再大喊："到头啦，改口子！"守在渠口的人就按这喊话去做。一畦地很长，水从这头流到另一头，需一些工夫，在渠头负责开口子轻松一些，只需坐在地头守候，在地里巡看的人就辛苦了，要提着马灯在黑夜的田地里查看，要向渠头的人喊话。那天夜里在地里查看的是杨叔。杨叔旧社会在县保安团干过，戴着"历史反革命"的帽子，生产队的活路，但凡有轻重苦乐差别，不用人指派，他一定会主动挑拣苦的累的干。他在地里忙活着，地头连我三个社员，抱来一大捆玉米秆，拢起火来，一边烤暖一边东拉西扯，用家乡话说是"胡吹冒撂谝闲传"。到了后半夜，几个人都没精神了，除了遵从地里杨叔的喊话，封口子、开口子，其他什么兴趣也没有了。

我感到又冷又饿。困得不行，但不敢让自己睡着，怕冻着了感冒。月亮沉下西天，满天星星很明亮，不时有流星从天际间划过，万籁俱寂，除了渠水哗哗的流淌声音之外，四周听不见任何动静。夜是如此漫长，长得让我心烦，也有一种恐惧，我才16岁，16岁就告别了人生一个重要阶段——学生时代，我不知道自己的未来是什么，看样子，就要守在这块土地上了，我的前边，还有无数个像今天一样的寒夜在等待着我，这黑黢黢的一片就是我将要守候的年华，我冻得发抖，心更是冷得缩成一团。

就在如此的静夜中，东边的公路上传来一种声音打破沉寂，那是马蹄敲击石子路面的"嘚嘚、嘚嘚"的声音，一辆马车从南边过来，驶上三渠口大桥。赶车人为了驱寒，在车上的马槽里拢了一堆火，在黎明前的黑暗里，那火光特别红亮、特别耀眼。"嘚嘚、嘚嘚"的马蹄声自远而近，那火光也越发显得明灼红亮。也许那赶车人为了驱走寂寞，突然吼起秦腔来，先是一个"叫板"：

"啊——实可怜啊实可怜——"

这个"啊"字，由低到高，中间拐了几个弯儿，到了最高音处，蓦然煞尾，接着紧促地蹦出"实可怜啊"，第二句"实可怜"却速度放慢，后边跟着一个长长的拖腔。

我一激灵，像是身上浇了冷水，那声音直刺透人的心肺。身边另外两个浇地人也直起脖子，朝公路上看。

一声"叫板"之后，赶车人接着唱道：

枪刀林里向外闯

虎口里逃出两只羊

夜茫茫难辨别南北方向

黑漆漆找不见路在哪方

唱腔高拔凄婉，苍迈悲凉，在这样一个夜里，旷野悲风，寒流衰草，那声音破空而来，任谁听了都会心酸。

身边有个同伴懂戏文，说赶车人唱的是《走雪》。

大概赶车人也觉得唱得过于悲戚，没劲，腔调一转，另一段高亢激越的戏文唱了起来——

喝喊一声

绑帐外

不由得豪杰笑开怀

某单人独骑把唐营踹

马踏五营谁敢来

敬德擒某某不怪

某可恼瓦岗众英才

当年一个一个受过某的恩和爱

到今日委曲求全该不该

敬德不能把头借

二十年后某再来

……

这段戏我熟悉，是《斩单童》。单童也叫单雄信，瓦岗寨的一条好汉，手持一柄金顶枣阳槊罕逢对手，《隋唐演义》里有他的故事。在昔日的弟兄纷纷投唐后，他宁被斩杀也不投降，在刑场上，李世民和原瓦岗寨众弟兄向他祭酒，他则是一顿痛骂。很多剧团排演过《斩单童》，我最喜欢西安三意社的演出，著名净角周辅国扮演单童。他的唱腔高亢激昂，尽显秦腔慷慨悲壮之风。

赶车人吼的正是周辅国的唱腔，第一句先是"尖板"，第二句转接"二反紧塌板"，从"马踏五营谁敢来"以后转为"二六"，那声音是运丹田之气，顶到脑袋顶，经过颅壳共鸣后发出来的，有种金属般的穿透力。这声音竟让我周身热血涌动。单童本是一个重情重义，路见不平，拔刀相助的豪杰，并不懂得人世间还有打江山、坐江山，为王称帝一说。他临死前的骂声，全是一股悲壮之气，但悲壮中却给人一种痛快淋漓的感觉，无论他对李世民、对敬德的臭骂，对罗成的狠骂，对徐懋功和秦琼的恶骂，通过骂声尽情地发泄着他心中的怨气、怒气，但无论谁一听，都会觉得过瘾，直把自个儿心中的怨气怒气彻彻底底地发泄了。

远处地顶头传来杨叔的喊声："水满啦，改口子!"

我拿起铁锨，一跃而起……

来年春上，要种棉花了。家乡的土地两年三料，小麦收后种玉米，秋里玉米收后，要让土地歇一冬，攒一攒地力，这歇着不种的土地，叫"撂茬子"地。棉花是在"撂茬子"地里种的，经过泾惠渠水的冬灌，三九天满地冻成冰，白晃晃一片，开春，冰化了，先化成碎块的冰凌，渐渐全化成水，渗透到土地里边。这一冻一化，土地变得酥软，春天的太阳照晒着，土地经过翻耕、耙糖，土块变成了碎土面面，表面上干燥，下边却有着很好的墒情。这个时候，先要整好地垄，我们把这活儿叫"耧畔子"。我扛着刨耙，和社员们一起出工。

春天总是那么美好。万物复苏，田野里的草绿了，小渠沟岸上白的、黄的、红的野花在开放，风儿轻轻吹在身上，像看不见的小手的柔情抚弄。劳动间歇息，人们坐在一块儿抽烟、闲聊，我躺在细绵如沙的土地上，太阳在头顶暖暖地照着，泥土里散发出只属于苏醒的土地那种土腥和芬芳混合的味道。不远处的大渠岸上，柳树的枝条像女人的长发一样轻拂，谁家放羊的孩子，折了柳枝，做成柳笛，一声一声在吹。

那时我正望着天上的白云发呆，想着虚无缥缈的心事。农村、农民、祖辈的命运，还有青春、前途，以及远方那些我没有看过的世界，生命里没有经见过的事物，一股脑儿都往脑子里钻。想着想着竟有些感伤。让我更感伤的还有一件事情，我暗恋初中一位女同学，她高我一个年级，比我大一岁，但在学校的"文革"中是一派，接触较多，我喜欢上了她。一个少年，情窦初开，什么是喜欢，什么是爱情，根本不懂，我以为自己遇到了爱情，天天想看到她，看到了想和她多说话，却笨嘴拙舌不会讲。她的家在永乐店街道，居民户口，父亲是一位医生，在我看来，她就是城里人了，这让我在她面前总是胆怯自卑。这纯粹是一场单相思的暗恋。我心中的秘密大概被姐姐看出了，她从没问过我，但是有一天，她似乎不经意地在我面前透露，说我那位女同学订婚了，对象是姐姐的同学。我一下子被打蒙，戳在那里不动，表面上什么也不能表现出来，但心像掉进冰窖里一样冻僵了。这是一种不可告人的痛苦，我强忍着这种痛苦，在绝望中不停地回想她的模样，她的笑，她说话的声调，回想着我和她的种种接触。我不能一个人闲下来，闲下来面前总是她的影子。现在躺在春天的土地上，我又想起了她，一场恋爱没有开始就宣告终结，我认为自己无能透顶，倒霉透顶。

大渠岸上小羊倌的柳笛又吹响了。我身上的口袋里，总装着一把口琴，那是我的心爱之物。上小学我就会吹口琴，在西安工作的姐夫为我买了一把。这时我把口琴取出来，想借助口琴吹出我的"失恋"。在我学过的口琴曲里，唯一与爱情有关的是用毛主席的词谱成的歌曲《蝶恋花·答李淑一》："我失骄杨君失柳，杨柳轻飐直上重霄九……"我一遍一遍吹奏这首曲子，燕子在空中飞，白云在天上飘浮，想那白云上边，就是重霄九了，我的爱，我的梦想，我对未来的寄托，是不是也飘到九天云外去了？

最后一次在家乡土地上的劳作，是往队里一块叫作"方块"的地里担肥。正是玉米结棒儿的时候，马上轮到我们生产队浇水了，这个时候，村里那些打掉的土炕、老墙，是给玉米施肥的最好东西，炕土、老墙土堆拥到玉米根上，紧跟着渠水一浇，肥劲儿绽出来，都催到玉米棒子上去，我们把这种活儿叫"拥肥"。妇女拉架子车，负责把墙土炕土运送到地头，精壮男劳力负责把墙土炕土担进地里，拥到玉米根上。

半个月前，我已经接到大学录取通知书，要去省城西安上学。上学前的各种手续已办理完毕：户口转移手续、粮油关系转移手续、公社开具的身份证明，等等，还有物质方面的准备：母亲为我缝制了新被子新褥子，扯了一条格子布，让裁缝轧了边，做成床单，还花18元钱，在县里的百货公司买回一个人造革手提箱。我将实现命运的一次重大转机——要跳出"农门"了。

我把在"方块"地里的劳作，看作是一场庄严的告别仪式。

在我的纪实散文《被上帝咬过的苹果》里，对此做过记述：

记得我穿着背心，在又高又深的玉米地里钻出钻进，脸上、胳膊上、脖颈上被玉米叶子划拉出道道血痕，但心里无比轻松畅快。再不要重复祖祖辈辈面朝黄土背朝天的命运了，这是田间苦汗的最后一次流淌，留在身上的是幸福的伤痕，快意的伤痕，如同在告别祖辈宿命的文书上留下的戳记，也如同飞向一个全新大世界的祝福的披红。

在一个秋高气爽的日子，我拉着架子车，车上放着铺盖卷，还有那口人造革手提箱，赶往永乐店火车站，我将从那里登上火车，去我梦想中的大学。父亲跟在我的身边，一方面为我送行，另一方面在我走后他还要把架子车拉回家里。父子俩一路很少说话。我们沿着泾惠渠的大渠岸走，这是我上中学走惯了的路，渠岸上那些粗大的柳树和杨树，我像熟悉班里的同学一样熟悉，那些桥头、那些斗门，像是村人的面孔，我都认识。渠水在秋季变得清冽，水量很大，默然无声却涌动着巨大的力量，陪伴我们一路东行。关中地区鸟雀品种不多，麻雀、喜鹊、燕子、老鸹，还有斑鸠——我们叫它"姑姑等"，常见的也就这么几种。但在大渠渠岸上，却时时可以看到一种红嘴黄颊绿翅的小鸟，不知道它的名字，以老柳树的树洞为巢，唧唧啾啾地鸣叫着，声音婉转清脆。这是一种水鸟，依赖泾渠而生。它在柳树丛中出没穿飞，时而贴着渠水划过，想必是叼食正在水面上游走的"卖油郎"。由于拉着架子车，不能抄近道行走那条支渠高岸，从大路经过仪祉农校，再上南边的南干渠。走在南干渠上的时候，我有一种恍惚的感觉，在想，我的脚步真的就要走出这片土地了吗？真的就这样和我的村庄、我的乡亲、我的烦恼而又充满记忆的乡村青春作别了吗？真的要和我熟悉的这一切，包括我的大渠，作别了吗？

在永乐店火车站，当我一手拎着铺盖卷，一手拎着手提箱，就要登上火车的那一刻，父亲对我说："放假了就回来。"

我当然要回来的，这里是我的家，是生我养我的地方，我的生命之根在这里。

我没有骗自己，没有忘掉心中的承诺。上学、工作之后，我经常回泾阳老家，即使举家迁往北京之后，每一年，都要回老家看看，看看我的三渠口，看看我的手巾白村，为长眠地下的父母扫墓烧纸。

44年之后的今天我又回来了，这一次是专为郑国渠，专为有关它的前世今生的写作。

哦，我的大渠！

2017年7月

崖畔上那抹红霞

1969年，我17岁，是从学校返乡做农民的第二年。

家乡农民以种地养家糊口，间或也搞副业，比如开粉坊，建蜂场之类。我们生产队和供销社签订了合同，他们从县供销总社进货，供销社的马车拉不过来，我们队便提供运输。有段时间，供销社建新库房，要用石灰，富平县石川河上开有石灰窑，石灰从那里购买，运输任务便由我们生产队来承担。队里固定了七八名劳力，专门负责拉石灰，我很幸运地被派入其中。

说幸运，不纯粹指活路轻松，而主要是在这过程中我遇到了一位姑娘，一位给了我许多浪漫遐想的姑娘。

石川河上的石灰窑，离习仲勋的老家淡村不远，距我们家乡百十里路。我们早晨出发，赶到石灰窑，装好车子，反身行至富平与三原交界的瓦头坡，歇一夜，第二天再回到泾阳三渠。让我心摇神荡的，正是在瓦头坡晚上的歇息。

我们在瓦头坡过夜的地方，实际上是一家黑店，那是坡头上的一户人家，院子里有四孔窑洞，主家住两孔，其余两孔开店接客，另外紧靠南墙有一间简易厦房，是做饭的灶房。说是店，实际上窑里什么都没有，只拿砖块码了半尺高的铺沿，铺里铺的是麦秸，没有被褥，没有桌凳，连放煤油灯的地方，也就是窑壁上掏出的一个窑窝。在我们看来，这已经很不错了，有窑洞可遮风挡雨，有厨房可供做饭，有麦秸铺暖暖和和，总比拉煤时在铜川街道上露宿强。何况当时到处"割资本主义尾巴"，哪允许随便开店？也就是这家人胆大，敢把黑店开在公路边，一个人一角钱一夜，供销社出钱，我们很享受，很满意。

店主一家四口人，男人，女人，一个女儿，一个儿子。女人不到40岁的样子，高颧骨，尖下巴，精瘦。男人却像头蛮牛，膀阔腰圆，闷头闷脑不爱说话。女儿十五六岁的样子，长得不像那个高颧骨的女人，更不像蛮牛一样的男人，身材苗条，模样很俊俏。儿子还小，只有五六岁。开店只是这家人附带的营生，他们的主业是帮人"挂坡"。瓦头坡是老咸宋公路上一条又陡又长的坡道，拉脚人拉着重车上这道坡很吃力，这家的男人、女人和女儿便手里拿根绳子在坡下守候，有人愿意出钱让他们帮忙，他们把绳子往架子车车辕上一挽，帮人搭把力气，把重车拉上坡顶，这营生叫"挂坡"，一趟能挣几分钱。这个家庭里拿事的是女人，我们把她叫作"挂坡女人"。

我们在"挂坡女人"家歇店，一般是太阳落山前进店，停好车子，先做饭，这里的灶房、柴火供我们随便用。我们的饭很简单，不过是熬一锅玉米糁，只图有口热热乎乎的吃食下肚而已。这家人不做晚饭，啃干馍，有时中午有剩饭，也不热，女人端出来，那男人就在灶房门口随地一蹲，三下五除二刨进肚子里。女人说话高喉咙大嗓子，总像对什么都不满意，一会儿训斥男人，一会儿数落女儿，一会儿骂儿子，诸如扁担水桶搁的不是地方，还有几只鸡没有回来，儿子又打翻了什么东西，家里总有许多让她不入眼的事情。对于女人的高声叫嚷，男人一声不吭，该干啥干啥，女儿总是低了头，走路都小心翼翼的样子，傻小子不懂事，对家里发生的一切毫不理会。当然，女人对我们歇店客人不会这样，和我们有说有笑，有次我们中一个人受了寒，吃完饭吐了，她还把装满开水的电壶（暖水瓶）送到我们窑里，好让受寒的人能喝上热水。

晚上，睡在麦秸铺上，我们不免要议论这家人，特别是那女人，说她霸道，长得难看，嗓门像母鸡叫唤，又说她肯吃苦，能干。我们在坡头曾看见她拉车的样子，一条绳子紧绷在她的肩上，弓着腰，满头大汗，帮人把沉重的车子从坡底拉到坡头，那个时候她不像女人，更像是一个汉子。也议论那个男人，长得五大三粗，却窝囊得像个女人，八棍子打不出一个屁来。在一帮人对女人男人说长道短声中，我却总在想那个女孩。她穿着破旧，头发凌乱，脸也好像从来没有认真洗过，帮人挂车从坡头回来，从额上、耳畔流下的汗渍，就那么挂在脸上，褪色的衣肩上有一道被挂坡绳条勒出的脏痕。已是深秋，她的脚上还是一双塑料凉鞋，有几条带子已经断裂。可是她的脸蛋却有着很好看的轮廓，是人们常说的那种瓜子脸，眼睛很大，很水灵。在家里，她总像一只猫儿一样，一声不响地走路，干活时也是一声不响。我猜想她和我一样，正上着学，学校停办了，她只能回家干活。在学校里，没有现在的苦力折磨，她一定是个美人儿。我甚至还进一步想，就现在的她，洗个澡，换身干净合体的衣服，把头发梳得顺溜一些，不再需要任何装扮，走出门肯定十分亮眼。但命运就是这样，她生在这样一个人家，她的美，被苦日子的尘霾遮蔽了。

有一次歇脚瓦头坡，另一孔窑里来了个拉车卖柿子的老汉。

晚上老汉来到我们窑里闲扯，从老汉口中，我们才知道这家人的底细。"挂坡女人"早先有一个男人，从崖上跌下摔死了，现在这个男人是后进门的，是个野男人，两人啥手续都没有办，就在一块儿过着。女孩是原先男人的，女人和眼下这男人生了小男孩。这女人招野男人，又不在生产队干活，每日里一家三口只在坡头挂坡挣钱，家里还开黑店，为此生产大队专门给她开过批判会，但她不在乎，会完第二天，她又手提一根绳子，后面跟着男人和女儿，下到坡底等候那些愿意让他们挂坡的拉车人。男人是北山人，不知曾犯过什么事情，前两年老家来了三个公安，一绳子把他捆了，带回了北山。可是两个月后他又来了，北山那边也没有再找麻烦，想来事情了了。

了解到这个底细，我们拉石灰一帮人对这"挂坡女人"更来兴趣，晚上关了窑门，话题总围绕着她和她的野男人，还生出许多想象。而我，心思依旧在那个女孩身上，我突然对她生出深深的恻隐之心，感觉她不应该身处于这个家庭，小小年纪受苦受累不说，在她心里，不知还装着多少委屈、苦楚和屈辱。她总是那么安静，一声不响，但谁知道她心里会不会波浪翻腾。

从此我更加留意她。我们每五天从家乡到石川河石灰窑往返一次。瓦头坡是一条单向坡道，北边是坡头，是富平县境内的塬地，下了塬就进入三原的平川。我们去石川河是上坡，但车子是空的，不用挂坡，但一到这里，我总是希望看到女孩的身影。每次都会碰见，不过有时是在坡底，有时是在坡道中途她正帮人拉车，有时是在坡顶她折身往坡下走的时候。她永远是那身衣服，头发有些凌乱，脸上淌着汗水。看见我们，她会羞涩地一笑，但不会说话。碰见野男人，他面无表情，好像不认识我们，根本不会理睬你。碰到女人就不同了，"嗨！上去啊？"她会大嗓门打招呼，然后热情地叮嘱，"早点回来歇着啊！"

她家是坡顶最边上一家，窑院的崖畔上长有一丛一丛酸枣，秋霜一降，酸枣树叶子落尽，只留下满树红酸枣，远远看去就像崖畔上飘拂着一抹红霞。每看见这红霞，就等于预告，又一个我所期待的夜晚，就将会在那片红霞下降临。

我不知道女孩的名字，男人女人都叫她女子。但她的家在这片红霞下，我便在心里叫她红霞。

一次歇店，傍晚红霞先回家，女人和男人还在坡道上揽活，我看见红霞挑了水桶出门担水。井在坡下沟底，要走一条弯弯曲曲的坡道，我想她担水上坡肯定很累，想帮她，又怕被我们一帮人取笑，便躲开大伙的视线，在院门外的拐弯处等她。她担水上来了，我突然心里发虚，不知道该怎样表达想帮她的意思，眼看着她走到我面前，听得见她的喘息，但我张不开嘴。她朝我一笑，也没说话，便走了过去。我不由自主地随她进了院门，进了灶房。灶房里盛水的大缸半人高，红霞单薄的身架要把水倒进大缸里肯定吃力，这次我不容分说，在她放下水桶后，跨步上去挡在她身前，拎起水桶把水倒进水缸。她对我的举动似乎感到意外，脸上飞起一抹潮红，情急慌忙地说："我能行，我能行。"等到我把空桶递到她手中时，我看见她的眼睛突然像有星光闪烁，但只是一瞬，她头一低，拎起桶，赶忙出了灶房。

那天晚上，临睡前我上厕所，厕所在院门外，回来的时候，我看见一个人影从灶房里闪了出来，是红霞。她拦住我，手里捧着四五根红薯递给我，小声说："你尝尝，我们这里的红薯又面又甜。"她声音急促，说着还向母亲窑洞那边看了眼。不用说，她是瞒着家人给我红薯。她是不容分说把红薯塞到我手里的，就像我不容分说帮她倒水一样。交接红薯时我的手和她的手碰在一起，我又看见了她眼睛里的星星。

从那天开始，那闪烁在红霞眼里的星光，总是出现在我的面前。在瓦头坡窑洞的麦秸铺上，当别人鼾声四起的时候，我却睁着眼，窑洞里黑乎乎一片，但我却看见头顶有星光闪耀。

离开瓦头坡的窑洞，回家的路是下坡，很轻松。那一阵子，我甚至责怨这条路不是上坡，如果是上坡，就会给我一个更加接近红霞的理由，我会让她给我挂坡，那个舍得出力的女人，那个强壮如牛的男人，我都不要，我只要红霞，哪怕她只是把挂绳搭在我的车上，不用她使劲，我也愿意。这样一路我会看见她，和她说话，听她那软软的羞涩的声音，也许还会看见她眼睛里的星星。遗憾的是不会有这样的机会。

但没有想到的是，另外一个机会不期而至，让我在三天时间里，天天都能看到红霞。

一次从石川河拉石灰返回，没到瓦头坡，天就下起了雨。我们拉的是生石灰，生石灰是不能见水的，一见水就发泡膨胀，就会冒热气，生鸡蛋放在里边也会蒸熟，一车灰会变得两车也装不下。我们紧赶慢赶赶到瓦头坡的店里，从生产队借来苫布，把石灰车都遮盖起来。心说这雨下一夜也就过去了，谁知第二天、第三天仍然下个不停，我们只好耐心住下。

下雨天女人和男人仍旧去坡道上揽活，由于路上拉脚人不多，红霞就被留在家里做饭。我们出门，只带够一顿吃的苞谷糁，接下来的饭只能向店里借粮。店里磨好的粮食不够，红霞要去生产队电磨房磨面，我给我们那帮人说，我们借人家的粮，吃人家的饭，现在要磨面，应该帮人家。那帮人难得碰到雨天歇息下来，有的在铺上打扑克，有的在地上玩"顶方"（一种民间棋类游戏），听我这一说，顺水推舟说让我去。这正是我想要的一句话。

但红霞听说我要帮她，无论如何不肯让我去，说电磨上有专人经管磨面，加上她两人足够，看样子她是真心不想让我去，我只好怅怅然作罢。

但在这三个雨天里，红霞顿顿帮我们做饭，我也不时去灶房帮忙。她只是在灶上忙活，不多说一句话，问她什么，她只简短回答是，或者不是；有意挑起一个话题，她只听你说，然后就是笑笑。但这对我来说已经足够满意了，只要看到她，我心里就会有一种分外熨帖分外甜蜜的感觉。

在那个雨天逗留的最后一夜，我们一帮人差点出了事。

秋雨天寒气重，夜里躺在铺上有点冷，半夜我们当中有人爬起来，从灶房里抱来一捆柴火，在窑洞里点燃。柴火熊熊燃烧，寒意顿时消散，我们刚觉得舒服，突然窑门砰的一声被撞开，只见女人手提一把扫帚冲了进来，对着火堆就是个抢，抢得火星四溅，抢得直到火堆熄灭。我们很是诧异，开始以为她是嫌我们烧了她家的柴，直到她指着我们的鼻子大喊大嚷的时候，才弄清她是不想让我们命丧这里。我们家乡平原地带从来不住窑洞，对窑洞特性不熟悉，窑洞只有窑门通气，拢一堆火在窑洞门内，窑里的氧气很快会被烧没，睡在这样的窑洞里，人会在不知不觉中窒息。我们不懂这一点，只图暖和舒适，才闹出这等险事。女人救了我们的命。第二天天气放晴，我们离开上路的时候，对她说了很多感激的话。

三渠供销社的库房差不多快盖好，我们最后一趟拉白灰，是初冬一个暖洋洋的日子。

在去往石川河的路上，没到瓦头坡，我心里就涌上一种感伤。这将是最后一次登上瓦头坡，最后一次眺望坡头崖畔上那抹红霞，这一晚上将是最后一次躺在那暖烘烘的麦秸铺上，当然也是最后一次见红霞。在瓦头坡下，我们见到了正在等活的女人和男人，但没有看见红霞。女人照样大声招呼我们："上去啊？晚上早点回店歇着啊！"我以为红霞帮人挂坡已经在坡道上，但一路没看见她，在坡顶也没见到她影子。她会不会又被留在里家做饭？

傍晚回到坡头店里，一进院子，就见红霞正背向院门蹲在地上搓豆荚，当她把脸转向我们的时候，我吃了一惊，只见她一只眼睛肿起来，肿得很大，额头还有一道红印子，像是被什么东西划伤。问她怎么啦，她支吾了几句算是回答，根本没有听清她说什么。

晚上女人回到家，我们问她女儿的眼睛是怎么回事，这一问，女人的气不打一处来，连说带比画学说了女儿遇到的倒霉事。

原来，两天前，红霞帮人挂坡拉车，架子车上拉的是几台抽水机，实铁疙瘩很重。正巧，一辆马车走在架子车前边，那拉车人自作聪明，把肩上的襻绳卸下一头，拴在马车后帮上，借用马车给自己分力。沉重的架子车挂在车后，当然会被赶车人发觉，赶车人转头呵斥了几句，拉车人不理会，那赶车人挥起鞭子向后抽来，不偏不倚抽在红霞的额头和左眼上，这只眼睛当时什么都看不到了。往马车后帮拴襻绳，本来与红霞没有任何关系，就是把襻绳拴在马车上后，红霞依然卖力地拉车子爬坡，红霞挨了一鞭子不白之冤，她母亲当然不干，挡住马车，揪住赶车人算账。赶车人连连道歉都不行，非要赔钱治伤不可。赶车人说腰里没带钱，女人折了赶车人的鞭子，看见车上有口新买的锅，便扣了那口锅才给对方放行。

女人叙说完毕，指了指厨房，说："是口大新锅，灶膛有点小，还没来得及拾掇，你们先凑合用，熬玉米糁不要把水添多了。"

此时，红霞已经搓完豆荚，正在把豆子往口袋里装。我从侧面望着她，正好对着那只红肿的眼睛。我想和她说几句话，表示一下关切，但院子里人多，我什么也没有说出来。

第二天早晨起来，没有见到红霞，等到我们临出发，还没有看见她。我不愿意就这么离开，问女人："你女儿去过医院没有？那眼睛可是要让医生检查的，不要落下毛病。"

女人回答："大队有医疗站，叫她去，她不去。就是有些肿，看来不要紧。"

我问："她人呢？"

女人说："今儿个公社开水库会战动员会，每个队都要派人去，我让她去了，她眼肿，在家里又干不成啥，开会去还有工分。"

我心一凉，知道见不到她了。

对红霞的最后印象，就是我在院子里侧面看见她的样子，那只红肿的眼睛一直刺激着我。那眼睛里本来应该有星光闪烁，但我再也看不见那星星了。

一晃，将近50年过去，但我不曾忘记红霞。

哦，红霞姑娘——不，你或许已经是奶奶了，你现在在哪里？

2017年12月

红 骡

20世纪人民公社时期，我们生产队穷，没有大车，很羡慕有大车的生产队。那时的大车就是马车，相当于现如今的汽车，对于一个生产队来说是很有面子的事情。

于是就有社员向队委会建议：咱队也拴挂大车吧，能省出很多劳力呢。队委会听从了这建议。

土改时没收了一户大户人家的大车，一直闲撂在饲养室圈墙的一角，队里请来车木匠，改造了一番，装上了皮轱辘，从此我们队算是有大车了。

大车要套高脚牲口，也就是高骡子大马。三渠供销社有一挂大车，套里是三头高大的骡子，三头一水儿颜色，棕红的皮毛油光水滑，阳光下像缎子一样闪耀。车把式是汉堤洞东边的连湾村人，姓魏。老魏出车时，手执一杆马鞭，那鞭子一人多高，是用南方出产的竹子做的，竹节短，曲而老，下端硬上端软，韧性弹性都好。鞭穗用三股小牛皮编结而成，由粗渐细，长过鞭杆，穗头是五六寸长一截狗皮梢子，这狗皮梢子打出的声音又脆又响，夜间打还能发光。老魏精神抖擞吆车出供销社大门，先甩三个响鞭，那狗皮鞭梢贴近骡子耳尖炸响，既有警示的威慑力，又不伤牲口。待车顺顺当当上了公路，老魏脚一颠，跳上车辕坐下，放下鞭杆，取出随身携带的水烟袋，装烟，点火，"呼噜呼噜"吸起来，一副舒坦惬意的样子。这老魏，曾引起我们苦了吧唧出力流汗拉车赶脚的人无比羡慕，但更羡慕的是那一挂好牲口，那三头骡子，无论是身架还是精神头，十里八乡找不出可比对的。

打好大车，接下来就是套什么牲口了。

我们队没有高骡子大马，但有一头栗色偏红的骡子，个头小，干活却不惜力气，队里人都叫它红骡。队长说，就用红骡驾辕吧。

前边梢套，里套是一匹骡马，外套是一头刚上套不久的儿骡，老马听话，赶车靠里套牲口领路，外套儿骡烈倔，还要磨一磨性子。赶车人一般是固定人选，我们队的赶车人叫褚文科，我叫他褚叔。赶车要比开车难多了，开车面对的是机器，你怎么操作它怎么来，赶车要对付的是牲口，是活物，它们有脾气，有个性，不一定完全听你指挥。我们队大车套上以后，外套儿骡总是又踢又蹦，还发生过一次惊车事件。那天褚叔为教训不安分的儿骡，在它的耳边猛抽了一个响鞭，儿骡受惊，不顾一切向前猛冲狂奔起来，辕里红骡和里套骡马被它带着也向前跑，大车颠簸着顺着街道疾驶。街道上有行人，有玩耍的孩子，车子控制不住就要出事。褚叔随车飞跑，死死拉住刹车绳不松手，跑出半条街道，才把车子控制住。经过一二十次出车经历，这一挂拉车牲口才被调教出来，褚叔能够比较顺当地驾驭车子了。

红骡个头小，看去不起眼，却实在是头好牲口。驾辕稳当，听从指挥，总是可着劲儿曳车，在重车上坡时表现得尤为明显，只见它脑袋脖项尽量前倾，臀部压低，四条腿用力往后蹬，蹄掌像往地上砍一样，发出"咔咔"的声响。一次给修路工地拉沙子，一段乡村土路被冬灌的渠水淹了，看不见路，只见一片明晃晃的冰碴子横在眼前。梢套骒马和儿骡犹豫不前，褚叔鞭子一挥，驾辕的红骡启动就朝前冲，脑袋猛地顶在梢套牲口的屁股上，骒马和儿骡不由得也向前冲起来，就这样冲过了那段冰凌封盖的路段。

家乡人勤劳，谁干活肯出力，就说这人"苦好"，就会赢得尊重。对人如此，对牲口也如此。红骡是牲口里的功臣模范，饲养员在给牲口拌草料时，总会多给红骡加一把麸皮。

这头争气不惜力的骡子后来死了，是累死的。

我们队里饲养室的牲口槽，是砖砌的，队里想换石槽，富平出石头，那里的青石槽又好又便宜，队里便派褚叔赶着大车去买。

时值初冬天气，买好石槽返回途中，天下起了小雪。一车石槽很重，牲口都出了汗，晚上在富平和三原交界的瓦头坡歇脚时，褚叔拌了草料，红骡却不伸嘴，褚叔特意给它抓来麸皮，红骡还是不吃。褚叔当时心里就有些发紧。半夜起来查看，发现红骡卧在地上。骒马与牛不一样，是站着睡觉休息，一旦卧下，肯定是发病。褚叔分析是红骡出了汗，雪花落在身上化掉，又被风一吹，热身侵入寒气，由此惹出了病。这病得的可不是时候，不是在村里，这是在长途运输的路上，还得拉车，还得往回赶呀。

第二天一早，褚叔从地上唤起红骡，套车时发现它身上打颤，褚叔实在不忍心把它往辕套里塞，但无奈，另外两匹牲口都不行，驾辕的只能是它。褚叔拿麻袋片，披在红骡的身上。红骡知道这是要回家，打起精神，甚至还"嘚嘚"叫了两声。60里路，开头十多里二十里还行，还像平日那般卖力，到后来身体就有些摇晃，也哆嗦得厉害起来。褚叔不忍心再坐在车辕上，一直随车步行，走几里，歇一次。最后十几里路，红骡趔趔趄趄，几乎是拖着四条腿走完的。过了三原县的山西庄，前边再经过两个村子，就是我们村庄。褚叔让车停在路旁歇息一会儿，可是红骡步子不停，仍挣扎着往前赶，它熟悉道路，知道终点就在前边，它急切地想回到村子，回到饲养室那一圈墙内，回到它的圈里。

当拉着石槽的大车终于驶进饲养室大院，褚叔连忙呼叫来人卸车。他解了套绳，不管梢套的骟马和儿骡，先从辕里把红骡往出弄。红骡从辕里出来，抬起头，嘴唇龇了龇，像是要发出叫唤，但什么声音也没发出来，只是像吁气那样，长出一口气。这时候，包括褚叔在内，跟前的人都看见，它的眼里突然闪出一道亮光，这亮光只是一闪，瞬间熄灭，随即訇然一声，红骡像墙垮一样，倒了下去。

红骡之死，让村里人感叹唏嘘，褚叔和很多人都流了眼泪。有人提议："剥了皮分肉吧。"话音刚落，就遭到众人斥责："你吃得下去吗？"

红骡被埋到了村北靠近渠岸边的地里。

从那时到现在，过去了40多年，村里的年轻人，大都不知道我们生产队曾经有这样一头红骡，但上了年纪的人都还记得，说起来还交口夸赞："那可真是一头好骡子。"埋红骡的地方如今是一片桃园。我回老家，看到这片桃园，就会想起红骡，在桃花开得很艳的时候，我会想起人们形容的红骡临死前眼里那道光，我相信那灼灼其华的桃红里，有红骡的精气神。

2018年1月

紫色花环

　　那时候我是一个地道的野小子，无法无天，不懂规矩；逮蛐蛐推倒茅房矮墙，匍匐地上潜入邻家园子偷吃青涩的西红柿，把青蛙装进女同学的书包里——简直到了无恶不作的地步。父亲的巴掌和母亲的眼泪对我没有任何意义。可是，在那个月色溶溶的夜晚，在她那双染着红指甲的小手的摆弄下，我竟驯顺得像个猫儿。

　　我永远不会忘记，她是怎样把我领到老皂角树下那只石羊那儿去的。我们——我、姐姐、她、她的弟弟——在玩猫逮老鼠，她牵着我来到皂角树下。我很想藏到树上去，蹿上那棵两人搂不拢的皂角树的低矮的树身，对我来说太便当了，而借助那浓密的枝叶和宽大的枝杈藏身既隐蔽又稳靠。可是她却替我选择了石羊肚皮下那块狭窄的空间。"爬到下边去。"她说，挺神秘的，狡黠地眨动着两只亮晶晶的大眼睛。长着威武弯角的石羊腿胯之间留给我的地盘实在太小了，我撅着屁股钻进去。那样子一定很难看，她"咯咯"地笑了，红指甲小手友好地在我的屁股蛋上拧了一下，说："藏好，别动。"然后转身飞快地给自己寻窝儿去了——月光下，她的影子像小鹿一样轻捷。

我静静地蜷伏在石羊的腿胯下。先是听见姐姐和她的弟弟牛儿判断我藏在哪儿的议论声和紧张搜寻的脚步声。我偷偷笑了。从我的角度看不见他们，但我听见了远去的脚步声，他们压根儿没有想到我会藏在这么一个怪僻的去处。月光很亮，在我前方的视野内，左边是一个大水坑，右边是邻居三爷的柴火堆，两只猫儿正在柴火堆那儿打架。四周有蛐蛐在叫，潮湿的泥土味儿扑进我的鼻子。我一动不动，先是在心里猜想她藏在哪儿，接着眼前就飘浮出刚才她那神秘而狡黠的眨眼睛的神态，她那小鹿一样轻捷离去的身影，而她拧我留下的那种感觉，此刻不再在臀部，已转移到胸前第二个纽扣下边那个部位了，是甜蜜蜜的。

那天当她出现在我的面前时，强烈的羞愧的感觉几乎把我击垮。那是有生以来我第一次领略羞愧的滋味。我从水渠的泥浆里抓泥鳅回来，脏鞋提在手里，身上溅满黏糊糊的黄泥点子，腿上的泥巴糊到膝盖上，一进门，便看见一男一女两个陌生的孩子站在葡萄架下，妈妈正给他们摘葡萄吃，女孩子好奇，甚至有点诧异地望着我，她穿一件藕荷色的连衣裙，头上用金色丝带扎了很好看的蝴蝶结，这身打扮在我们乡下极少看到；而最主要的，是她长得实在太美了，在我周围的世界里，我从没有见过这么美的女孩子：眼睛很大，乌亮乌亮，弯弯翘起的眼睫毛像图片上的人儿一样又长又清晰，皮肤异常白净，鼻梁不像长出来，而像用刀子精心削出来一样娟秀端正，嘴边的曲线显得娇美文静。她手里拿一串葡萄，不吃了，用那双大眼睛古怪地在我身上上上下下瞄，那个穿海军衫、短裤头的小男孩也用同样的神情打量我。我愣在那里，手里仍旧提着脏鞋。

妈妈没有像往常那样痛斥我，显然她很高兴："这是娟娟和牛儿，"她对我说，"娟娟比你大一岁，应叫姐姐。"接着又对娟娟和牛儿说："我说他野得像土匪，看看，是不是？"

春天妈妈在县城住医院，同病房一位女教师极好。我早从妈妈无数次的夸赞中知道这位姨姨有两个孩子，一个叫娟娟，一个叫牛儿。放暑假他们来我家玩，是早就说定的。他们是城里的孩子，不知乡下对他们有啥吸引力。

姐姐不知从哪儿冒出来，一瞧见我的样儿，就说："脏猪，脏猪。"

娟娟一下子笑了，跑到我面前，伸手从我耳根揭下块干泥巴，拿给我看。她身上有一种淡淡的香味儿。她边笑边大胆地盯住我的眼睛。我被她盯得心慌意乱，脸上火烧一样疼。这是没有发生过的事情。我是男子汉，已经11岁了，在以往无数次辉煌的冒险经历中——无论是与各种野小子交手，还是从高高的树杈上往水坑里跳——我的骄傲的勇敢精神始终伴随着我，可是，这会儿，它却消逝得无影无踪，是被一种清新灼人的羞愧感觉击跑的。我不明白为啥在她面前竟如此羞愧。

我在石羊下面蜷伏很久，姐姐和牛儿始终没有找见我，好像干脆不找了。月光似乎比刚才更明亮，老皂角树上的知了叫起来。有几次我想爬出去看看，但都很快打消这个念头。我是被娟娟安排到这的，要等她来了我才出去。

小狗似的蜷缩在那个地方并不舒服，肚子下边有块半埋在地里的破砖头顶着，拿不掉；手指头被皂角刺扎了下很疼。我尽可能地将姿势调整得舒服一些。知了好讨厌，叫得难听死了，还有那两只猫儿，跑走了，又跑来了，又在柴火堆那儿打架。我有点耐不住性子，变得焦急起来。我巴望月光下飘来那个轻捷的身影，我喜欢听她的话，喜欢她的摆弄，她把我藏在这儿，最好由她再把我接出去。

失望变得愈来愈沉重，但我仍坚持着。我相信娟娟会来的。她没来，倒是妈妈扯着嗓子喊我了。一声长一声短的。起先我不理茬儿，但最后听到妈妈的声音愈来愈焦急，我只好怅怅地从石羊下爬出来。

在妈妈的斥责声中回到家里，我看到娟娟、牛儿，还有姐姐，早已玩上别的了——窗棂上贴着一个纸剪的端簸箕的大头娃娃，姐姐拿着煤油灯，在窗外一上一下晃动，从里边看，大头娃娃的影子便滑稽地簸动簸箕。娟娟被逗得大声地笑。我走到她面前，心想她看见我准会大吃一惊，她的很糟的记性应该使她感到不好意思。可是，事情完全不是这样，她像压根儿没有把我塞到石羊下，压根儿不知道我在那儿待了有多久，甚至连认真看我一眼都没有，只是即兴一把提住我，凑到窗前，高兴地叫道："瞧，多有趣! 多有趣呀!"

我的心里怪不是滋味。

第二天，是娟娟和牛儿要回城里去的日子，他们在我家已经住了一个礼拜。在这一个礼拜当中，我的身上一定发生了历史性的变化，因为爸爸一次也没有呵斥我，妈妈的手指再很少戳到我的脑门上。我没有打过架，没有把新蹬上脚的鞋割出大口子来，没有打碎家里任何一样东西。像吃了什么灵丹妙药，我突然变得规矩了。有一天娟娟拿起妈妈的针线学着做活，我居然也拿起针线，把自己的破衣服翻出来，把掉了的扣子一一钉上。这是史无前例的。一种陌生又鲜润的感觉使我变得柔顺。这种变化当然是娟娟带给我的，当我和她在一起的时候，我的整个身心便会沉浸到一种奇妙的境界里，就像听学校里那位年轻女音乐老师在唱美妙的歌儿，像很早很早以前趴在妈妈膝头听她讲动人的童话，像夜间在做彩色的梦。她那藕荷色的影子像片彩云，拂起我的遐思和憧憬。她活泼，开朗，也很任性。但我愿意事事让着她。跟她在一起，我的心里溢满了甜蜜。

她要走了，我心里很难受。这天早晨，妈妈准备早饭，叫我去园子弄些菜回来，我叫上她一块儿去，园子里有露水，她怕弄湿裙子，站在地头。我提着篮子进了园子，她便隔老远指挥我，让我摘那个茄子，拔哪根葱，我完全听她的。篮子满了，要回家了，她忽然指着辣子地顶头一片紫色的花儿，高兴地叫道："呀，牵牛花！多好看！"

"那不是牵牛花，是豇豆花儿。"我纠正道。

"骗人。"她不相信，"就是牵牛花，像喇叭一样。"

"牵牛花是粉的，还有蓝的。"

"也有紫色的。"

接着，她提出了一个荒唐的要求：要我给她采那些花儿。

这可是我难以办到的，采下花儿，豇豆就长不出来了，我将难以逃脱爸爸的拳头，她看我站在那里不动，不高兴了。

"你到底采不采呀？你不帮我采，我就自己过去啦。"

她说着，就想闯进园子，一看见园子里露水湿漉漉的，伸出的脚又缩回去了。她显然着急了，乌亮乌亮的大眼睛里闪烁着簇簇小星星——那是迫切要满足冲动起来的欲望的闪光。这叫我作难极了，她的任何要求我都愿意答应，我将因此而高兴，而长久地在内心体验一种难以言喻的甜蜜，可是眼下这个要求太没有道理了。我不知如何是好。

她不再理我。我看见她噘起小嘴，背转身去。这只是片刻间的事情。突然，她像下了决心似的又转过身来，两手高高地撩起裙子，试探地、却是执着地进了园子。这举动使我一下子变得惊慌了。我急忙制止她，毫不犹豫便去给她采花儿，采了很多很多。豇豆长不出算什么？爸爸的拳头算什么？应该让她高兴，不能叫她失望，这是最主要的。

她高兴极了。我在园子边上拔了些爬地龙，绾成圆圈把采来的花儿密密地插在上面，一个缀满豇豆花的紫色花环在我手里出现了，我把它交给她。她兴奋得脸颊绯红，眼里射出灿灿的光芒，欢呼着，拉着我就向家里跑。风拂起她的裙子，头上的蝴蝶结上下颤动，我像伴随着一朵云霞，像伴随着一株栖落彩蝶的摇曳妩媚的小荷，心里充满欢乐。

爸爸没有破坏我们的兴致，他没有留意到那只花环。早饭后，他给架子车上铺上草席，打算送娟娟和牛儿回城去。我真不想让他们走。我始终和娟娟待在一起，无论是吃饭，洗手，还是在她整理从妈妈针线笸箩里拣出的那些花花绿绿破布头的时候。在她和牛儿坐到爸爸的架子车上以后，我心里难受到了极点。

"爸爸，让我去送他们吧！"我突然冲到爸爸面前央求。

"不行。"爸爸看都不看我一眼，正把架子车襻绳一下一下往车辕上绕。

"你会把车子翻到阳沟里。"妈妈也在一旁说。

"我会把他们送到的。"我急了，"我不跑，慢慢走。进城卖红芋不是我一个人拉车子去？还有那次修笼屉，给医院那个医生送白菜……"

我的理由是充足的，我历数自己单兵进城作战的历史，尽量显示一种可以信赖的男子汉的能耐与气概。也许家里还有别的事情等待爸爸去做，他显然动心了，犹豫地审视着我。

"你能保证不疯张？"

我使劲点点头。

爸爸把脸转向妈妈："好吧，让他去吧。"

我高兴得想蹦跳，但我把这狂劲儿压住了。稳健的人是不应该这样的。娟娟见是由我送他们，挺高兴，冲我直乐。在爸爸妈妈的警告声中，在他们与娟娟、牛儿的道别声中，我拉车起步登程。

我家离县城10里路，全是公路。太阳光很强，但还没有到最热的时候，天上有细缕缕云彩，迎面吹来的南风，使人觉得惬意、爽快。我们一路说说笑笑，有时娟娟和牛儿还唱起歌来，这时候，我就变得羞怯起来，一声不吭——我的歌唱得不好，怕他们笑话。听他们唱歌，我就开始瞎想了：娟娟的嗓子为啥那样好？她怎么那么会打扮？她啥时会再来？还想起村子里那些男人，他们送媳妇回娘家，有时也是这样的，拉着架子车，车上铺着草席，媳妇娃娃坐在上边……想到这里，我就觉得很好玩，很有趣，心里快活极了。

那个紫色的花环娟娟一直拿在手上，还不时凑到鼻子前闻。豇豆花不香，可她坚持说香，说很好闻。说这话的时候，她偏起头，耸耸鼻梁，眼里透露出一股调皮的神情，冲我做怪样儿。我不知她的话是真是假，但她喜爱我送她的花环，却是可以肯定的，这就行了，而且，我爱看她的那种调皮样儿。

离县城越来越近，车上的娟娟和牛儿越来越兴奋，我却意识到我的使命即告终结，这令我留恋，使我打不起精神。我的快乐不在于完成使命，而在于履行使命本身，在于履行使命充满诗意的过程之中。

终于，望得见县城北关那座小桥了，桥那边，就是县城，那个热闹的地方就有娟娟的家。她的家我没有去过。我突然极渴望娟娟邀请我到她家去，假如再留我玩几天，就更好不过了。这是很有可能的，她在我家玩了那么多天，作为回报，她会这么邀请我。

这个崭新的想法弄得我很激动，以至于登上那座小桥的时候，不由得胆怯地停住脚步。

"到了。"我扭过头对车上的娟娟和牛儿说，胸口像藏了只兔子，跳得很厉害。

"到了！"娟娟一声欢呼，牛儿也一声欢呼，两人从架子车上跳下来。我心里"格登"一声——我盼望的不是这句话，而是——"还没到！"

他们从车上往下拿从我家带来的各种小玩意儿，我愣呆呆站在一旁，很难过，可是仍然没有死心，仍然残留着最后一线希望。我多么渴望从娟娟那好看的嘴唇之间滚出一串我想听的话呀！——"到我家去吧！"或者，"别着急回去"。我不能让她看出我的心思，便故意显出漫不经心的样子，斜着眼睛望着一旁，心里却紧张极了，紧张得像我多年以后想到的一句词儿——如同等待判决。

最终的判决不是由语言表达的，而是用行动体现的——娟娟站到了我的面前，不知为什么，她突然显得不好意思，甚至有点羞涩忸怩。她脸颊红红的，冲我笑笑，一手拉着弟弟，一手拿着那只紫色的花环。她再次冲我笑笑，然后，转身走下小桥，走向县城那个热闹的，还残存一段低矮城墙的北门豁口……在他们快接近豁口的时候，她转过身来，高高地举起那只紫色的花环，朝我挥动了几下。随后很快，紫色的花环，连同那个藕荷色的身影，便淹没在熙熙攘攘的人流和惶惶的尘嚣之中。

我怅怅地在桥头站了很久。当我迈开步子往回走的时候，我学着我佩服的男人们的样子，胸脯高挺，步伐有力。我渴望有一阵狂风迎面吹来。这样我就更显得坚强，更像个男子汉了。

正是从那一刻起，我发誓要做一个强有力的男子汉。

1986年7月

笔架山上的丹阳

知道那架山叫九嵕山是后来的事情，小时候叫它笔架山。天晴的时候，一出家门，就能望见一抹黛青色的山痕远远逶迤在西边太阳坠下的地方，平缓的山脊上挺拔突起三座紧紧相连的峰峦，活脱脱一个笔架。村里出过远门的人说，笔架山只有在我们家乡泾阳看才是笔架，在别的任何地方看，什么名堂都不是。

八百里秦川难见山影，平川里的一望无余总使人对山生出几分好奇与神往。那时遥望笔架山常想，山是自个长成那样的吗？也许是哪个神仙的笔架变成的？山里有什么？山后又是什么？拿这些胡思乱想问大人，大人们难以回答或者是不屑回答，只说那山罩着家乡这块土地大有好处，罩出一片好风水，注定要出文曲星。

文曲星是知道的，秦腔戏文和民间传说里说它是天上主管文运的星宿，文章写得好的人，就是文曲星下凡。也是从小，就知道家乡出过一个叫于右任的，他的家离我们村子只有四里路。后来知道还有一个叫吴宓的，是个大学问家。再后来家乡那些文学名人，便是我很熟悉的了：李若冰、雷抒雁，早年与潘汉年、夏衍、冯雪峰等在上海发起成立中国左翼作家联盟的冯润章，还有不是我们泾阳人，但年轻时在泾阳教书的王汶石，想到这些人，才把他们与文曲星的兆头联系在一起。后来也知道笔架山本名叫九嵕山，是唐太宗李世民的陵寝。唐王朝国力强大，帝王陵寝一改此前封土为陵的葬制，把一座山凿空，死去的皇帝把山当作自己在另一个世界的宫殿，气魄实在够大。知道了那山下躺着李世民，上小学读《说唐》便入了迷的我，在多少个夕阳西下的黄昏，定定望着一轮如血丹阳镶嵌在那横空出世的笔架上，曾生出多少奇瑰的遐想呀！

风水说自不足信，但家乡这方土地确实有着丰厚的文化积淀。陕西素以陕北、关中、陕南三个板块来进行地理划分，实际上三个地理板块在早些时也属于典型的三个文化板块：塞外游牧文化、中原农耕文化和江汉巴楚文化。我的家乡泾阳县，地处关中平原腹地，被誉为八百里秦川的"白菜心"，中华人民共和国大地原点，就在我就读初中、高中的永乐店，自然可以看作是中原农耕文化一个标志性地域。儒文化是从中原文化的沃土里生长起来的一棵大树，而推崇教化是儒文化最主要的精神内涵，我以为最能体现这种精神传统的，便是家乡农民耕读传家的思想了。

耕读传家被家乡人视为理想的处世目标和重要的生活训诫。追求耕读传家，必然尊师重教。小时随大人进县城，城里最大最壮观的建筑是一院宫殿式的屋宇，大人们说那是文庙，是供奉孔夫子的地方，于是从此也就知道了孔夫子在人们心中的地位。清代享有盛誉的关中四大书院，泾阳县城里就有两座：崇实书院和味经书院。尽管这两座书院早已成为历史的风景，但在百余年的人事更迭世道沧桑之后，家乡人至今引以为傲。家乡人生活价值取向比较单纯，不善经商，似乎也不擅仕途经营，不是自己的长处，也就不去过分地追求向往，只独独保留一份强烈的精神自尊，这便是对学问的看重。乡里最有学问的自然要数"教书先生"，人们历来对"教书先生"尊重有加。记得读小学时，有一段时间各家各户轮流给老师们管饭，老师光临自然被视为上宾，先一天家庭主妇就开始筹划如何款待，探听邻家饭桌上端上的是什么；到了这一天，扫院抹桌，洗案擦盘，家中必然收拾得清爽整洁，尽其所能给老师做最好最拿手的饭食。家乡人好面子，面子尤其要在孩子的老师面前讲。人们相信只有老师最能调教好孩子，比自己管用得多，因而总是对老师深怀一种感念的心情。还记得有一阵校舍紧张，学校里商量把部分学生安排在村里屋宇宽敞的人家里上课。村人很明事理，有条件的人家马上腾出房来改成教室，自己一家人则挤住在其他小房间里。我就读的小学叫三渠口小学，整个二年级就是在本村一户农院教室里读完的。现在想来，那房子大概是无偿使用，无偿使用属于正常，索酬或付酬反显外气，反而不正常，家乡人就这样淳朴厚道。

乡里人尊师重教，也因为教师们是一些忘我奉献恪尽职守的人。时至今日我仍不能忘记在农院教室里教过我们的那位女老师。老师姓郭，高挑身材，四川人。她住在学校，每日早出晚归来到我们中间，中午就在村里吃派饭。跟着她一块儿来的还有一个小女孩。女孩是她的女儿，还没到上学的年龄，扎着两只羊角辫，很漂亮。她把女儿安顿在教室角落一张矮方桌前，让她折纸、画画、玩一些布头线脑，她便开始给我们上课。她代我们所有的课程：语文、算术、音乐。她的歌唱得很好，听说她还能弹风琴，只可惜不是在学校，风琴是搬不到这个农家院落的。一幕情景至今我仍记忆犹新：那天老师正在批评一个在课堂上捣蛋的淘气鬼，望着淘气鬼低眉耷眼端溜溜站在课堂前示众，我们一个个也都做出规矩驯服的样子。正在这时不料角落里的小姑娘却兴高采烈地叫起来："小燕子！小燕子！妈妈，看呀，快看呀！"原来屋檐下的燕子窝里刚刚孵出一窝小燕子，老燕子叼来虫子给幼燕喂食，几只绒毛稀落的小脑袋纷纷从燕窝里探出，张大嘴巴吱吱叫着迎食。意外的插曲顿时冲散了教室里肃穆的气氛，我们一齐欢笑起来。老师无奈，只得将女儿重新按回角落的小方桌前。村子离学校不算太远，但那是一段一下雨就布满泥泞的路，一个秋雨淅沥的日子，早自习时我们正在农院教室开心疯闹，忽然谁喊"郭老师来了"，我们立即坐回各自座位，装模作样地拿起课本，拖腔拿调摇头晃脑地诵读起"秋天来了，一群大雁向南飞去"。我们猜想一定免不了要挨一顿敲打，偷偷从课本后抬起眼光瞥她，这一瞥让我们大吃一惊——郭老师是背着女儿走来的，她和女儿浑身沾满泥水，无疑是在路上摔了跤。我们心里发紧，不敢正视她和那个漂亮的扎着羊角辫的小女孩，但我们的耳边，却响起老师那若无其事好听的声音："现在上课……"这一年，在这个农院教室里读书的学生，全部升入三年级，竟没有一个留级。

后来还有很多老师，在我心中一直占据着近乎圣洁的地位。他们是师长，在父母眼中是有恩于我的人，有些在后来甚至成了我忘年之交倾心相与的朋友。我一直有种感觉，家乡独有的文化氛围在师生之间造就了一种极强的亲和力，孔夫子梦寐以求的"尊尊、亲亲"的人际秩序，首先不是在君君臣臣之间实现，而是在师生之间实现。

家乡之所以物华天宝，人杰地灵，我想除造化的厚爱外，还有赖于这种看不见却能处处感觉到的强大的精神传统的支撑。一方水土一方人，一方水土一方习俗风尚，历史的基因注入家乡人的血脉之中，使家乡人拥有一种特殊的目光和胸臆，从而在家乡滋长起尊重知识、尊重人才、尊师重教的浓厚风气，也使家乡一直受益。

　　至今仍常常想起笔架山托起的那轮鲜艳的丹阳。笔架上的丹阳照耀出一片希望，这希望属于我的家乡。

2016年冬修改

树·门·灯·河

祝贺泾干中学80华诞。这是一个值得纪念的日子，这是一个喜庆的时刻。这不光是一届一届泾干中学学子和一代一代泾干中学老师的节日，也是全县人民的节日。我们额手相庆，我们欢欣鼓舞，只因我们为拥有她而骄傲，只因我们对她一往情深。

泾干中学是一棵树

这棵印有80个年轮的大树，扎根于曾作为十三代古都京畿之地的泾水之阳，扎根于诞生了世所尊崇的关学的文化沃土。

我们感恩那些曾为她培土浇水剪枝施肥的人，他们中有望族，有乡绅，有官员，有平民，他们有着不一样的身份，却有一个共同之处，那就是远大的目光、广阔的胸襟和滚烫的情怀。是他们把梦想的种子播撒在泾阳大地上，这梦想日益成长，日益壮大，最终成为一棵枝繁叶茂，结出累累硕果，福荫泾阳大地的参天大树。

我们要向这棵大树致敬，向大树身后那些无私而又卓越的奉献者致敬。

泾干中学是一扇门

在80年岁月里，这扇门迎进难以计数的学子，又送他们从这里走出，踏上人生之路。

进门时，他们是懵懂少年，出门时，他们是青年才俊；进门时，他们尚未发育充分的歌喉唱出的是童话般稚嫩的曲谱，出门时，他们在青春的韶光里已写下奋斗的诗行。

他们在这扇门里孕育梦想，规划前程，用知识武装自己，很多人在这里已经预定了未来，尽管这些学子各自归宿不同，但他们的母校，永远不会以褊狭的眼光看待世俗成见里的所谓成败。我们发现，这里有一道热烈而深情的目光，永远投射在她的学生身上，让她的学子情有归处，让她的学子倍觉温暖。

这扇孕育希望、放飞梦想的大门永远向她所有的学子敞开。

泾干中学是一盏灯

这盏灯闪耀着智慧的光芒，在黑暗中指路，在迷雾中领航，破除蒙昧，昭示文明，启迪性灵，点燃希望。

这盏灯，点亮学子们的眼睛，让他们看清人生的方向，认准真善美，辨识假丑恶，明白事理学问，洞悉人情世故。

这盏灯，是照彻学子们赤子之心的犀焰星光，永不熄灭地引导着他们前行的脚步。

泾干中学是一条河

这是一条承载着历史的厚重和现实的辉煌的河流，是一条要用春秋之笔来书写的河流。她源自泾阳大地一种久远的传统，这就是崇文厚德、竞知向学、尊师重教的传统，她流淌在泾阳人的血脉里，与泾阳人的生命同在。

这条河，对莘莘学子来说，流淌的是知识的乳汁；对无私奉献的老师来说，流淌的是他们的心血和汗水。

80年风雨兼程，80年一路扬波，这条河以奔流不息的姿态传承着一种不朽的精神，塑造了如德国古典哲学家温克尔曼所说的"单纯的高贵和静穆的伟大"。

正因如此，我们今天才在这里隆重庆贺她的80华诞。

很难想象，如果没有泾干中学，泾阳会是怎样。

好在有她，有这棵树，这扇门，这盏灯，这条河。

这也就有了泾阳的昨天、今天，还有充满希望的明天。

2018 年 9 月 29 日

这里是咸阳

咸阳是一座历史文化名城，有很多集中体现中华民族精神民族文化的东西，在中国的城市中，咸阳有着一种不可替代性。

咸阳有魅力，不仅因为她是一个美丽的城市，重要的，在于她有着丰富的内在底蕴，这种内在底蕴具有极大的吸引力、感召力和征服力。走进咸阳，你会有一种感觉，就像走进了历史的深处，这里给了你一种可能性，你可以与历史对话，可以随手触摸到、随处感觉到历史的存在。

记得20世纪80年代，我陪美国著名作家赫尔曼·沃克考察咸阳，站在咸阳原上，我指着一座座帝王陵向他介绍：这是2000多年前汉高祖刘邦的长陵，那是2000多年前汉武帝刘彻的茂陵，那是1300多年前唐太宗李世民的昭陵，赫尔曼·沃克十分吃惊，不可思议。等到我再告诉他，像这样的帝王陵墓，光是咸阳就有28座，另外还有皇亲国戚、文臣武将的陵墓500多座，赫尔曼·沃克就再也说不出话来了，直到现在我还清楚地记得他惊呆了的表情。仅仅站在咸阳原上望那么一眼，中国的这个城市，就把这位专写历史的美国作家征服了。

当然，惊叹的不只是外国人，你是一个中国人，走进咸阳任何一个地方，我想你都应该留意，2000多年前作为帝国的都城，用史书上记载的话来说，"离宫别馆，亭台楼阁，连绵覆压三百余里，隔离天日"，咸阳原上矗立着270多座六国风格的宫殿，没有城墙，完全是一个开放式城市，充满自信。到了今天，自然到处都是景点，到处都是文物，到处都是历史教科书里可以大书特书的地方。

　　来到咸阳，如果你有一定历史知识，那么，你的知识，你的想象，都会被这座城市激活，你会变得神思飞扬。这种与历史的亲密接触，与古人的心神交会，会让你感觉穿越千年，这时候你才能体会到，什么样的民族是一个伟大民族，什么叫传统，什么叫文化积淀，什么叫博大厚重。你不是一个哲人，但你会涌出很多哲思，会获得一种精神的感召和心灵的感悟。

　　当然，咸阳的魅力不仅在于她的历史，还在于她的现实，不仅在于她的古老，还在于她永葆着青春的朝气。在这里我要补充强调的是，咸阳的魅力同时还来源于这个城市的人民。历史上的辉煌让咸阳人自尊和自信；辽阔肥沃的关中平原给了咸阳人开放的胸襟和博大的情怀；而经历千百年文明教化所形成的淳朴民风，让咸阳人正直、刚毅、诚实和善良。咸阳的男人英武刚烈，但决不虚妄张扬；老实本分，但决不委琐窝囊。咸阳的女人多情重义，但决不轻浮任性；守礼节重传统，但决不刻板守旧。作为一个城市的主宰，咸阳人所具有的魅力，同样给这个城市添加了一道极为醒目的光彩。

2004年8月5日

搅团的滋味

搅团在关中食品中，就像人类阶级社会中的贫农，曾经很是时兴，如今却渐渐从生活舞台淡出了。

一锅滚水，玉米面一把一把撒下去。从撒第一把面开始，就得不停地搅。不是用勺、用铲，是用擀面杖搅，小孩胳膊粗细的擀面杖，或顺时针或逆时针，沿着一个方向一直搅下去。灶膛里用火须恰到好处，太猛，煳锅；太弱，打出的搅团不筋道。最好是麦秸火，焰长，面大，势头均匀。面粉撒到适量时，一锅黏稠状的面糊咕嘟咕嘟鼓起满锅气泡，这时火要顶上，搅动更须用心，好在操作者此时腾出手来，双手执杖，加力使劲，搅它个昏天黑地，直到不残留一个面疙瘩，直到认为透熟。

搅团是俗名，就像农村孩子叫猫儿狗儿一样。猫儿狗儿也有官名，搅团自有响亮的别称，如"水围城""水漫金山"。这称谓皆因形而来，不光恰贴形象，而且似乎跟某种渊源深远的文化有了牵葛，让这普通的粗粮吃物焕发出尽可供人想象的诗意来。也有不那么浪漫的叫法，比如"哄上坡"。搅团胀肚不耐饥，明明刚吃饱，可是拉车挑担爬一道坡，肚子里就稀松，再也没有力气支撑下去了。至于为什么叫搅团？这个古怪的名字缘何而得？谁也不知道，谁也不去想。

第一次推敲考据搅团名字的，在我了解的范围内，是位社教运动干部，驻我们生产队的工作组赵组长。村里人是不会拿搅团待客的，更不会招待工作组。一天给工作组管饭轮到一个寡妇家，寡妇家日子恓惶，打了顿搅团，工作组没说什么，吃罢抹嘴走了。晚上全队召开批判"四不清"干部大会，会议进入正式议题之前，赵组长先考了几个有点文墨的村民："搅团两个字怎么写？"大伙蒙了，最熟悉的吃食却从来没琢磨过那名字究竟怎么个写法。赵组长破解难题："搅动的搅，团结的团。"

赵组长通俗易懂地启发众人："打搅团不是要搅吗？搅团是玉米面，是粗粮，跟白面差远了，连糊祸褙打糨糊都用不得，想让它粘到一起，就得使劲搅，搅团搅团，就是先搅乱，然后求团结。"赵组长对搅团名字进行的是学理性推考，但村民们在增长知识之外，捕获到两个重要信息：一是赵组长明确传达出不喜欢吃搅团，谁要再拿糊祸褙打糨糊都不用的东西款待工作组，就要当心了；二是看来你斗我、我斗你还要长期进行下去，不斗争，不搅乱，就休得安生。多少年后，当我琢磨赵组长对搅团的诠释时，心中仍不由得佩服他对阶级斗争哲学精髓的透彻理解，此人算得上一个智者。

搅团做法单一，但吃法众多，甚至可以花样翻新。

最普通的吃法是趁热盛一团入碗，加入酸汤，夹一筷子油泼辣子，顺汤搅匀，然后从碗边开始，夹起一块，汤里一撩送入口中。万不能咬嚼，就那么囫囵一咽，顺顺当当便入得肚去。那酸汤种类可以很多，地道的要算萝卜缨渍成的那种，萝卜缨这东西本算不得菜，烧、炒、烩、煸都进不了口，可渍成酸菜，特别是配搅团吃，增色，爽口，自有种独特味道。搅团软和，不怕吃撑，连着几碗，冒一头白毛汗，身子一抬放几声响屁，上下舒坦，浑身通泰。没有酸菜也行，纯粹一碗辣子酸汤，热热地酸酸地辣辣地吃下去，也算是吃出搅团的滋味了。

除了煎汤热吃，还可凉调冷拌：热搅团出锅，摊凉于案板，待冷却定形，用刀切成薄条，像拌凉粉一样，酸辣咸淡，任什么口味随你来定。这种凉拌搅团，是饭，也可充菜，过去关中农村很少种菜，饭桌上一盘凉拌搅团，粗茶淡饭就有滋有味了。印象中最相宜的是玉米糁就搅团，稠稠一碗玉米糁上，堆起一堆调满汪油红辣子的凉拌搅团，扒口饭就口搅团，其他菜都可免去。

这两种吃法之外，还可煎、可炒，还可变法儿生出另一番名堂。一顿吃不完，留给下顿吃，煎、炒就是隔顿再加工的做法。搅团的延伸产品鱼儿，顾名思义就像小鱼儿形状，热搅团从锅里盛入有着粗眼儿的小竹筛，自然漏入凉水盆中，打捞出来拌上调料，形态生动，品质柔细，入口爽滑，没待你费劲，那东西便鱼儿似的自个儿溜溜梭梭顺你食管直钻下去。

延伸产品之外，还有副产品，搅团锅巴。搅团盛完，锅底亮出薄薄一层底粑，这时灶膛间最好轻轻燎把柔火，那底粑便微微鼓爆，贴锅铲起，到手便是一张鼓皮似的黄亮亮的硬壳。这搅团锅巴又干又脆，又有种特殊的香味，而且愈嚼愈香，孩子们会争抢着吃，简直就是一种土产点心。

搅团我没曾少吃，有几次留下了特别的印象。一次是"文革"中初中毕业回乡务农，在跑运输途中吃的一顿。生产队盖仓库，派劳力去70里外富平县的石川河石灰窑拉石灰，我是被派遣的劳力之一。那是一个秋雨天，从石灰窑装车返回，晚上要在一个叫作瓦头坡的地方歇一夜。那时开店都是黑店，店主偷偷摸摸经营，打开一孔窑，不管你多少人，麦草铺上扔两床破被子，怎么将就随你。饭是可以做的，此种场合，为大家做饭的总是一个人，一个"历史反革命分子"。众人已经累得王朝马汉，平躺在麦草铺上抽烟闲聊，"反革命分子"饭做好，招呼一声，大家才肯起身对付肚子。这天蒸了一锅红薯，打了一锅搅团。红薯是从当地老乡家买的，塬坡地带比我们家乡水地生长的红薯既干又面且甜，大家很是享用了一番。搅团是正餐，玉米面是出门时从家里带来的，没有酸菜，加醋就是。饭后风雪愈大，窑洞破门不挡风，冻得受不了，便有人抱了捆玉米秆，在窑门里拢起一堆火。刚刚觉出暖和，店主女人气急败坏冲将进来，帚打脚踩，把火扑灭。我们以为烧了人家的柴火让人家起急，待到店主女人道出原委，人人吓出一身冷汗。我们家乡世代筑房而居，毫无窑居经验，窑洞除了门窗，再无通气之处，当门拢起一堆火，窑内氧气很快就会烧光，里边的人不知不觉就会窒息而死。没有了火，灾难在这一夜便降临在我身上，红薯、玉米面都属性凉之物，又有那么多醋和辣子在腹内作祟，更加上破窑的寒冷，我那酸水便一口一口往上泛，心口灼烧如有火碱腐蚀。折腾一夜，三番五次爬起去窑外呕，第二天人已是浑身瘫软，面色蜡黄了。现在仍分明记得，当时咬牙切齿发了铁誓：今生今世若能活个人样，决不再让搅团沾牙！

破了这誓言是若干年后在朋友家中。1977年陕西省有关部门抽调贾平凹、邹志安和我，去礼泉县写烽火社史。志安是礼泉人，家离烽火不远，一日邀平凹和我去他家做客。志安家境不好，还要打肿脸充胖子，张罗着割肉沽酒，一顿饭本想整得很复杂，被我和平凹劝住了。平凹心血来潮，提出要吃搅团。

志安朗然一笑，说别的不敢吹牛，搅团是他老婆最拿手的饭食。志安老婆无愧丈夫的夸耀，这顿搅团做得格外经心，家里有玉米面，却从邻居家讨来刚磨出的新鲜面粉，又从地里扒来鲜嫩小葱，臼窝里细捣了辣子，汪油陈醋，大碗宽汤，吃得平凹连连叫好。我对搅团本有成见，但也不得不承认这是在我吃过的搅团里最讲究的一次。大概志安从平凹的兴高采烈中获得了灵感，以后举家进了城，在家招待天南海北宾客，屡屡便是搅团了。志安逝世多年后，我听雷抒雁讲过在志安家吃玉米糁就咸菜的经历，那是他特意点的。我告诉抒雁，志安家最绝的是搅团，抒雁直遗憾再无法品尝。平心而论，志安家搅团是绝，但众人要吃他家搅团，大都包藏着一个不能戳破的心思，志安生活拖累一直很重，不光上有老，下有小，还挑着弟弟一家的生活担子，弟弟弟媳都是残疾人，孩子从出生就归志安夫妇抚养，即使成为名作家后，志安也从未有过宽松的日子。朋友吃志安家搅团，除尝鲜的想法外，还有种体恤的心思在里边，不忍增加他待客的负担。志安何等聪明之人，怎不明白朋友心思？只不过在对搅团的赞美中，主客双方都维持了一种心理的平衡。现在回想起来，这搅团竟也有种酸楚的味道了。

搅团伴随着家乡人走过了一个时代。家乡农民现在一般不吃粗粮了，搅团在日常饭食中已难觅踪影。世事往往颠来倒去，被乡下人抛弃的东西，忽那么一日竟会被城里人捡回来。一天一位香港珠宝商朋友来访，点名要我请他吃农家饭。西安有家杂粮食府，在北京开了分店，我领朋友到了那里，在食谱中竟发现有酸汤鱼儿。朋友以为是酸菜鱼之类，无甚兴趣，待我做过介绍，朋友来了兴趣，执意要品尝。酸汤鱼儿端上来，却是掺了麦子面的变种。朋友缺乏比较，只觉新鲜，而我怎么也吃不出那纯粹玉米面做成的原汁原味来。从此之后，莫名其妙地，我开始有点怀念搅团，怀念久违的玉米面的香味，怀念萝卜缨酸菜汤，怀念端起粗瓷老碗，吃蹴在什么地方，对付那碗煎汪酸辣入口货的感觉。后来在大街食品小摊上发现也有卖鱼儿的，都不地道，逗引得对搅团的怀念越发强烈。

去年偕妻子女儿回陕西，特意向姐姐提出想吃搅团。这可是给姐姐出了个难题，姐姐住在县城，首先玉米面就弄不来。电话打给乡下的外甥，外甥好不容易从村里讨得半袋，骑摩托送来，萝卜缨酸菜是解决不了的，幸亏有上好的陈醋，有闻名遐迩的秦椒辣面。亲人团聚，热腾腾的搅团，热腾腾的气氛，直吃得欢天喜地。姐姐说他们也有多年不吃搅团了，饭间不知怎么就说到当年对搅团的感觉，发现同一种东西，今天和昨天竟完全可以吃出不同的滋味来。看来人的感觉真是奇妙，搅团这东西也真是奇妙。

有时我呆想，假若有人要写关中饮食史，搅团是断断少不得的。搅团的兴衰史里包含着人们太多太复杂对生存的感觉，斗胆往大说，尝出了搅团的滋味，你就咂摸出了生活的滋味。

2001 年 4 月

鲍鱼炒辣子

　　久居北京，常常念想家乡的吃食。妻子是北京人，曾在陕西插队、工作20余年，学会了擀面、烙饼、做羊肉泡，她的羊肉泡曾得到路遥的激赏。当年在陕西作协大院，路遥"早晨从中午开始"，经常饥一顿，饱一顿，中午爬起啃两个蒸馍，随后便不知道下一顿的时间和着落了。一次吃过我妻子的羊肉泡，上了瘾，过一段就会打招呼：再来一顿羊肉泡咋样？

　　可是回到北京，妻子的羊肉泡和面条，就不是陕西的味儿了，她也很努力地想复原当年的手艺，羊肉亲自煮，佐料亲自配，饼子亲自烙，做油泼面，辣子要亲自撒，葱花蒜末味精酱醋要亲自搭配，油要亲自煎、亲自泼，严格按陕西程序走，一切都不要保姆插手，可是总吃不出陕西的味道。我告诉妻子说，不是她的手艺退化了，而是水土在作怪，京城入口的东西，来自天南地北，五味杂陈，内蒙古的羊，北京的醋，四川的辣椒，河北的葱，山东的蒜，怎么能做出秦地的味道？

　　在鲁迅文学院多年前我和雷抒雁共事，有时为吃一顿面条，开着车满北京城转悠找寻陕西馆子，一次岐山县委书记来京，告诉说在阜成门开了家岐山面馆，下了班我和雷抒雁直奔阜成门，从北京城东到城西，找遍了阜成门一带，花了两三个小时，竟不见影儿。凑合着在一家京味馆子吃了顿炸酱面，硬撅撅，凉哇哇，味同嚼蜡，哪能与陕西面条比，直吃得垂头丧气。

后来知道北京有家文豪杂粮食府，陕西蓝田人开的，纯粹地道的秦风秦味，与阎纲、周明、雷抒雁等诸乡友相约了去，直吃得大汗淋漓，真格叫解馋。一次北京一干朋友提议周末开车去乡间吃农家饭，我说服他们改了主意，领到民族文化宫后边的杂粮食府。朋友们一看食谱觉得什么都新鲜，什么都想吃，样样数数五花八门点了一河滩，肉夹馍、羊肉泡不消说，那是他们早就垂涎的，等到端上辣子蒜羊血、浆水搅团鱼儿、苜蓿麦饭糁子面，这鲜物他们哪样见过？哪里吃过？一个个吃着碗里盯着盘里，只恨自个肚囊太小，容不下如此丰富的人间美味。

2004年冬，我带领鲁院作家班赴延安进行社会实践，一行50余人，圣诞节正在西安，我选择了西安文豪杂粮食府，在这里欢度一个土洋结合的圣诞之夜。那晚还邀请了贾平凹、子页、杨牧之等陕西作家与鲁院青年作家们共度节日。吃了多少样东西，记不清了，记得光是稠酒，就喝下数十壶，醉倒了两位女士一条汉子。一顿土吃物吃得可心惬意，一个洋节日过得尽兴尽欢。

不久前，第三届冰心散文奖在西安颁发，颁奖会议地址选在北郊的桃花源山庄，我应邀出席颁奖活动。到了后，才知道这桃花源山庄和西安、北京两家杂粮食府为同一老板麾下的产业。颁奖大会后，一位省委领导宴请北京客人，吃桃花源山庄的陕西饭。上的自然都是山庄的拿手面食招牌菜。其中有一道鲍鱼炒辣子，报了菜名，就教人大吃一惊：鲍鱼能和辣子炒到一块儿？我吃过砂锅慢炖的鲍鱼，北京"沈记靓汤"一位熟悉的大厨曾告诉我，鲍鱼需在前一晚泡于冷水中，隔天取出，刷洗干净，不能让杂质影响到鲍鱼的口感与品质。洗净后加水浸腌，然后在蒸笼内以大火蒸若干小时，再放到砂锅中，加老母鸡、猪小排、火腿、干贝、生猪油与糖等材料，慢炖若干小时，取出后加入原汁、蚝油再慢煲，整个烹制的过程非常繁杂，也需要很高的烹调技术。多年前在日本，我还曾享用过一顿生鲍鱼，吃法叫"沙西米"，生吃要的就是鲜美的口感。现在把鲍鱼和辣子一锅炒，有这种吃法么？

大家面面相觑，交流着诧异的目光。西安当地的陪同率先示范，拿起一块锅盔，筷子当间一插豁成两瓣，将鲍鱼辣子夹进锅盔里，嗬，分明就是一个"肉夹馍"嘛！大家哄笑起来，席中的几位老陕——阎纲、周明、雷抒雁、何西来、李炳银和我纷纷效法，啧啧，别说，这鲍鱼辣子夹锅盔还真别有一番味道。大家边吃边议论，说这是老陕的发明，只有"关中愣娃"才能如此爆冷，整出个辣子炒鲍鱼！席中还有老作家邓友梅和他的夫人，冰心的女儿吴青教授和她的先生，这几位都不是陕西人，他们惊叹的是陕西人的实在。想想也是，鲍鱼的珍贵程度是以"头数"来区分的，头数也就是每一斤里鲍鱼的数量，5个头就是每斤有5只鲍鱼，9个头就是每斤有9只鲍鱼，头数愈少，代表每只鲍鱼愈大，价钱也愈昂贵。看看餐桌上的鲍鱼，个头不算小，搁在广东人手里，这几十只尤物不知会翻出多少花样，要你多少银子。席中的老陕自嘲说家乡人不会做生意："看看，就这么傻，把金子当铜卖！"邓友梅则调侃说，陕西人最能贯彻党中央的号召——求真务实！一句话，说得众人哈哈大笑。

鲍鱼炒辣子，确实能说明陕西人性格里的一些东西。可以说他们粗、笨、愣、傻，不会讨巧，不会玩花活儿，不会赚钱，不会夺人眼目，但也可以说他们实诚、实际、本色、厚道。他们会把最真实、最本质的东西坦献在你面前，不会掺假，不会粉饰。他们敢于把外边的东西拿来为我所用，拿来就要本土化，不拘成规，不拘形式。秦人喜辣，也好鲜，鲍鱼炒辣子，一样东西两样都占了，我吃我受用，管你外人怎么看，怎么说，怎么想。这是汉唐遗风，是自信，是陕西人特有的气质与风采！

众人从鲍鱼炒辣子说到陕西人的性格，再回到吃食，说保不定这鲍鱼炒辣子会传开来，成为一道特色菜。很多名吃就是这样发明的，想当年秦王征战六国，后勤保障成了问题，于是直接把面粉分发给军士，没有锅灶，军士们就用盔当锅，把和好的面在盔上烙烤，从而发明了至今盛传不衰的陕西名食锅盔。所谓绿色食品，就是简单、本色。日本人的"沙西米"，追求的就是回归到食物的本真。

大家越扯越远，越扯兴致越高，一顿鲍鱼炒辣子，直吃得众人不亦乐乎。

2009 年 3 月

母　亲

　　我们家庭里，有一段令人伤怀的陈年往事。我一直紧紧包裹着它，数十年里从未把这包裹打开，我的文字从未触及过它。这包裹里有一个不是秘密的秘密，仅只属于我们家庭，属于我们家庭内儿女和母亲之间。我们对母亲隐瞒了一个近在身边、与她一生命运密切关联的事实，是她人生当中天赐的一次机遇，她若意识到，想抓伸手就能抓到，但阴错阳差让她失去了机会，从而与命运的转机失之交臂。在最亲的人之间保守这个秘密是痛苦的，但却不得不严严捂盖，而且一捂就是数十年。

　　母亲早已故去，现在打开这包裹，我已经没有了顾忌。我书写故土，写故土的昨日今天，我也不能再回避，不能让母亲的故事，以及我曾经的情感纠结，一直被捂盖在故乡土地的厚苔之下。

　　母亲是一位参加过长征的老红军战士，后与部队失散流落到泾阳。

　　母亲熊芝兰1916年阴历八月十五生于四川通江盐井乡大梁城。通江自1932年起，便是川陕苏区军事、政治指挥中心，是中国工农红军第四方面军的大本营。熊姓在大梁城是大户人家，母亲家庭条件不错，但她看到红军在通江轰轰烈烈发展，特别是红军里有很多女兵，她们组织看护队、慰问队、洗衣队、运输队、担架队，人人意气风发，斗志昂扬，对她产生了很大的吸引力。1933年春，母亲和舅舅熊天平（后改名程平），离开家庭，一同投奔了红军。母亲先进妇女独立营，后进入红四方面军总医院，舅舅进入三十一军警卫队。

1935年3月红四方面军离开川陕根据地开始长征，母亲和舅舅随队伍出发。长征途中，迎击敌人围剿，三次爬雪山过草地，吃草根嚼树皮，左冲右突，辗转奔波，各种苦难母亲都曾经历。1936年10月红军三大主力军在甘肃会宁胜利会师后，蒋介石加紧调集部队，向会宁、将台堡地区集中，红军三大主力陷入敌重兵夹击中。红四方面军两万余人组成西路军，进入甘肃河西走廊，西路军后来失败。1937年2月主力红军组成"援西军"，母亲所在的卫生队被编入"援西军"中，但因西路军几乎全军覆没，"援西军"到达甘肃宁夏交界一带停止西进，就地派人四处收容西路军失散人员。此时，20岁的母亲竟然感染上天花病，被安顿在甘肃西峰一户老乡家中治病。

天花病是死亡率很高的一种烈性传染病，所幸，母亲得的是"小天花"，病势没有那么凶猛，20多天后病愈，没有丢了性命，脸上也没有落下被人叫作"麻子"的疤痕。

不幸的是，她病愈起身，大部队已不知去向。她奉命收容失散红军战士，自己却成了失散人员。

更不幸的是，当她四处寻找大部队时，偏偏走错了方向，部队去了陕甘宁苏区，是向北走，她不知道，一直向南寻找。从西峰经过陕西的长武、旬邑、淳化，沿途讨吃要喝，一直到泾阳。在泾阳一个叫作南横流的村子，她的命运出现了拐点。

这是紧靠泾惠渠南干渠的一个村庄。她在一个姓刘的人家歇脚，本来只是路过借宿，但刘家人见她形只影单，硬是留她住了下来，这一住住了三天。

第一天，在吃过刘家人端上的面条之后，对方问她的年龄，问她的老家，问她在部队的经历。她急切地打听部队的去向，刘家人回答说半年前见有红军部队从永乐店路过，后来再没有见过。她判断这不是她所在的部队，也意识到自己走错了方向，情急心乱，央告刘家人替她打听红军的去向。刘家人答应了她。第二天，刘家外出打听的人回来告诉她，没有人知道红军去了哪里。她要出去自己寻找，刘家人说他人生地不熟，连东西南北都摸不清，怎么寻找，劝她住下，容他们慢慢打听。

刘家人待她很好，见她身子虚，给她熬米汤（小米粥），米汤泡锅盔，劝她先吃好喝好安心将息。她哪里能安心？她的目标是找到部队，那里有她熟悉的战友，有她的格外牵挂的弟弟，脱离部队，远离家乡，她感到巨大的孤独和不安。找到部队，等于找到了家。第三天她就要重新上路，但刘家人却在此际给她带来一个消息：为了打日本，共产党和国民党合作了，红军部队解散了，都归国民党指挥了，天底下再也没有红军了。她不相信，但刘家人说得很肯定，不像一个普通农家人能撒出的谎。在部队的最后日子，她也曾听到国共要合作的传言，现在，她被这个消息击蒙了，她不知道自己该投向何处。

她不知道的还有，关于她的去向，刘家人心中已有自己的算盘。

这刘家的大媳妇娘家有三个弟弟，都没有成家。大媳妇见这个被抛在半路上的年轻女红军模样俊俏，孑然一身，孤单无靠，就有意留下她，想许配给她的兄弟。大媳妇怕贸然说出遭到拒绝，先好吃好喝待承她。也许是天助，刘家人打听到国共合作、红军被改编的消息，心里顿时有了底气。第四天早起，母亲被大媳妇带回她的娘家——10里路外的三渠口手巾白村。

当母亲在白家堂屋的圈椅里坐下，听大媳妇表明意思后，母亲哭了。她执意要走。可是白家人问她："你要走，走哪里?"母亲不知道，回答不上。白家人说："你先住下，慢慢想，想通了说一声，想不通再走不迟。"

母亲又在白家住了三天。

在这三天里，她见到了刘家大媳妇的三个弟弟。人都是实诚本分人，不多言不多语，在地里干活回来蹲在地上围着一盆水洗脸擦汗，然后，一人端一碗饭找个角落呼噜呼噜刨进肚去。在她面前，弟兄三个规规矩矩，未曾和她说过一句话，甚至都很少拿眼看她。这个家庭礼数很严，每天早晨起来，弟兄三个都要先去父母房间请安，晚上临睡前又要请示父母还有没有什么事要做，回答说没有事情，方可回屋歇息。他们的父亲也是个木讷老实人，家里主事的是他们的母亲，老太太很精干，家里做饭、养猪、喂鸡、扫庭抱帚一应事务打理得妥妥帖帖。母亲闲住无事，有时想插手帮老太太做事，老太太不答应，让她只管歇着。

在白家住的三天里，母亲成为重点照顾的对象，参加部队以来，无数艰难困苦让她身心俱疲，她从未如此闲适，从未体验过如此轻松平顺的日子。在不眠的夜里，当她躺在白家的土炕上对未来做出选择时，她早先的坚持松动了。既然寻找部队无望，进入白家留在关中富庶的平原上，也未尝不可。

她对白家人点了头。

白家本想让她和老大成亲，但在弟兄三人中，她看中了老三。老三比她小两岁，但身强体壮，胳膊上的疙瘩肉像秤砣子，还念过书，写得一手毛笔好字。白家老太太开始犹豫，说：大麦没熟小麦熟，这咋成？但后来经过一家人商量，同意了母亲的选择。于是白家老三，这个叫作白金发的男人，便成为了我的父亲。

　　这是1937年春夏之间的事情。我一直不知道白家人，特别是父亲，是否听闻到随后发生在斗口于村的事情。斗口于村距离手巾白村仅6里路，共产党在那里办青训班，人来车去，热热闹闹，父亲曾在三原于右任创办的民治小学念书，斗口于村是于右任的老家，斗口农场在方圆很有影响，想来父亲应该对斗口于村有所关注，如果他知道斗口于村的青训班，他肯定是对母亲隐瞒了。也许他不知道，毕竟青训班只在那里办了一期，时间仅仅只有半个月，即使有所耳闻，也搞不清楚青训班和红军有什么关系，如果属于这种情况，那属正常，父亲不欠母亲什么。

　　但我一直怀疑三兄弟中老大，即伯父什么都知道。在家里，他做农活，也常出外替人赶车，他是一个车把式，县城里的商号常雇用他跑各地运送货物。即使青训班在斗口农场办班时间短，他不知道，但后来迁至云阳、安吴，前后在泾阳地面上两年半时间，他不会不知道。他严格封锁着自己的嘴巴，没有向弟媳透露半点信息。白家人肯定担心，一旦让母亲知晓她曾经投身的队伍就在本县办班，她会立即拔腿去找自己的队伍。她原本不该属于白家，而属于那个意气风发斗志昂扬要在中国闹大事的人群。

　　手巾白村离云阳30里，离安吴50里，但那时交通不便，消息闭塞，妇女守在家里很少出门，母亲对发生在数十里外的事情毫不知情。她认命了，安心做了白家的媳妇。

1949年中华人民共和国成立后，政府了解到母亲的情况，对她器重起来，以退伍老红军战士的身份对待她，逢年过节有县上干部来家中看望，每一位县委书记、县长也都熟悉母亲，母亲常被邀请去学校、机关单位做报告，讲述红军和长征的故事，家里在困难的时候也会得到组织的一定补助。1957年，母亲通过四川通江老家，联系上了舅舅，舅舅时为上校，住西安兰州军区空军一个部队大院。从此，失散多年的姐弟重新得以团聚，我和姐姐们，也成为西安早慈巷甲字7号大院里舅舅家的常客。

1965年社教运动，风云陡变，先是父亲被宣布为"四不清"干部，屡遭批斗，继而母亲被宣布为"假红军"，被勒令交代历史问题。母亲提供了一些线索，供社教工作组调查，第一个是四川通江老家，第二个是舅舅。调查回来，说是参加红军属实，但没有人能证明母亲是怎么离开部队的，于是母亲又成了"逃兵"。

在社教运动中的日日夜夜，我和三姐经常为母亲写"交代材料"。三姐上初三，我上初一，这种写作比学校里的作文对我文笔的训练帮助更大，从那时起，也许我注定要成为一名作家。写交代材料也让我对母亲的历史有了较为全面的了解。有时母亲叙述着她的经历，突然会抱头痛哭，我也跟着一起哭。哭完，她继续讲述，我接着为她代书。她参加红军的过程，走过的地方，离开部队的缘由，不知"交代"了多少遍，我也不知道写了多少遍，但她仍被认定为"逃兵"，这个不由分说的结论，一直延续到"文革"，延续到"文革"后期的"清理阶级队伍"运动，"逃兵"的帽子戴在母亲头上一直走过十多年。

后来回想起这整个过程，有一件事情我得感谢社教工作组和清理阶级队伍的办案人员。他们自始至终未提及青训班。如果他们要问母亲，你既不是"逃兵"，与队伍失散后，共产党的人马就在泾阳，为何不去找？母亲如果那时知道她苦苦追寻的队伍在身边却被她错过，会不会瞬间崩溃？以我判断，那是肯定的。

事实上，新中国成立后很长一个阶段，泾阳没有怎么宣传青训班。青训班是以国共合作的名义办的，包括当地很多干部在内，人们对青训班的历史了解不多。说起斗口于村，人们只会谈论于右任；说起安吴堡，人们只会谈论安吴寡妇。两人的名气太大了，他们都有各自的历史叙事，而且都颇具魅力，青训班的光辉暂时被遮蔽。我知道青训班，是"文革"后纠正冤假错案的时候。那时我在陕西师大中文系任教，为解决母亲历史问题，我查阅了很多有关中国工农红军的历史资料，查阅了 1937 年前后中共党史，在一篇文章里，第一次看到西北青年救国联合会在党中央和陕西省委的关怀下在泾阳举办青训班的记载。

看到这篇文章，我不是兴奋，而像是被一颗子弹击中，我瘫坐在陕西师范大学图书馆阅览室的硬木椅上，面朝窗外，双手交叉抱起后脑勺，闭上眼睛发呆。

西斜的阳光透过窗户玻璃照在我的脸上，垂合的眼皮变成近乎透明的屏幕，我看见一片晕散的红光在摇曳浮动。我觉得那红光像是血，母亲心里滴淌的血，我心里滴淌的血。命运就是这样捉弄人，在 1937 年母亲人生的那个转折点上，其实还有一次机会留给母亲，它距离母亲是那么近，真可谓近在咫尺！

可是，母亲错过了，这一错，注定了人生的霄壤之别！

出于近乎本能的反应，当时我心里冒出最强烈的念头是：不能让母亲知道青训班的事情，是的，决不能。她若知道，无异于在她流血的伤口再插一把刀。

从此，我格外留意搜集有关泾阳青训班的资料，当时没有复印机，很多都是抄录下来。我搞不清楚自己搜集这些资料的目的何在，它不能证明母亲老红军战士的身份，而且我知道这是危险的，就像挖掘战场上未引爆的炸弹，把它们积攒下来，说不定哪天就会在身边爆炸——倘若被母亲知道，这爆炸是肯定的。但我抑制不住自己的冲动。我的眼前总浮现出许多假想的情景：母亲奔向斗口农场，在那个青砖小楼前向人倾诉她的遭际，然后受到热烈欢迎，重新又回到她魂牵梦绕的队伍里，在小楼前的空地上听首长讲课，在果树成荫的农场里与其他青年男女聊天散步……抑或，在安吴堡的城墙下，在吴氏坟园的柏树林里，在迎祥宫院子的戏台上，母亲和众多青年学员一起，高唱《安吴青训班班歌》：

烈火似的冤仇积在我们胸口

同胞们的血泪在交流

英雄的儿女在怒吼

兄弟们（有）

姐妹们（有）

你听见没有

敌人在迫害你

群众期待你

祖国号召你

战争需要你

你醒　你起

拿起你的武器

学习工作　工作学习

一切为胜利……

　　我的假想不是没有道理，依母亲的性格，走出这一步绝不令人怀疑。如果那样，一切的一切，将是另一个样子，包括这个世界不会有我。

　　青训班史实的发现，我只字未向母亲提及。当时母亲老红军战士身份的甄别，困难重重，给县上、地区、省上一级一级递送材料，均毫无结果，核心问题是都要母亲提供与队伍失散的直接证明人，事隔数十年，当时的战友不知死活，不知去向，这"直接证明人"，母亲哪里去找？心神俱伤的母亲后来绝望，不愿再申诉，她开始相信宿命，开始信上帝，礼拜天她去教堂，听牧师讲经布道。她的信教行为得到了我的支持，这有利于她内心的平衡。我一如既往地守护着青训班的秘密，心想这秘密若让她知道，宿命论也许不会成为她解脱的法宝，而会变作重新伤害她的利刃。我没有停止努力，继续为母亲申诉，同时借用她对命运的相信来宽慰她。我列举两个事例，一个是长征前，各苏区的红军人数是30万人，长征后到达陕北不到3万人。这是毛泽东主席在1962年7000人大会上的讲话中说到的。既然90%的红军战士都没有走到最后一步，母亲也就不必过分为自己伤心。第二个事例是母亲熟悉的一位部队领导，红四方面军妇女独立营（后扩编为妇女独立团、妇女独立师）的创建人张琴秋。母亲刚参加红军时，就在她的手下。新中国成立后张琴秋担任纺织工业部副部长，"文革"爆发后，张琴秋受到残酷迫害，性格刚烈的她不堪凌辱跳楼自杀。我对母亲说，张琴秋的命运又怎样？以你的性格我看也和张琴秋差不多，即使未脱离部队，革命胜利后进了城，你能保证自己不会有张琴秋一样的遭遇？所以事情要从另外一个角度想，活到今天，能吃能喝，有儿有女，孙辈绕膝，这就算咱福大命大造化大。这安慰对母亲还真有作用，她心中的不平不再波浪翻滚，而是渐渐归于平顺。

信教后，她每晚都要祷告，祷词几乎千篇一律，第一个首先针对我，祈祷主保佑我的平安。我是她的独子，我在她的心中高于一切。下来是对我的姐姐们的祝福，还有她认为必须祝福的人，这些人不固定，当天和某某有交往，有接触，对某某印象深，就为某人祷告。最后是固定的，必为国家和全国人民祈祷，祝福国家安定团结，全国人民生活幸福。

1979年，关于母亲历史问题，在多方努力无望之后，我给时任中组部副部长曾志写了一封长信，曾志当时正协助胡耀邦主抓全国冤假错案平反工作。没承想这封信起了大作用。曾志很快做了批示，母亲不是党员，但曾志却把批复直接发陕西省委组织部，而不是民政部门，指示认真复查母亲历史，甄别确定母亲的退伍老红军战士身份。陕西省委组织部出面，责成咸阳地区组织部和民政局，尽快落实母亲的身份。此后很快，母亲的问题得以解决，被授予"退伍老红军战士"荣誉证书，户口转为城镇居民，民政部门每月发放生活费，享受国家公费医疗。这样一个结局，母亲深感欣慰，我们家庭皆大欢喜。

母亲一直对曾志很是感激。后来我工作调到北京，曾代表母亲专门去万寿路曾志家中看望老人。再后来与曾志的女儿陶斯亮相熟，给她谈到母亲命运的几次转折，陶斯亮说，命运无常，但有时也有定数，不过这定数不在天定，而在人，在国家，在社会。

母亲暮年生活如意，国家对她各方面照顾有加。但她依然信教，每个礼拜天都要去教堂。关于青训班的事情，我和姐姐们依然不敢向母亲提说，生怕打破她内心的平静。

母亲是在午睡中翻了一个身，在二姐面前安然离开人世的，心梗为她坎坷的一生画上了句号，临终走得干净利索，没有任何痛苦。不能不说，我们儿女对于那个秘密的保守，是起了作用的。

安吴青训班旧址，现在已成为泾阳一个著名旅游景点，它与吴家大院组成红色文化与历史文化互映互衬的物质与精神的存证，每天向游人昭示这个地方曾有的辉煌，唤起人们对于既往的记忆。而于我来说，它更有一层特别的意义，它有可能书写一个女人的另外一种人生，但它把这个女人留给了我，让她成为我的母亲。它没有成为改变母亲命运的取道之阶，却成为12000多名男女青年投身革命的踏步石，成为中国革命前进发展的踏步石，成为中国共产党培养青年干部的大熔炉。泾阳因它，而在中共党史和中国青年运动发展史上，留下炫亮的一笔。

2017年12月

交往雷抒雁

一

与雷抒雁相交，我15岁，他25岁。

那是1967年，"文革"正在进行中。我是陕西泾阳县永乐中学初中六八届学生，他是西北大学中文系六七届大学生。同是泾阳人，永乐中学也是他读初中的母校，天下大乱，省上、地区、县上都分为两派，西北大学学生组织与泾阳一派群众组织在一条线上，我也属于这一派，他回到家乡，自然我们间便有了接触。

家乡泾阳，因位于泾水之北而得名，地处八百里秦川腹地，被誉为关中的"白菜心"。泾阳不只是关中的"白菜心"，这里也是中国领土的中心位置，永乐中学附近的石际寺村，便是"中华人民共和国大地原点"所在之处，那个从平地上隆起的高丘，是我和雷抒雁上学的必经之地。县城以西20多公里外，是唐代第二代皇帝唐太宗的昭陵，唐代帝王依山为陵，昭陵建于九嵕山，泾阳人却从不叫它九嵕山，而叫它笔架山，因为从家乡的方位西望，九嵕山形如笔架，从其他三面眺望，那山或奇，或雄，或险，却与笔架毫不搭界。笔架山养育了泾阳的文脉，仅近现当代就有于右任、冯润璋、吴宓、李若冰等出生于此。家乡人崇文重教，数千年以耕读传家为理想，那笔架山，便是我们推崇的圭臬、高树的经幡。

那时雷抒雁还乡，交往更多的是一些年长于我的人。一个大学生，与我这个初一学生不在一个对话层面，但在永乐中学，我们有一个共同尊敬的老师刘羽升，刘老师教语文，正是在刘老师的辅导下，雷抒雁读初二时，在《红色少年报》上发表了他的处女作小小说《小羊倌》，从而奠定了他以文学为终身事业的理想。那时他很关注刘老师的遭际，"文革"初期刘老师被关进"牛棚"，后来"解放"，听我说一些学生找茬儿批斗刘老师，让他背诵"老三篇"，扬言错一个字便赏一耳光，刘老师一个上午背诵若干遍竟一字不差，搞得找茬儿的学生很丧气。雷抒雁颇为刘老师骄傲，说："让他们知道，什么叫天才。"几年后，我在永乐中学读高中，也是在刘老师的辅导下，第一次把自己写的文字变成铅字，刘羽升是我和雷抒雁共同的文学启蒙老师，我们出于同一师门，由此也就奠定了此后数十年中我们之间深深的友情和非常特殊的关系。

经历大学毕业后一段曲折的经历，1972年雷抒雁调入《解放军文艺》任诗歌编辑，那时正是我初学写作的开端。同门师兄成为著名刊物的编辑，在我眼中是个了不得的人物，自然也是种鼓舞，他回乡探亲去看望刘老师，我们总要相聚，我喜欢听他海阔天空地聊，听他讲文学，讲北京和部队，讲一些作家诗人的事。1973年，我的一篇小说在《陕西日报》发表，那时我已上了陕西师大，正逢他回陕探亲，我把小说拿给他看。在陕西师大大操场炉渣碎末铺成的跑道上，我们边走边聊，他就小说的人物、情节和语言，谈了一些改进意见，记得很清楚的是，他喜欢说："这个情节，或这个人，这一段话，放给我，我会怎么写怎么写。"虽多是小说技法问题，但记忆深刻，至今难忘。

1975年，雷抒雁第一本诗集《沙海军歌》由北京人民出版社出版。他给刘羽升老师和我各送一本。送刘老师的在扉页上题写"羽升老师教我"，送我的扉页上题写"白描存念：天生我才，嵯峨为证"。嵯峨山是县内最高的山，刘老师看后，很是欣喜，却正话反说："野心大哩，野心大哩。"

那时，雷抒雁在中国诗坛崭露头角，家乡人关注他创作的每一动向。县上除文学启蒙老师刘羽升外，还有一位成名较早的诗人马林帆，马林帆也是我和抒雁老师辈的人物。我对马老师，只有毕恭毕敬的份儿，抒雁在马老师面前则率性、随意，是一种亦师亦友的关系，这种情谊一直保持到终。我们看到雷抒雁在什么地方发表了什么诗作，总要议论一番，为他高兴，更对他充满期待。1979年，《小草在歌唱》先是在中央人民广播电台以配乐朗诵形式播出，继而在《诗刊》发表，举国上下大为轰动，一夜之间雷抒雁的名字传遍大江南北。很多人惊诧雷抒雁何以具备如此爆发力，何以取得如此成功，我们也是又惊又喜，但又觉得实属必然。雷抒雁思想如电，才华如川，胸有沟壑，怀有宏愿，在一个全民反思年代，必然会发出属于他的声音，他的歌唱，成为代表一个时代精神的强音，毫不为奇。

二

　　1982年，我从陕西师大调入陕西作协，事先曾征求雷抒雁意见。雷抒雁给我的建议是：先在《延河》做编辑，干上几年，争取进创作组。创作组是专业作家待的部门，很多人都想进去，路遥就是在我接了他的《延河》小说组编辑工作之后进入创作组的。但1984年，我即接手《延河》主编担子，翌年又任陕西作协书记处书记，分工负责刊物和青年作家培养工作，进创作组的梦想泡了汤，在北京与抒雁见面，他又表示祝贺，认为做一家刊物主编，可以做的事情更多。那时他从部队转业不久，先是进入《人才》杂志任编辑，干了不久，调到《工人日报》社，后再调入工人出版社。其时他对办刊怀有极大兴趣，以很大精力投入创办《开拓》《五月》等大型文学刊物，对办刊他有很多想法，但真正主事的不是他，这两个刊物最终都没有坚持办下去。

　　1988年，我的长篇纪实文学《苍凉青春》写完后，最初打算给《当代》编辑刘茵。刘茵也是陕西乡党，是我尊敬的一位大姐。我想若能先在《当代》发表，后在人民文学出版社出版，再理想不过。给刘茵说了想法，她很有兴趣，马上要看稿子。在稿子最后润色期间，工人出版社总编南云瑞出差到西安，南云瑞也是陕西人，我们彼此非常熟悉，老南听说我有一部写北京知青的长篇，动员我给工人社，回京后他又让雷抒雁盯着我手中的稿子。雷抒雁上手，于情，我无法推辞；于理，他时任工人出版社文艺部主任，没有不放心的道理，遂给刘茵说明，稿子给了工人社。

《苍凉青春》先经编辑梁文玉初审，室主任刘延庆复审，都给予很高评价。雷抒雁是在他们之后看的，立即致信于我，龙飞凤舞寥寥数语："白描：看过《苍凉》，公认佳作，祝贺。报南（南云瑞），问题不大，争取当作重点安排。"很快，《苍凉青春》出版，读者的反应印证了社里的估价，他们觉得应该召开一个研讨会，于是先在西安，后在北京，分别召开了两个《苍凉青春》研讨会。两个会全由工人出版社出资，均由雷抒雁主持。西安的研讨会，雷抒雁带了工人出版社数位编辑前来，我们也邀请了刘羽升、马林帆老师出席，师生重聚，又是在这样一个场合，自然都很兴奋。雷抒雁在西安的几天，我们常常彻夜长谈，从文学到政治，从生活到家庭，从泾阳的人物、吃食、戏班子，谈到泾阳民间风俗礼数，泾阳的话，每年县城的"二月会"，以至狗撵兔、马配桩、杀猪孩子哄抢猪尿脬……嗣后，《文学报》发表陕西评论家李国平写的《苍凉青春》西安研讨会纪要《知青文学的又一次突破》，雷抒雁很是满意，但后来北京的研讨会他却抱以为憾。北京研讨会于1989年4月召开，其时学潮初起，人心惶惶，整个社会和媒体的兴奋点已不在文学，尽管与会著名专家不少，但报纸很少予以报道，枉费了工人出版社和雷抒雁一片苦心美意。

1991年年初，我调往国家外国专家局，举家迁京。新地方，新环境，来往多的是曾经结交的文学界一些朋友，圈子不大。我住新街口，雷抒雁住六铺炕，相距很近，自然他那里便成了我常去的地方。那时他刚刚迁入新居，一座小高层的最顶端，10楼的一所小三居。过去他和夫人马利，蜗居于一栋小楼斗室，一室一厨一卫，家居用品和大量藏书已让室内显得拥挤不堪，若是再去三五客人，坐的地方都成问题。抒雁夫妇对新居做了精心装修，最别出心裁的是在客厅临窗户一端建了榻榻米，抒雁生性随意，崇尚无拘无束、自由率性的生活，一本书，一泡茶，就一方榻榻米，或倚或卧，或盘腿打坐，得大自在，客来夜宿还是现成的卧榻。抒雁那时就对玉石和红木家具颇感兴趣，只是力气没有放在收藏上，藏品不多，更多的是对书本文化的研究。客厅里有一套红木茶桌和圈椅，平时去他家，就坐在那里喝茶，有时他会拿出一些玉石玩意儿之类，让我欣赏品评，马利也总是兴致勃勃凑在抒雁身边。一次看的是几样翡翠小佩饰，我挑出两件，说值得收藏，马利高兴了，捅了雷抒雁一把，说："看看，我买的，你还说不值。"多年后，朋友送抒雁一块玛瑙原石，说是像马头。抒雁属马，他拿给我看，我要过交付北京玉雕大师李东，李东经过一番雕琢，遂成一件玉雕艺术品，抒雁格外喜欢，时常于手中把玩。后来我专门选了一块和田玉料，请李东大师用心雕琢了一匹马，送给抒雁，他自然是喜不自胜。

在国家外国专家局，我任国际人才交流信息研究中心副主任、《国际人才交流》和《专家工作通讯》两刊副总编。《专家工作通讯》是机密内刊，专业性很强，《国际人才交流》则是一本以报道中外人才为主的公开发行的杂志，需要自己的记者和社会作者队伍，雷抒雁对我的工作给予了很大的支持，他为我们介绍作者，推荐相关文章，他随中国作家代表团访问苏联归来，拿出长篇《访苏日记》供我们选用，而且交我一大堆访苏期间的照片，《国际人才交流》发表了其中十多张。

京城文学圈里，有一堆陕西人，而且都在重要文学岗位：阎纲、周明、何西来、王宗仁、白烨、李炳银、刘茵、田珍颖、刘列娃……还有后来的李建军、党益民等。雷抒雁和我自然融入其中。有时某个文学方面的活动或会议，老陕坐了一片，而且这帮人很抱团，彼此关系相当融洽，被京城文学界称为"陕西帮"。陕西人在京有一个同乡会，囊括各界人士，周明任会长，我是副会长之一。在这个大同乡会之外，又成立了一个文学界陕西同乡会，大家公推"二白"做会长，所谓"二白"，就是白烨和我。逢到陕西来了朋友，或者某项活动，某个节口，这个小同乡会就聚会一处，吃喝谝闲，谈天说地，全讲陕西话，亲亲热热，不亦乐乎。有一段时间，我们在一起，曾热烈地探讨关中方言"song（二声）"的用法，认为这是一个涵盖量颇大的万能代词，只要在它前边冠以某个字，人的类型特征、性格品行，便显现出来：能song、𤞤song、逛song、哈song、瘪song、笨song、蔫song、争song、呇song……列举拼凑了30多条，后来还没有完。这不是无聊，不是低级趣味，对家乡语言的反刍体现出大家浓浓的思乡爱乡之情。雷抒雁后来写出关中方言考《村言寻字》，便是在这种氛围中孕育而诞生的一项成果。

抒雁爱争辩，爱抬杠，又得理不饶人，越是熟人，越不相让，而且越"损"的话越爱说。一位陕西作家有名有钱，但太过节俭克扣自己，舍不得花钱，一次来京，雷抒雁拿他开涮。他一本正经对朋友讲："××，你这么省钱，有一样好处，你知道是啥？"朋友问："是啥？"他回答："你死了，你老婆容易改嫁，因为是个富寡妇。"直让那位朋友哭笑不得。抒雁的诗人秉性处处体现，眼里容不得沙子，小到一个人的行为举止，大到一些社会问题，看不惯就要说，不吐不快。一次《北京晚报》上，看到他署名的一篇文章，是批评京城大牌餐馆"×来顺"

的，他带朋友去这家餐馆吃饭，遭遇到恶劣服务，和人家吵起来，他气愤难平，回家著文在报上发表，不惜以著名诗人的声名地位与之相搏。当然最后搞得这家餐馆很狼狈，以公开道歉了事。2010年，他出任第五届鲁迅文学奖诗歌奖初评委员会主任、终评委员会副主任，他非常反感文学界的不正之风，对评奖中走关系、拜门子深恶痛绝，一位参评作者不识相，送钱到雷抒雁家中，遭雷抒雁一通斥责，而且把此事在评委会上公开，消息传出，文学界对他肃然起敬，一片叫好之声。

三

部队转业后，雷抒雁的工作动过数次，一段时间里并不如意，1993年调到《诗刊》任副主编，1995年再调鲁迅文学院任常务副院长，才获得适合于他的天地。同年，中国作协发出商调函，拟调我进作协办公厅，未获外专局同意。1999年，中国作协领导问我还想不想动，这次拟让我去的是鲁迅文学院，职务是副院长。我早有回归作家队伍的愿望，进入作协系统我是很乐意的，但具体到鲁迅文学院，我有犹豫。雷抒雁是那里的当家人，一个县的乡党，同在一个单位，一个是一把手，一个辅助执政，别人会不会说闲话？特别是鲁院内部人，会怎么想？会不会认为雷抒雁是在结帮拉派？雷抒雁倒是积极支持我过去，认为我的担心属于多余，别人有什么想法管不着，关键是秉公出发，正派做人，端正行事，齐心协力把鲁院的工作搞上去，谁人还有什么话再说？抒雁的话在理，我下了决心，当年7月，我调入鲁院。

我和鲁院注定有缘。1983年，我曾有一次进入鲁院的机会。鲁院那时还未更名，叫文学讲习所。那年招生，要求各地作协推荐青年作家中的重点培养对象去学习，陕西在物色人选时，我报了名。陕西作协领导研究，开始选定的也是我，事情几乎都定了，但后来却发生了变化。作协党组书记、主席胡采找我谈话，通知我推荐人选最终敲定为汉中的王蓬。胡采说，调我到陕西作协的本意，就是为了加强《延河》的编辑力量，刊物工作任务重，压力大，我若去学习，势必会影响本职工作。就这样，我与鲁院失之交臂。王蓬那届学员就是著名的"文讲所八期"，可谓人才荟萃：刘兆林、邓刚、聂震宁、乔良、朱苏进、黄尧、唐栋、张石山……这些人中后来出任省作协主席、将军、部级领导干部的就有多位。鉴于这期学员尽是当时文坛的生力军，在他们入学不久，《延河》决定派人前往北京组稿，这个人就是我。我在北京先后待了一个多月，天天跑文讲所，天天泡在这批学员当中，在此期间，《延河》副主编董得理、评论组组长王愚等还专程赶赴北京，请八期全体学员在北海公园划船游园，在仿膳宴请，文讲所领导李清泉、徐刚和部分老师也都参加。当时全国各地文学刊物纷纷派人向他们约稿，最终大获全胜的是《延河》，他们当中从事小说创作的作家，每人一篇，《延河》以连续两期的篇幅推出这期学员小说专号。这是我与鲁院的又一次际会。我最终走进鲁院，成为其中一名工作人员，算起来，已是第三段缘分了。

鲁院于1984年修建的校舍在朝阳区东八里庄。这地方我没有去过，赴任那天，雷抒雁陪我走进校园。此前他曾如实向我介绍，鲁院办学经费拮据，日子不好过，让我做好思想准备，调我来也是想让我与大家共同努力，开拓局面，让鲁院获得大的发展。尽管他这样说过，但当时鲁院的实际状况还是出乎我的预料。鲁院是全额拨款事业单位，但国家财政给鲁院投入很少，所拨经费存在巨大缺口，只能靠收费办学维持生计。雷抒雁苦心孤诣，呕心沥血，带领全院人马举办各种类型的作家培训班，开源创收，节流度日。2000年，我和雷抒雁之间，发生过一次激烈的争执，在院内，我分工负责行政、党务、人事和财务，由我批准，学院购置了三台电脑。电脑送来后，抒雁大为光火，认为穷日子有穷过法，买电脑是奢侈，是浪费，钱花在了不当花的地方。他还有一个理由，不能在台面讲，只能关起门对我嚷嚷：鲁院有几个懂电脑的？就那素质，配用电脑吗？我对他讲：一个国家级文学院，没有电脑办公是不行的，人员素质低，那就从学电脑开始，提高人的素质吧。抒雁也有他的特点，反对归反对，嚷嚷归嚷嚷，你坚持了，他也会依了你。

那时，学院一位负责接送外聘老师的司机，利用认识某些老师的关系，与校外几人联手，私下办所谓的文学培训班，既不合规，也无质量，还抢了鲁院的生源，雷抒雁获悉后，快刀斩乱麻，立即解除了那位司机的聘任合同。原来接送院领导的司机改为接送外聘老师，那辆收回的车交我开，上下班由我接送他和另一位副院长胡平。就这样，我这名副院长，兼任司机数年，上班三人一车到学校，下班三人一车回家。我们三位院长之间，关系非常协调，工作上的事情，有时候在车上便商妥。我和胡平都喜欢听抒雁在车上高谈阔论，他洒脱的天性，活跃的思维，敏锐的才思，睿智的语言，在完全放松的情境下表现得更为淋漓。他看待事物，观察问题，常常不同凡俗，有自己独特的角度和超常的见解。比如说，鲁院就是一张火柴皮，来学习的作家就像火柴头，都有燃烧的潜质，鲁院需要做的就是让两者那么一擦，点亮他们思想的火苗，引燃他们创造的才华。谈作家的生活积累，说农村妇女看鸡会不会下蛋，手指头塞进鸡屁股里一摸便知分晓，作家写作肚子里先要有货，腹内空空，下个什么蛋？再比如他对"以德治国"有自己的看法："一个走向现代化的国家，怎么能光强调以德治国？德治思想包含了太多人治成分，应该说'以德治身，依法治国'。"有时下班送了胡平，我和他想吃家乡饭，就开车满大街转悠，找寻陕西饭馆。油泼面、羊肉泡、肉夹馍、腊汁肉、水盆羊肉、荞面饸饹、辣子蒜羊血……都是我们蹚摸的吃物。

有一次，我和雷抒雁同时回泾阳，在县城姐姐家吃饭：搅团鱼儿、萝卜馅饺子、芹菜麦饭、醋熘笋瓜、炝拌莲藕等，都是些家常饭菜，雷抒雁和我却吃得直呼过瘾。这是我们早年熟悉的口味，除了家乡之外，其他任何地方都无法复制。雷抒雁最感兴趣的是饺子和醋熘笋瓜。那饺子所用的馅儿，是把萝卜切碎后搅和肉馅先在锅里微烹，泾阳话叫"拦"一下，呈半熟状态，然后再加调味品包了饺子下锅。萝卜容易入味，这一"拦"，味道尽收，难言其妙。笋瓜类似西葫芦，但色白，比西葫芦脆，在北京和其他地方，我还没有见过有笋瓜生长和出售。从泾阳返京许久，雷抒雁还多次与我谈及在姐姐家吃过的那顿饭。他认为，人类最顽固、最持久的记忆，是味觉记忆。后来他据此写出散文《舌苔上的记忆》，没想到，姐姐家一顿饭，不光满足了我们的口腹之欲，而且催生出抒雁的一篇美文。

还有一次偶然事件，引发雷抒雁盎然兴致，写出一篇广为传播的奇文。

文章开头是这样写的：

1999年11月某日晚，时近子时，位于北京西北角一寓所里，"啪"然一声脆响，一方稀世古玉，跌落玻璃茶几之上，只见那玉轻轻弹起，随即碎成几块，落在地上。一时之间，举座愕然，六双眼睛盯着碎玉，黑脸、白脸、黄脸、粉脸，顿成灰面。宝玉之主人贾平凹连声说："天意！天意！"

古人说，宝物归化，必有先兆。细想几个月来，天下之不平静，先是巴尔干战事如火如荼，后又土耳其地震连连，延及台湾地动山摇，阿里山塌落，日月潭塞阻；再后来，又是飓风，又是暴雨，从南美吹到北美……世界不平若此，宝物岂能安宁。愤然一跃，粉身碎骨，亦在情理之中。其时，举座目瞪口呆，似觉东海激荡，昆仑摇撼，连说一声"可惜"都已忘记。不知这一夜地震台灵敏的测震指针可曾划下一些剧烈的痕迹！

事情原委如下。

这一日，贾平凹先生荣获"中国石油铁人奖"，在人民大会堂得一奖牌并三千大洋，晚上庆宴之后，一群京内朋友邀聚白描先生家中闲聊。一并六人，贾平凹、雷达、李炳银、雷抒雁以及白描和夫人毕英杰。

入座、看茶，然后照例是一番东拉西扯，寒暄、叙旧、高侃。

雷达先生不失时机，从脖下扯出一块玉佩，说是近日得一古玉，上有阴文刻字，不曾认识，想请诸位看看，大家传阅，果然是一方好玉，明亮透澈，雕工精巧，只是仍然无人认得那篆刻的字。雷达听到众人评说，面有得意之色，悄然收了玉佩，从领口塞进衣里，贴肉暖和去了。

看罢雷达的玉佩，贾平凹先生便有些耐不住了，一脸神秘，说："我也有一块玉。"说着贴脖领子掏了出来。

随后发生的事情也的确出奇。贾平凹介绍是"金香玉"，玉好，还有香味。众人便轮流欣赏，最后传递到我妻子毕英杰手中，赏罢，交还平凹时，那玉竟莫名其妙地坠地摔碎了。

抒雁文章继续写道：

平凹是奇人，听声之后，先是一惊，接着闭目伸手，叫："六块，六块！"

那声音怪异，像是祈祷，又像是判定。

众人静下神，俯身去捡，果然六块。平凹说："如何？玉是灵性之物，知道诸位心私爱之，又不便说出口；且只一块给谁也不合适。如今碎了，在场是六人定然是六块。每人一块，拿去吧！"

这虽只是个意外事故，但奇在六人恰恰六块，各有一份。就算是巧合，也巧得出人意料。平凹的呼声犹在耳边，益发多了神秘色彩。

白描怪得妻子失手，心中颇为不安，对平凹说："我将这一块托人以金子镶嵌给你，留个纪念吧。"

令我惊愕的是，往日人皆道平凹吝啬，悭财滞物，此时则见其大将之风。看见玉碎，先是一震，脸色一暗，心中之苦、之痛，无以言表；瞬间，即归平静，一口谢绝了白描要以金镶玉之求，说是："玉有缘分，今日六人，果为六块，正是得其所哉！这倒是祥瑞之吉兆！"

事实上，我看到平凹当时分外痛心，脸色都灰了，心中着实过意不去。在平凹提议将玉分与众人后，遂劝阻："算了吧，还是我找人用金镶嵌起来还归你。"并打趣道，"金子一镶，你这金香玉真成'金镶玉'了。"平凹仍是执意分给大家。

事后他曾私下向我道出原委：原来，此趟来京领奖，他就犹犹豫豫来还是不来，多日来他右眼皮直跳，左眼跳财，右眼跳灾，来京未必有什么好事。如今这玉意外碎裂，玉代他受祸，帮他消了一灾，也正是好友的聚会，才会有这样的结果，这玉岂有不分赠大家的道理？

雷抒雁的文章接着写道——

风暴之后，大海归于平静，几位朋友，各自抚着闻着自己所得的一块香玉，又说笑开来。白描夫妇那里铺纸备墨，要平凹一展书艺。平凹笔墨功力深厚，名声远播，在西安得的润笔颇丰。今日诸友正是要榨他一榨。平凹提笔搋墨，静思片刻，落笔大书二字："分香"。重笔侧锋，凝然有魏碑之风。只是满张宣纸，只这"分香"二字，略显空廓。我说："再加二字：'分香散玉'。"众人抚掌连声说好。下边以小字记下今夜玉碎之经过。遂成一篇秀书美文，白描抢先一步说："我收藏了。"

抒雁文章中还引用了一些古人的玉论和自己的发挥，洋洋洒洒，恣情率意，饶是有趣。这便是散文名篇《分香散玉》。抒雁显然很看重此文，2004年，解放军文艺出版社出版雷抒雁散文六卷集，就是以《分香散玉》作为总书名。

《分香散玉》最初发表于天津《今晚报》，随后《作家文摘》等各文摘选刊类报刊多有转载。文章原稿系抒雁手写，教人打印后发给报社。见报后，我把抒雁手写原稿要了过来，连同我和妻子分得平凹的两块玉，还有那幅书法作品，用心收藏。

四

鲁院的窘迫局面，进入新世纪后得以改观。2001年，中国作协党组决定在鲁院举办中青年作家高级研讨班，改变过去办班收费的做法，选拔具有一定创作成就并具发展潜质的中青年作家进入鲁院学习。作协党组书记金炳华，向当时的中共中央政治局委员、书记处书记、中宣部部长丁关根汇报后，得到关根同志的肯定与支持。此前，雷抒雁带领我们尝试过内部体制机制改革，实行教学社会效益和经济效益量化目标责任制管理，也曾试图把鲁院纳入国家学历教育系列，但路子走得都很不顺畅。举办高研班，学员进校学费住宿费全免，伙食还有补贴，一人一间宿舍，电视电脑电话一应俱全，办学经费全部由中宣部和国家财政拿钱，鲁院由此迎来了办学历史上的又一个辉煌期。在雷抒雁手上，实现了这一转变，这是足以让他欣慰的事。

我和抒雁，有种默契：同事朋友，彼此有别；同僚乡党，不可混淆；公干私交，界限分明。这话我们彼此没有明说，但却形成共识，严格掌控着之间的界限。在学院，我是他的副手，一切从工作和事业出发，原则问题上毫不含糊；私底下，我和他是朋友，是兄弟，情同手足，快乐可以分享，困扰可以分担。

抒雁对母亲极孝顺，父亲去世后，他便把母亲从老家接到北京，让老人安享晚年。老人知道我和抒雁的关系，每去他家，便分外开心和亲热，和我说东道西，凡事总喜欢拿老家的标准做比较：咱哇是咋样咋样，人家这搭可这样这样……马利和老人关系非常融洽，让婆婆很开心。有时我去了，见老人家穿一件时尚毛衣，或者一双新鞋，老人马上会说明："马利给买的，我说样子太新穿不出去，可马利非让穿不可。"话里透出极大的快乐和满足。

抒雁母亲每天上下午下楼出去转悠两趟，北京话叫遛弯儿，到附近各处走走，和那些大妈大爷说说话。一个星期天的午后，雷抒雁情急慌忙地给我打电话，说老母亲上午出去遛弯儿，到现在还没有回家，附近她常去的地方都找了，不见人影。抒雁担心老人走失，心里发毛。我立即开车赶过去，与他一起寻找老人。六铺炕周边那些街心花坛，护城河沿岸，楼宇间小空地老人们常闲聚的地方，安定门外的地坛公园，齐齐找遍，还未找见。抒雁直叫"大事不好，大事不好"，头上已渗出虚汗。无奈中折返回家，却意外地在他家楼下发现了老人。老人家刚从公交汽车站下车，不慌不忙，优哉游哉，缓缓走来。抒雁又惊又喜，快步迎上，口中却嗔怪："去哪了？找了两个钟头都不见，快把人急死了！"原来这天老人下楼遛弯儿，遇见一位老乡，也是随儿子住在附近的老太太，两人说着话，不知怎么说到了公主坟，说那里埋着一位公主，那位老太太灵机一动，提议去看看，抒雁母亲竟然也就答应了。她不知道六铺炕距公主坟有多远，以为很快就能回来，也就没有给在家伏案写作的儿子打招呼。两位老太太也有能耐，上了公交车才问路线，倒了多趟车，从城北到城西南角兜了一大圈，什么坟也没有看到，在超市买了几块蛋糕，算是打发了午饭，这才按原路线返回。这件事情，显然在抒雁心里落下了影子，以后对母亲外出总不放心，下班后早早回家，见老母亲在家中安然无恙，心中才算踏实。

抒雁母亲有冠心病，这让他时刻悬着心。2001年9月6日，不幸终于发生了。

那天下午，在中国作协会议室学习讨论的雷抒雁，以一种近乎失态的焦灼，希望会议早点结束。5点散会，他迫不及待地往家赶。他莫名其妙地感到心神不宁。路途中，他打电话给家里，想马上听到母亲的声音。铃声空响，他希望母亲是到楼下散步去了。到家推开门，像往常一样，喊了一声"妈妈"，无人应声。他急忙走进里面的房间，看见母亲躺在地上呻吟。他扑过去，一把抱住她，想让她坐起来，她只是含糊不清地说："我费尽了力气，可是坐不起来。"母亲左边的身子已经瘫痪。

事后雷抒雁在怀念母亲的文章中写道："我明白了那个下午我焦灼、急躁、不安的全部原因。一根无形的线——生命之线牵扯着我的心。虽然没有听见妈妈的呼喊声，可我的心如紊乱的钟摆，失去了平衡。我以从未有过的急切，想回到妈妈的身边。也许，只要她的手抚摸一下我，或者，她的眼神注视一下我，我心中失控的大火就会被熄灭。"

两天后，抒雁母亲在安贞医院咽下最后一口气。当晚我也在医院，还有我和抒雁共同的朋友、人民大学教授牛宏宝。9点多，看昏迷中的老人呼吸平稳，我们出了病房，在院子散步。秋凉之夜，路灯点点，树影憧憧，正漫步说话间，身旁咔嚓一声响动，吓人一跳。定睛一看，方知是甬道旁一棵柿树折断了枝丫，坠地的枝丫挂满了柿子。后来抒雁说那时他就有了不祥的预感，午夜时分，雷母溘然长逝。

抒雁母亲的后事是我帮着操办的。抒雁因过度悲伤而变得虚弱，两个儿子和我没有让他去火葬场，将他交付马利照顾，我和孩子们等送了老人最后一程。在东郊平房殡仪馆，当我把抒雁母亲的骨灰一块一块捡起装进骨灰盒时，像9年前送行我母亲时一样，泪水溢满了我的眼眶。

五

2003年夏秋之交，抒雁告诉我，他大便不成形，有时还拉稀。我劝他去医院查查，他却说先吃药看看。但吃药他也不是那么认真，上下班途中，看见有药店，他叫我停车，进去问人家什么药治拉稀，按销售员的推荐买来。11月，第四届全国文学院院长联席会议在广东召开，我是联席会议秘书长，肯定要去，他原本不想去的，马利三番五次催他去医院检查，他也打算住院，但经不住全国各地院长们盛情相邀，他也到了广东。从广东返回，12月，他住进了中日友好医院干部病房。

雷抒雁查出直肠癌的消息，我是在天坛医院获悉的。那阵子我时不时眩晕，手麻，抒雁也曾劝我住院好好查查。一次我们一块儿参加一个活动，晚宴中我突然晕得厉害，抒雁马上陪我回家。我驾着车，途中抒雁看我勉强支撑，马上让我把车开到平安大街一家茶艺馆门前，他陪我进去，挑了座席，让我躺下。他又给鲁院打电话，要了车，他和鲁院来的同志一块儿把我送到医院急诊室，检查，做CT，排队交钱领药，忙了大半个晚上。就是经历了这种折腾后，他和我一前一后，一北一南，住进了不同的医院。在两家医院，我们只能通过电话联系，相互问候，相互打气。我出院后去看他，他已进行了手术。他患病的消息牵动面很大，很多朋友要去看他，他写了一张纸条，让家人贴在病房门外："请把关爱留到明天"，谢绝来人探访。当然他不会拒绝我，他说想吃羊肉汤，我开车去北太平庄老孙家泡馍馆在北京开的分店，老板是抒雁的好友、《人民日报》驻陕西记者站站长孟西安的外甥，告诉他是雷抒雁要吃，老板即刻着大厨精心调制了一盆羊肉汤。那汤，术后不久的雷抒雁其实只能鼻子闻闻，舌尖舔舔，他不是嘴馋，而是心馋，"舌苔上的记忆"在这个时候鼓荡着他继续生存、继续歌唱下去的意志和勇气。

雷抒雁手术时，已是直肠癌晚期，但术后恢复很好，此后多年里，也完全像个健康人一样生活、写作、参加各种活动，还全国各地四处走动。这归功于手术的成功，归功于子孙绕膝的天伦之乐和家庭和谐的气氛的滋润。孙子孙女，他给起名，一个叫从从，一个叫容容，起这名字他很得意，回顾自己一生，他希望孙辈们过得从容一些。再就要归功夫人马利了。从日常滋补到一系列康复保健措施，马利为他创造了良好的条件。他自身的状态，几乎超出他自己的预料。

2005年，塔里木石油管理局邀请作家去采风，队伍里多是陕西人：阎纲、周明、何西来、王宗仁、雷抒雁和我。一行人从库尔勒到塔克拉玛干沙漠腹地塔中，再到西气东输的源头克拉2，跑了不少地方。后来与油田和地方作家座谈，大家抒发采风感想，多谈中国石油人的精神，谈西部开发者的贡献。轮到抒雁发言，这样的话他一句都未讲，只谈沙漠中的胡杨、红柳、梭梭，谈生命的荣枯，谈生与死。对他触动最深的，是那些倒下去却千年不朽的胡杨，话语间，可以听出他对"死"思考得比"生"多，而且多有感伤意味。这真实地透露出他当时的心态，还没有从悲观中解脱出来。同年，他精编了一本散文随笔集，以《雁过留声》作为书名，由长江文艺出版社出版。他把集子签名送我，我猜测那名字的含义，说："雁还在天上，雁还在飞翔。"潜台词是：大雁不会说过就过去的。他当然听懂了，倒很配合，笑说："雁还在下蛋哩。"

的确雁还在下蛋。手术康复之后，雷抒雁神奇地迎来了创作上的又一个高峰，他以每年一本书的速度，连续不断地展示他创作的新成果。近十年中他写散文随笔，写研究《诗经》的学术专著，当然还继续着诗歌创作。国内每每发生重大事件，雷抒雁都有诗篇做出回应，2008年春，南方多省发生雨雪冰冻灾害，他有长诗《冰雪之劫：战歌与颂歌》在《人民日报》发表；5·12汶川大地震，他有《悲回风：哀悼日》《生命之花：毁灭与新生》分别在《文艺报》和《人民日报》发表。2009年，在庆祝新中国成立60周年之际，长诗《最初的年代》发表于《人民日报》。他是一位战斗的歌者，他歌唱战歌，歌唱颂歌，歌声里充满激情，每首诗都有他的发现，他的视角，特别是他的那些颂歌，与任何政治抒情诗人都不一样，绝不粉饰矫情，饱含思想锋芒。他不止一次给我讲过土改时政府颁发给他家的一张《土地证》，那是农民做了土地主人的法律凭证，可是后来土地没了，《土地证》变成了一张废纸，他父亲却视之为宝一直珍藏。由此他思考历史与现实，思考国家发展进程与农民的命运，思考共产党人奋斗的根本宗旨。在《最初的年代》这首诗里，便融入了他的思考，具有厚重的思想分量，又是以画面感很强的画卷形式来表现的。

《人民日报》发表此诗的当天，他打电话让我看看，读后我回电话给他说：如果要把一首诗改编成一部电视连续剧，人会当作笑话听，可是这首诗就能改编成一部电视剧。他对我的这个评价很是得意，后来几次对人讲我的这番"奇异之论"。

2011年11月20日，星期天。上午，我在家接到中国作协机要室电话，问雷抒雁手机，说温家宝办公室打来电话，总理要与雷抒雁联系。我把抒雁手机号告诉机要室值班人员。中午时分，我打电话给抒雁，问总理是否与他联系。他讲，上午正在院子散步，温家宝电话打来，问及他的状况，与他谈论诗歌，讨论艺术，两人还叙年庚，同年生，雷抒雁大温家宝一个月，总理客气地说抒雁是兄长。总理与抒雁的通话持续了40分钟，抒雁一边散步一边与总理交流，无拘无束，轻松惬意。其实，此前雷抒雁和温家宝之间，有过一次通信，总理给抒雁的信以毛笔字竖写，也是讨论有关艺术问题。

六

2012年4月，中国诗歌学会在京召开换届会议，雷抒雁众望所归地当选为中国诗歌学会会长。

那时他身体开始变差，人显得消瘦，还常伴有咳嗽。他曾作为鲁院常务副院长，主持鲁院工作多年，2003年手术，鲁院同志都为他牵肠挂肚，此后他的健康问题就一直为鲁院所关注。我继任鲁院常务副院长，于公于私，于情于理，自然对他健康状况格外上心。公费医疗报销有严格规定，他有些住院用药，不在报销范围之内，我亲自找中国作协有关领导，请求把雷抒雁的治疗当作特殊个案对待，从职工福利渠道拨出专款，用以补贴抒雁的医疗费用。雷抒雁是中国诗歌界旗帜性的人物，是享受国务院特殊津贴的专家，中国作协领导对他一直非常关心照顾，从前任党组书记金炳华，到现任党组书记李冰，从作协主席铁凝，到有关部门负责人，常常看望抒雁。2012年10月，雷抒雁因胆囊炎住进北京协和医院，我带领鲁院两位副院长、办公室和工会负责人去看他。他告诉我，李冰书记刚离开病房，李冰书记说了一句别人不会说的话，但却情真意切："一位领导干部走了，后边马上会有人上来补缺，但一位优秀诗人要是走了，那是没有人能代替的。"抒雁转述此话，明白李冰书记是要他好好治疗健康长寿，而他转述的口吻，幽默轻松，知他心里充盈着暖意。李冰书记的话没错，若是雷抒雁离开这个世界，那么，他身后的中国诗坛，将留下无法填补的巨大空缺。

这次出院后，雷抒雁取消一切活动，在家静养。2013年1月18日，抒雁再次住进北京协和医院。当天我和鲁院几个人去看望，发现他说话已经口齿不清，但见了我们，谈兴颇浓，说莫言，说诺贝尔文学奖，说文学人才的成长，还说了一些连我听去也感到吃力的话，全围绕着文学。他脑子清楚，而且异常活跃，但人已经很衰弱了。我制止他不要再谈下去，让他休息。我心里有一种不妙的感觉。

此后，我两次与他通电话，第一次他正在做雾化消痰，陪护的表妹告诉我他恢复尚好。次日再通电话，电话那头声音虚弱，但口齿清楚，说他马上回家过年。

2月5日，他让家人接他回家。10日大年初一，病情突然加重，家人随即送他重入协和医院。2月14日，正月初五，凌晨1时21分，雷抒雁永远闭上了眼睛。

雷抒雁病逝的消息，由我首先在微博上宣布：中国当代一位伟大的诗人离我们而去，一位天才中止了他的创作——雷抒雁于今日凌晨1：21在北京协和医院病逝，享年71岁。微博发出，网络上随即大量转发，各大媒体也发出消息。文学界和社会各界纷纷表示痛悼之情。在抒雁的灵前，我忍不住热泪长流。交往45年的一对朋友、兄弟，就此成为永诀！

以下是我在接下来的几天里发表的微博：

2013年2月17日19：17 悼抒雁：

大雁去矣声犹在

小草萎兮春又生

2013年2月19日22：18 雷抒雁明天上午9时起灵往八宝山，后天上午接受人们的送别。下午往抒雁家与马利商定，明天我去协和为抒雁护灵送行。晚9点回家，路上听交通台春晓的《蓝调北京》，本想放松心情，但广播里正播放大提琴曲《挽歌》，深情哀婉的琴声，更令悲从中来。天有感应，地有感应，人有感应，难道电波也有感应？

2013年2月20日10：16 雷抒雁遗体今晨9时，由协和医院移放八宝山福盛厅，在此接受亲朋好友吊唁。明日上午举行告别仪式。

2013年2月20日20：44 下午5时，八宝山东礼堂雷抒雁遗体告别现场布置完毕，明天诗人将在这里接受人们的送别，一个伟大高贵的灵魂将由此去往天国。

2013年2月21日19：23 今天，1800人前往八宝山殡仪馆，为诗人雷抒雁送行。

　　2013年2月21日19:29 诗人雷抒雁躺在棺木内，安详、平静、从容。头前花瓣上，撒着鲜绿的小草。仿佛只是小憩，明晨，诗人还会醒来，继续他的歌唱。

　　2013年2月21日19:36 诗人雷抒雁灵柩前，摆放着几盆小草。昨天我看到遗体告别现场全是鲜花，提议添补小草。谢谢张秋利的团队，在市内许多花卉市场寻找，都是有花无草，直到下午4时，终于在一家花店寻得这种被称作幸福草的小草。

　　微博文章，能配照片的，我都配发了照片。这种新媒体，既能表达自己的哀思，又能与读者形成互动，与更多人一起同悼抒雁，心中稍稍获得些许告慰。

　　像12年前在火葬炉前捡敛抒雁母亲的骨灰一样，这一次，我又在炉前捡敛抒雁的骨灰。和我一起的还有抒雁的两个儿子雷宇和雷阳，另一位是抒雁生前的忘年交，山西同治的张秋利。

　　骨灰是热的，等着慢慢变凉，这一过程，就像演绎生命从始到终的程序，抒雁的一生，我与抒雁全部的交往，在这一过程中全部涌现眼前。我想起抒雁曾在文章中写道："这是不能再生的消失，不像剃头，一刀子下去，你蓄了很久的头发落地了，光头让你怅然，但是，只要有耐心，头发可以再生出来。一个人死了，不会再出现，不会的。""死亡，是彻底的结束，如雪的融化，雾的消散，云的飘移，永远地没有了，没有了。"我们把那骨灰捡得很仔细，每一个小渣都没有遗漏。临了，我没有用镊子，而是用手，把抒雁的头盖骨，放置到一堆骨灰的顶端。这是最后的仪式，我用最亲近的方式，与抒雁道别。

2013年8月18日，雷抒雁诞辰71周年，夫人马利为抒雁举办安葬仪式。马利邀请的人不多，但仪式办得庄严隆重。文学界好友只请了解放军文艺出版社原社长程步涛、人民大学教授牛宏宝和我。入土为安，雷抒雁生命的根，与他为之动情歌唱的小草的根，相织相挽着，深深扎入大地。

一座正面复制有诗人灿烂笑容的照片，背面镌刻着诗人手书《小草在歌唱》诗句的墓碑，耸立在郁郁葱葱的八宝山革命公墓。我相信，这座碑子，注定成为一段历史，一个时代文化记忆中的不朽景观。

2013年11月5日于课石山房

原上原下

一

这里是关中平原的边角地带，一方混沌苍茫的天地。

北边是河，南边是原，东边是山。河道里顽石遍布，细瘦的河水慵懒萎靡，流得无精打采。河堤之外是农田，土地不算肥沃，村落散布在原上原下，几乎都是一样的平庸、沧桑、灰头土脸。人们世世代代守着脚下的土地，在沉重的劳作中挣扎、喘息，年景不好时会怨天尤人，心气不顺时会骂人干仗，但更多的时候是心平气和，与世无争，也容易满足，但凡逢上风调雨顺，看见地里的麦穗饱满，豆荚鼓胀，他们便会笑逐颜开，额手相庆，日子过得倒也舒坦自在，有滋有味。

这里离西安不远，50里地，但庄户人家，去那花花绿绿、闹闹哄哄的省城干啥？50里地也要走路爬坡，过河涉水，来回一天都急急慌慌，耽误地里的活计不说，口袋里没银子，去了教人当叫花子看？乡下人就是乡下人，过自己的日子当紧，原坡下庄稼的长势，河堤柳梢上的春暖秋凉，圈里母猪下了几只猪崽，囤里的粮食能不能接到麦黄，土坯旧房能否遮风挡雨，黄鼠狼夜晚又叼走了几只鸡，东邻西舍媳妇的针线茶饭如何，谁家有了生老病死……只有这一切，才是他们心之所系，构成了日常的喜怒哀乐和最要紧的话题。这个世界被骊山、灞水和白鹿原围拢，距离城市50里的距离，就是距离另一个世界的50里鸿沟。这里的日出日落，与远方无关。

这是一个幽闭的穷地方。

还有大煞风景的事情。

康熙四十二年（1703年），皇上西巡陕西，经风陵，渡黄河，入潼关，进关中，路过骊山脚下，臣子们奏请康熙帝游览骊山。此山远望如同一匹黑色骏马，故以骊山名之。上古时期，女娲在这里"炼石补天"；西周王室在这里建造烽火台，特别是秦始皇千挑万选，将他的陵寝建在骊山脚下。山上自然景观秀丽，文物胜迹众多：烽火台、老母殿、老君殿、晚照亭、上善湖、七夕桥、遇仙桥、三元洞……康熙在山脚下细细打量，传谕奉上笔墨，题诗一首，随后命御驾转头离去。诗曰："骊山九破头，灞水向西流。民无百年富，官至二品休。"世人看骊山形如骏马，康熙却以为是乱峰破头。那山脚下的灞水，确是西向而流，康熙断定此地风水不佳，拒绝登山。康熙懂不懂风水，是不是真写了那首诗，值得怀疑，但这传说传播开来，便如同谶语，让这一方水土自惭形秽。

陈忠实就出生在这块土地上，村子叫西蒋村，村子东北方向就是骊山，村前就是向西流去的灞水。

山压原挤，僻远苍凉，又传说遭康熙帝厌弃，这地方实在有点让人丧气。

但还可以做梦。

若干年后，当陈忠实打开一本名叫《百年孤独》的书，读到被他视为"神人"的哥伦比亚作家马尔克斯的第一句话时，犹如受到电击："多年以后，奥雷连诺上校站在行刑队面前，准会想起父亲带他去参观冰块的那个遥远的下午。"他眼前跳出的画面是父亲带他去看戏的那些遥远的日子。少年奥雷连诺看到吉卜赛人表演杂耍，父亲带陈忠实看的却是秦地戏台班子的演出。他坐在父亲的肩膀上，在拥挤的人群里高高在上。每逢节庆或麦收忙罢农人短暂歇息的日子，原上原下一些村子就会搭台唱戏，十里八乡内的男女都会赶去看热闹。小小陈忠实不懂戏文，不明白那些红脸白脸吼呀唱呀说呀念呀扭呀晃呀在表达什么，不明白穿着戏袍的那些人甩胡须抖帽翅是想干啥，但在原上原下的土戏台前，在父亲的肩膀上，看到有人哭，有人笑，他获得了一个粗浅的认识：在没有他之前，这个世界上曾发生过很多让人高兴或让人悲伤的事情，这些事情铭刻在人们记忆里，穿过长长的光阴，一直被说着唱着念着想着，就像村前的灞河水一样，世代流淌。再过若干年后，他才明白，那叫历史。历史早已翻过，但历史不会泯灭。父亲带他去看戏，实际上在他懵懂的意识里已经种植下对历史好奇的心苗。

培养他好奇心的还有流传于原上原下的传说：周幽王戏诸侯，秦穆公称霸西戎改滋水为灞水，刘邦侥幸逃离鸿门宴亡命白鹿原，灞柳伤别，白鹿精灵……乡人把传播历史掌故叫"说古经"。"古经"点燃了少年陈忠实探究这个世界最初的兴趣。他在后院喂猪，背靠猪圈的短墙，呆呆地想，仓皇逃命的刘邦是不是就从他家后门这条小路逃回他在白鹿原的大本营？临近的铜人原是秦始皇焚书坑儒的现场，那些被活埋的读书人，尸骨还能挖出来吗？还有不远处的凤栖原上埋葬着汉文帝和汉宣帝，那被人称颂的"文景之治"好在哪里？一切仅仅是好奇，一切都还懵懵懂懂，但他的目光试探着越过灞水河道里的雾岚和白鹿原顶头的云朵，开始想象远方。

　　但直到12岁前，他没有走出围于他的那个封闭的世界。他生命中的第一次远足，发生在他的第一个本命年，我在《不能永远穿着没有后跟的破鞋走路》一文里记录了此事：他随着老师同学去30里路外的小镇考初中。沙石路磨穿了他的破鞋底子，磨破了他的脚后跟，血肉模糊的双脚几乎无法支撑他走进考场，直到看见飞驰而过的火车，看到"世界上有那么多人不用脚走路"，他才奋然跃起，发誓"不能永远穿着没有后跟的破鞋走路"。这是走出家门，走出白鹿原的第一次努力，他还寄望自己走得更远。但这希望夭折于六年后的高考。那是1962年，刚刚经历三年大饥荒，城市里养不起更多人口，全国大学招生名额大幅度降低，这一变故把他挡在希望的门槛之外。但在此前他发现了一条通道，一条充满魔力、勾人心魄的通道，是书籍，是文学。他从图书馆弄来好多小说，先是中国的，后是外国的，读书让他的目光突然延伸到很远的地方，那些地方他从不知晓，但在阅读里，他走进了魏、蜀、吴三国交锋的战场、水浒梁山的山寨、通往西天的取经路，走进了三里湾、皇甫村、柴达木盆地，走进了保卫延安的硝烟、渭北平原大木匠和卖菜者的村落，还有更远的地方——顿河哥萨克人的牧场、俄国中部的白净草原、塞纳河畔的城市和教堂、英国的呼啸山庄、西班牙执矛骑士挑战风车的荒原和旅店城堡……书籍里的世界是那么丰富多彩，那么奇幻迷人，能不能也来建造一个自己的世界呢？

他动手了，在他16岁那年。全国都在"大跃进"，他造了一座山，他的心飞到了云端："粮食堆如山，钢铁入云端。兵强马又壮，收复我台湾。"这首诗发表于《西安晚报》，很正规的公开发行的报纸，但此后他并不认可这是他的处女作。在创作年表上他把他的处女作向后推了七年——1965年3月8日发表于《西安晚报》副刊的散文《夜过流沙沟》。

白鹿原北坡下一个庄户人家的儿子，要走出这片苍茫混沌的土地，向着梦想飞翔了。

二

但随后突然发生的一切，让眼前的世界变得不可思议。革命、造反、火烧、炮打、摧毁、砸碎、大破、大立、狗头、画皮、游街、示众……一切全乱了套。他读过的那些书，那些让他心摇神荡带他走向另一个世界的书，一律遭到查禁，作家们都是"裴多菲俱乐部"里的人物，听说西安城里正批斗作家，那个一直驻守长安县皇甫村过着农民生活的柳青，他最为崇敬的陕北老头，也被揪了回去，脖子上挂着牌牌，押在大卡车上，游遍了西安城东西南北四条大街，他的常识遭到颠覆，他顿觉周身寒彻，心灰意冷——看来作家是当不成了。

但他不甘心。

当民办教师，他私下给学生们仍在讲中国的《小二黑结婚》和俄国的《小公务员之死》；当公社卫生院院长，他带领赤脚医生去秦岭的深山老林里挖药，帆布挎包里仍塞着《创业史》。后来形势稍微松动，文学出现复苏的迹象，早先埋藏在他心里那颗梦想的种子，也随之萌动，被堵死的路，在面前裂开一道缝隙，有光亮从那缝隙里透射过来，他循着这光亮，试探性地迈开步子。

在陕西后起的青年作家中，陈忠实是兄长，是这票人马重要的领军人物。1973年、1974年、1975年连续三年，陈忠实一年一炮，推出小说《接班以后》《高家兄弟》《公社书记》，让发表他的作品的《陕西文艺》洛阳纸贵。这是后来被称作"文学陕军"这支队伍的开山炮，并由此为其后整个青年作家群体的创作奠定了基调，涂抹上最初的底色，让青年作家们看到在当时浓重的"文革"氛围下，把柳青等老一代作家主张的现实主义创作方法和精神熔铸到自己创作实践中的可能性和实现通道。

那一阵子人们对陈忠实刮目相看，他的影响越过陕西地面，越过潼关，引起全国文坛瞩目。但后来，一位陕北后生平地突起，光芒四射，成为比陈忠实名声更响亮的陕西文学又一领军人物。

这是路遥。

其实，20世纪七八十年代的陕西文坛，谁站到青年作家队伍的前列都不奇怪。那时冒出很多人：徐剑铭、陈忠实、邹志安、京夫、路遥、王蓬、沙石、贾平凹、莫伸、程海、李康美、李天芳、李佩芝、李凤杰、蒋金彦、王晓新、张子良、王宝成、王吉呈、张敏、申晓、魏雅华、韩起、周矢……这个名单还可以列出很长。1986年中国作协筹备全国第三次青年作家创作会议，让各省、市、自治区摸底35岁以下的青年作者情况，在陕西作协书记处内，我分管青年作家培养和刊物工作，统计的结果是，在全国公开发行的报纸、刊物上发表过作品的青年作者近千人。这个数字和人名报上去，中国作协不信，一个省哪会有这么多青年文学人才？我们拿出发表作品情况登记表，他们才觉得陕西实在了不起。陕西人经商不如晋人，做官不如湘人，出门闯荡不如豫人，年轻人中，选择文学作为出路的人很多。路遥脱颖而出，不是什么意外的事情。

陈忠实见证了路遥的崛起。1982年，两人同时进入陕西作协创作组，成为专业作家，白鹿原下的陈忠实在作协大院里安了家。那一年路遥的《人生》发表，陕西作协办公和住宅在一个院子，在这个早先国民党高级将领高桂滋的公馆里，人们习惯下班晚饭后，从家走出，在院子里聊天闲谈。院子有几进，青砖铺地，栽植各种花木，人们从办公室拉一把藤椅出来，再捧一杯清茶，可以聊到很晚。那一段时间，《人生》和路遥成为主要话题。陈忠实去门房拿报纸信件，作协一位司机拦住他，绘声绘色给他讲《人生》里的故事和情节，弄得他听也无心，走也不是。同一时期，他先后发表了《尤代表轶事》《信任》《乡村》《初夏时节》等小说，出版了短篇小说集《乡村》，短篇小说《信任》先是发表在1979年6月3日的《陕西日报》副刊，随即被《人民文学》7月号、《青年文学》创刊号转载，也产生过不小的影响，但这些成就，相对于《人生》投射在路遥身上的光芒，自是暗淡了许多。

一个小兄弟，跃身冲到了他的前边，他必须调整好心态，适应这种格局的变化，重新确定自己的姿态。

他回到了原下。

1985年，陕西作协召开"陕西长篇小说创作促进会"，这是新时期陕西文学发展道路上具有重要意义的一次会议。我是会议组织者之一。我主编《延河》，《延河》作者中有位部队军官，我请他帮忙从解放军西安政治学院借来一辆豪华大轿车，会议的安排是从西安出发去陕北，在延安和榆林两地召开。这次会议是陕西作家向长篇小说领域进军的准备会、探讨会、动员会，但结束的时候，已经有点誓师会的味道了。我清楚地记得那天是1985年中秋节，在榆林毛乌素沙漠，我们设计了一场别开生面的篝火晚会。全体与会者乘车行进到大漠深处一片"海子"边，事前已从当地人家那里购得柴火、嫩玉米棒之类，也带了酒水来，人员在此集结后，先是宣布了晚会的"律条"：不分职务高低，不分男女长幼，不分名头大小，今夜，我们都是文学的信徒；这个群体，是"大漠文学酋长国"。大家推举白洁、封筱梅两位女作家为"取火女神"，王观胜和朱玉葆两位壮汉为"圣火保护神"，贾平凹为"大漠文学酋长国巫师"。当两位"保护神"护卫着两位"女神"走向摞起的木材堆，在点燃"圣火"的那一刻，全体人员齐刷刷跪倒，"巫师"贾平凹用一种颤抖的巫气十足的声音念诵"咒语"——那一刻，原本带有轻松玩耍性质的篝火晚会，在每个人心中倏然转为肃穆隆重的仪式，也许不少人在那一刻已在心中立誓。

在我后来的记述文章中，把这次篝火晚会，称作文学陕军的"大漠盟誓"。

但陈忠实是个例外。

会议结束前，要做统计，让大家填表报告长篇创作计划，陈忠实没有填。其时路遥已经完成《平凡的世界》的详细提纲，这次会议一结束，他就一头扎到铜川陈家山煤矿开笔写作了；贾平凹有了"商州系列"的构想，一年多后拿出了《浮躁》；京夫在酝酿《八里情仇》；邹志安打算写农村男女爱情生活，后来推出《多情最数男人》；我报的计划是长篇小说《苍凉青春》，后来改变计划写成纪实文学。陈忠实明确表示他没有写长篇的打算，近几年里他的中短篇写得很顺手，《康家小院》《初夏》《梆子老太》《地窖》《十八岁的哥哥》《罗马大叔》《夭折》……一系列作品陆续发表于《当代》《长城》《延河》《飞天》等刊物上，他不想中断这种势头。大家理解他的想法，但终觉得有些遗憾，在向长篇领域进发的陕西文学队伍中，少了陈忠实，声威肯定会打折扣。

但这一年底，在他写作中篇小说《蓝袍先生》时，一道火光突然在他眼前升腾而起，一种冲动被引燃了。

"在小说主要人物蓝袍先生出台亮相的千把字序幕之后，我的笔刚刚触及他生存的古老的南原，尤其是当笔尖撞开徐家镂刻着'耕读传家'的青砖门楼下的两扇黑漆木门的时候，我的心里瞬间发生了一阵惊悚的颤栗，那是一方幽深难透的宅第。也就在这一瞬，我的生活记忆的门板也同时打开，连自己都惊讶有这样丰厚的尚未触摸过的库存……长篇小说创作的欲念，竟然是在这种不经意的状态下发生了。"这是陈忠实后来的回忆文字。

由此，陈忠实开始了他文学生涯中一次至关重要的长征。

1986年冬，路遥《平凡的世界》第一部在《花城》杂志首发。刊物出来后，陕西作协、《花城》杂志，还有出版图书的中国文联出版公司，联合在北京召开《平凡的世界》第一部研讨会。我是这个会议的组织者之一。会后回到西安，一天陈忠实从乡下回到作协大院家里，晚上叫我去他家一趟。我们两家在一个单元，他住4楼，我住5楼。去了他那里，才知道他要打听的是北京怎样评价《平凡的世界》。北京的研讨会大部分人不看好《平凡的世界》，有激烈的青年评论家甚至说，《平凡的世界》

手法陈旧，思想平庸，叙事老套，怎么都不会相信这种作品出自《人生》作者路遥之手。陈忠实听后眼睛一瞪："咋能这么说？太过分了！太过分了！"聊了一会儿，他从五斗柜里拿出一瓶"城固特曲"，没有佐酒菜，只从厨房拿出两块蒸熟但放凉了的红薯，一瓶水蜜桃罐头。两人开始小酌。两杯下肚，他舒了一口气，说他把《花城》看了，看过后心里轻松了一大截子，他最担心的是他的长篇会和《平凡的世界》撞车，现在看来是不会了。我理解他这一刻的心情。他的轻松，绝无轻视《平凡的世界》的意思，相反觉得北京的评价对路遥不公。他和路遥，都视柳青为精神教父和文学导师，两人早期有些作品，有着明显追随柳青笔法的痕迹，两人现在都开始弄长篇，他真的是担心走进一个模子里去，包括时代背景的选择，所要表达的思想，行文叙事的风格。他心里放下了一块石头，心平气静地又回到了他的白鹿原。

陈忠实对他的长篇有信心，但母鸡罩窝却迟迟下不出蛋来。贾平凹的《浮躁》，躲在户县两个月就写完了，路遥的《平凡的世界》，虽说准备时间很长，但写作速度是一年一部。他的《白鹿原》1986年准备，1988年动笔，却迟迟出不了手。于是就有了这样那样的议论。这些议论倒不会影响陈忠实按自己计划行事，但这是一个极为看重尊严的人，终归他曾经是陕西中青年作家中的"大哥大"，但这个时候聚光灯已经转移到路遥身上。过去常有人到作协找他，现在来人都是找路遥的，有时在院子里碰见他，会问"师傅，路遥办公室在哪里？"或"路遥家在哪个单元？"。陈忠实苦笑自嘲："咱现在就是一个指路的。"

1991年春，《平凡的世界》荣获茅盾文学奖。路遥从北京领奖回到西安，省上又隆重召开了庆贺表彰大会。那天会后，陈忠实进了我的办公室，脸色发青，什么也不说，坐在我对面的沙发上，掏出雪茄点着。我知道他感到了压力。作家们之间较劲再正常不过，陕西作家大都闷不吭声，但彼此瞅着瞪着飙着，你弄出响动，我要弄出更大的响动，只要不在背地暗处向对方打黑枪、使绊子，这便可以看作是一种良性的相互竞争，有益的相互砥砺。成片林子里的树木总会比单株独苗长得高。其时我举家正要调往北京，我和陈忠实曾经有约，他的长篇写完，《延河》首先选发部分章节。《延河》有选发长篇的传统，"文革"前17年文学史上的"三红一创"（《红岩》《红日》《红旗谱》《创业史》），有"两红一创"（《红日》《红旗谱》《创业史》），是在《延河》上首发的。我在《延河》主编任上的日子屈指可数，当然希望这部作品首先在我手上与读者见面。这一天重提早前的约定，陈忠实深深吸了口雪茄，埋下的头从弥漫的青色烟雾中抬起来，慢慢地说："不急，急啥哩，路遥都获奖了，我过去不急，现在更不用着急了。"实际上，据我所知，此时他手里的长篇，已经基本完稿，但他重新调整了自己将要跨越的标杆尺度，那是一个更高的目标。

陈忠实撂下这句话，又一头扎回白鹿原，重新收拾他的稿子，有些章节几乎是重写，这一拼，差不多整整一年。

1978年柳青逝世。在他生病住院期间，作协派人去医院看望他，他在病床上寄语陕西青年作家，重申了他的一贯主张：作家要甘于寂寞；提出文学创作必须是"60年一个单元"。柳青的话传达到陕西青年作家当中，对大家启迪和鼓励很大。陈忠实知道他干的是什么活，必须耐得住寂寞，60年一个单元，那就是一辈子的事情，眼光放长远，急有何用？急功近利弄不成大事。

三

陈忠实去过很多地方，但我敢说，他与任何一个家乡之外的地方都格格不入，他只属于他的白鹿原。

他不知到过北京多少次，但北京对他永远是一个陌生的城市。来开会，开会就是开会，除了宾馆、会场，此外没有兴趣去任何地方。刊物、出版社、有关单位为作品的事情请他来，谈完事就走人，人家过意不去，要安排一些游玩的活动，他会一口谢绝。他没有兴趣看景点、逛大街、转商场，他搞不清崇文和宣武、海淀和朝阳的方位，他以为后海在颐和园或者圆明园里，儿子海力考入北方交大，他让海力找我，告诉说："白描叔叔的家在东直门外的新街口豁口。"一次他来京住空军招待所，一名女记者采访他，我和他在一块儿。他讲的有些陕西方言女记者听不懂，我在一旁帮着翻译，他抱歉地告诉女记者他不会讲普通话，夸女记者的北京话好听、地道，说他就爱听公共汽车上售票员报站。那女记者明显带有东北口音，他的夸奖让对方产生误解："陈老师，不带这样埋汰人的啊。"他却莫名其妙，他是真心夸女记者，在他听来，东北话与北京话没有什么区别。

他曾经专心专意地逛过一次北京城。1994年夏，中国作协安排他去北戴河创作之家疗养，他特意带上妻子一同前往。妻子王翠英是陈忠实事业的后盾，他在原下老家写作《白鹿原》的那几年，妻子是他的粮秣官，每周一次，从西安城里赶到西蒋村，送去擀好的面条，蒸好的馒头，把冰箱装满，为丈夫提供后勤保障。她留守在城里的家中，照顾三个正在读书的孩子，操持一应家务，《白鹿原》的成功，她既有苦劳也有功劳。她没出过远门，更没见过大海，这番去北戴河，陈忠实是想犒劳她一回。从北戴河返程，陈忠实特意在北京多待了几天，他要陪妻子逛逛北京城。他不愿意麻烦作协和出版社，悄悄给我说了他的打算，于是我陪着他们夫妇，用了三天时间，去了天安门、故宫、八达岭长城、十三陵水库、颐和园、圆明园等一些标志性景点。妻子知道他对游览兴趣不大，各处奔跑都是为了陪她，所以每到一个景点，也就是匆匆一看就要走，遇到一些必须另外购票才能进入的场所，说什么也不愿意进去。我说这样的游览过于浮光掠影，陈忠实笑笑说："她说行就行，总算是来过了。"

陈忠实出过国，全国大部分地方也都跑过，但"在外千日好，不如在家一顿饱"，在外即使面对山珍海味、珍馐美馔，他也吃不饱，因为没有家乡的面条。他每次来京，北京的老陕们聚会，都选择陕西风味馆子，这里有秦地氛围，感觉亲近，吃得顺口。

这样一个人，是不是有点"土"？是不是视野窄狭，活得寡淡无趣？如果这样想，那就错了。他可以给你讲俄国的列夫·托尔斯泰、涅克拉索夫，苏联的柯切托夫，讲法国的莫泊桑、福楼拜、巴尔扎克，英国的狄更斯、毛姆，美国的马克·吐温、海明威，古巴的卡彭铁尔。他会给你讲东瀛伊豆的歌女，讲西班牙第二共和国的内战，讲乞力马扎罗的雪山；讲巴西的桑托斯和弗拉门戈球队，讲阿根廷的河床，讲意大利的巴乔、荷兰的古利特、法国的亨利；讲芭蕾舞台上的乌兰诺娃，拳坛的阿里和泰森；他热爱秦腔，但在20世纪70年代，他会在天寒地冻的三九天，骑自行车顶风赶路去镇子上看小泽征尔率领波士顿交响乐团来华演出的纪录片；他喜欢下棋，着迷足球，甚至做过这样的表白："我首先是个球迷，其次才是个作家。"……

这个白鹿原下的男人，深沉如潭，丰赡如秋天的田野，你一眼两眼绝对看不透，这是一个复杂的矛盾体。他那张标志性的脸，布满皱纹，如黄土高原上沟壑纵横，那是岁月沧桑的雕刻，是人生历练的呈现。读不懂那皱纹的苍凉，就读不懂他的秘密。

早年，陈忠实和父亲，在他家大门外的场塄上栽植了一棵椿树。那椿树嫩枝刚抽条，便遭人拦头击断。小树苗似乎憋了气，硬是要长出一番模样来，从折断的地方新生出两根小杈，一直长开去。父亲没再修剪它，它就一直保留着双枝分杈的形态，数十年过去，当初遭到断头打击的小苗已长成合抱不拢的大树，双枝擎天，浓荫如盖。每年麦收之后，这椿树满枝头便绣集起一团团米粒一样的小白花，飘散着清新的花香，引来一片蜂鸣，竟成为一道醒目的风景，甚至成为一种标志。有人找陈忠实家问路，最明了的回答就是：往前走，门口有一棵双杈大椿树。

这树像陈忠实。这树就是一个隐喻。它有着强韧的生命力，历劫难而最终成大景象，是因为它把根深扎进生养它的土地里，而那土地，是一块埋藏着传说的土地，是白鹿的精灵佑护的土地。

2016年5月29日于课石山房

在故乡种棵树

在咸宋公路泾阳和三原的交界处，有个地方叫三渠口。醒目的标志，就是路边有棵大柳树，树身足有三抱粗，树冠遮天蔽日，洒下的浓荫宛如一方巨大的天然凉棚，卖吃卖喝的、剃头钉掌的、修车补胎的、歇脚纳凉的，便聚集在这阴凉下，笼了一派旺盛的人气。这就是我的故乡，是我梦中常常回到的地方。

三渠口实际上是朱、蒋、韩、白、雏五个村庄的总称，是中国最早的水利工程郑国渠流经的地方。后来在郑国渠老底子上兴建的泾惠渠，主渠道在这里分流，因而得了三渠口这个名字。给人说三渠口，没有多少人知道，但咸宋公路在早年是西安、咸阳通往铜川、延安、榆林和宋家川（今吴堡）的唯一公路，凡从这条路上走过的人，告诉他公路边那棵大柳树，人们即刻便有了印象。大柳树太醒目了，看它一眼就会难忘。它是五个村庄的中心，五个村庄像花瓣一样围绕着它散布开来。它伟岸、庄严、慈爱、柔情，在故乡人心目中，占据着很重要的地位。

记不清什么时候我给李若冰讲述过三渠口，讲述过这棵标志性的大柳树。若冰和我都是泾阳人，我们经常谈论有关家乡一些话题。知道他将这棵树记在了心里，是20世纪80年代中期我们一块儿回故乡泾阳的时候。泾阳乡镇企业家焦志学办了家造纸厂，请若冰回去视察，我全程陪同。那天在纸厂待了很长时间，之后若冰回了趟老家。他的老家阎家堡和纸厂所在地云阳镇只有半个小时车程。若冰出生不久因家庭贫困，被卖给一户杜姓人家，不几年，养父母就被一场瘟疫夺去了生命，很小的他就成了孤儿。12岁那年，他奔赴延安参加了革命。如今老家只有侄辈的人，见他回来，非常高兴，几个侄子家庭十多口人围拥着若冰，坐在老家的庄户院里，嘘寒问暖话亲情，喝茶聊天拉家常。正是阳春三月，太阳暖烘烘地照着这些情殷殷、意切切、乐融融的人，其情其景，很是感人。本打算在老家看看就走，但亲情绵绵，这一待，便待了两个多小时。侄辈的媳妇们张罗着要去做饭，因为已在纸厂吃过，被若冰谢绝了。县上给若冰还安排了活动，必须在晚饭前，赶到县城去，若冰不得不和亲人们道别。

　　上了车，若冰突然问我："从你家到县城多远？"我说不远。若冰说："我印象中很近，不就是咸宋公路边那棵大柳树吗？也就是十多里吧。好吧，去你家看看老人。"我的母亲随我在西安，父亲仍在老家三渠口。若冰要去看望我父亲的提议，是计划之外的，这一天行程安排得很紧，县上还要若冰去看几处文物景点，若冰任省文化厅厅长，文物工作在他的管辖范围之内，还有一些单位一些人，早就想求若冰的字，县招待所那边早就铺开笔墨等候了，另外还有一些非见不可的朋友。我家尽管离县城不远，但从云阳去我家再去县城，要绕很大一个弯子，在家里还要耽误一些时间，这样一来，县上的活动肯定就安排不开了。我婉拒若冰，说已告诉父亲，这趟没有时间回家，但若冰还是想去。我给若冰算了一笔时间账，若冰大概也觉得时间确实安排不开，只好遗憾地说："你陪我回了我的老家，我该陪你回趟你的老家才是，今天时间安排不开，以后咱俩再回来，就在你家或我家吃农村饭。"随后又问我，家在那棵大柳树的什么方位，他说他去长庆油田，从咸宋公路走见过那棵大柳树，问大柳树有多大的年龄。我说听爷爷辈的人讲，他们小时候那棵树就那么粗。若冰说："那肯定有百年以上的历史了，是棵应该保护的古树，以后回来时去看看那棵树。"

但这以后，我没有机会再陪若冰回过泾阳。没能一块儿品尝他的亲人或我的亲人做的农家饭，没能在我的老家接待他，一同去看看那棵大柳树，终成为一件憾事。

若冰给我的亲切感和我对他的尊敬，决不简单同是泾阳人的缘故，也不简单因为他在长时间里是我的领导和师长，而在于心灵的贴近和沟通。他是一个重情重义、拿心和人交往的人，这样的人自有一种人格的魅力。他有很深的革命资历，有长期担任地方文艺界领导的资格，有着受人尊敬的著名作家的声望，但当他出现在你面前的时候，这一切身份和地位的特点都很淡很淡，给人突出的印象，便是他的爽朗与随和。他有很强的亲和力，无论你是普通工人，是农民，或是个初学写作者，和他交往，你不会有局促不安的感觉，即使出于对他名声的敬慕，开始你会有点拘谨，但他和蔼的态度和亲切的笑容，像春风一样，马上会拂去你所有的顾虑，你会被他感染，从内到外都会获得一种亲近滋润的感觉，让你变得轻松而舒展。

第一次见到若冰，是在东木头市原陕西省文创室的小院里。

那是1975年国庆节，路遥、叶延滨、叶咏梅和我，作为当时《陕西文艺》借调的"工农兵"编辑、实际上是刊物重点培养的青年作者，参加编辑部举办的国庆会餐。若冰当时正在礼泉县兼职深入生活，他赶了回来，和我们几位青年作者亲切交谈。我们几个人，谁没读过《陕北札记》《柴达木手记》《神泉日出》？谁不期待着他给予我们以教诲？我们对他的尊重是由衷的，若冰却全然没有居高临下的架子，像朋友，又像父兄一样询问我们的工作和学习，询问我们的创作和生活，和我们碰杯喝酒，给我们夹菜，和我们开心地说笑。记得当时他有一番语重心长的话："你们要努力，陕西文学的繁荣最终还得靠新一代生力军。我们的刊物既要出作品，又要出人才，将来你们都要接陕西文学的班。"其时老一辈作家有些刚刚复出，有些将要复出，都是青年作家所要倚持的大树，但他以长远的眼光激发青年人的责任感和使命感，其情切切，其意殷殷，让我至今难忘。

我在《陕西文艺》学习工作了将近一年之久，直到大学毕业分配前夕，才回到学校。我是陕西师大的学生，路遥是延安大学的学生，编辑部想让我和路遥毕业后都到刊物工作，刊物领导出面与学校方面协商。这是我和路遥都梦寐以求的，但结果是路遥如愿以偿地分配到了编辑部，我却被留校做了教师。为此，若冰很不甘心，从1976年到1982年，从省文创室到陕西作协，从《陕西文艺》到《延河》，在长达6年的时间里，作为陕西文学界主要负责人的他，始终没有放弃调我的努力。陕西师大态度很明确也很坚决：不放我走；陕西作协的态度很明确也很坚决：这个人我们要定了。若冰对我说："现在就看你的态度了。"得到我的肯定答复后，他先后与几任陕西师大的领导人协商，直到李绵同志做了师大校长，凭着他们都是老延安的关系，他亲自出面多次跑师大，直接与李绵同志洽谈，终于在1982年，我调陕西作协的事情才成定局，实现了我人生专事文学工作的梦想。

若冰对"陕军"文学队伍的建立，对陕西青年作家队伍的成长，不遗余力，是做出了巨大贡献的。他和他的夫人贺鸿钧有一个共同之处，凡见到一个文学新人冒出来，便无比地兴奋和喜悦。鸿钧长期担任《延河》领导，我曾经在一篇纪念《延河》创刊50周年的文章里这样描述鸿钧：这位50年代就以小说创作得到茅盾先生激赏的女作家，在编辑工作中，看到一篇好稿子，"年过半百的人会像孩子一样，两眼放光，拿着稿子在各个办公室奔走相告，其兴奋之情宛如现在的父母看到儿女跃过龙门考取了好大学"。若冰也一样，在我担任《延河》主编期间，每看到刊物出现一位新人，看到刊物发了一位青年作家的好作品，总要问我作者的具体情况，叮嘱我要注意扶持有潜质的文学新人，特别是基层的作者。即使在担任省委宣传部副部长兼文化厅厅长期间，他不具体管作协的事了，还总是尽其所能，给青年作家的成长创造条件，热情帮助遇到困惑或困难的青年作家，有时甚至不计自身在官场的得失，挺身出面保护一些遭遇某种危机的青年作家。

80年代中期，贾平凹发表了《好了歌》，招致了一些重要人物的严厉批评，搞得平凹灰头耷脑，很是伤心。若冰一直认为平凹是个难得的人才，不能因为创作上的某种探索和实验就损伤他的热情和自信，他让我转告平凹，一定要振作起来，指示我《延河》仍应该继续向平凹约稿，平凹的好稿子，陕西青年作家的好稿子，《延河》都要尽可能地优先发表，刊物要成为陕西作家成长的重要基地。路遥在成长道路上遇到过更大的危机，在路遥寝食不安的日子里，若冰给了他最宝贵的支持，帮他度过了山重水险的人生关口和阴霾密布的精神危机。那一段时间，若冰成了路遥的精神支柱。三天两头，路遥有事没事都要去若冰家。若冰身担要职，在繁忙的公务之余，要读书，要写作，时间是很紧的，但一旦路遥登门造访，若冰便将一切事情搁在一边，听路遥的倾诉，陪他聊天说话，宽慰开导他。若冰知道，这个从陕北山沟沟一路打拼出来跻身著名作家行列的青年，如果不给予呵护，那精神系统里自尊和自卑复杂交织、雄心和疑虑相互纠缠、强悍和脆弱一并兼有的基本平衡，即刻就会倾斜颠覆，整个人也就毁了。事后路遥曾不止一次地对身边好友讲：若冰在他心里，就是他的精神支柱，是他的精神教父。

若冰所做的一切，并没有想到要谁感恩。他只是按照自己赤诚的心性和善良的愿望来做。在这一点上，他不像个阅历丰富、经验老到的政治家，倒像个单纯得毫无城府的赤子。这便难免会被某些人利用。有时知道被人利用了，他也不会后悔懊丧，更不会改变他的热心肠。凡事自有公论，正因为若冰是这样一种人，才赢得了人们普遍的尊敬和社会良好的口碑。

若冰是我国石油文学的奠基人。20世纪50年代到60年代，他的足迹踏遍了我国石油勘探开发的一线工地。至今，当我们随便走进哪个油田，提到若冰，那些老石油无不充满敬意。他的激情燃烧在黄沙大漠，他的汗水洒在戈壁荒滩，他的身影印在苍穹大地，他留下的文字，深深地嵌了人们的心里。2005年深秋，我和阎纲、周明、雷抒雁、何西来等应邀奔赴新疆库尔勒，我们走访了西气东输工程的首站轮台、东西横跨神州大地的万里气龙的源头克拉2，我们沿着沙漠公路，一直深入到塔克拉玛干的腹地塔中油田。一路上，无论是我们几个陕西老乡还是油田的同志，经常说到若冰。到了油田不能不想到他，不能不说到他。在塔中油田的沙漠植物园里，看到人工栽培的沙漠植物，我想起了若冰作品里对红柳、梭梭、沙棘的描写。这些都是他非常喜爱的植物。我在想，若冰如果有墓地，应该把这些植物种植在他的墓地上，让它们陪伴着他，让这些伟大非凡的生命呼应着他的灵魂，九泉之下的他，一定会感到欣喜的。

但我也知道这是空想。红柳、梭梭、沙棘这些植物，只适宜在沙漠生长，它们生命的意义就是挑战，在不可能有生命的地方呈现出一丛丛、一片片生命的绿色。脱离了严酷的生存环境，与别的娇花嫩草没有区别，生存的意义大打折扣，它们便宁可不复存在。

去年回泾阳老家，让我分外感伤的是，那棵大柳树已经死了。活了上百年，突然就死了。那片遮天蔽日、挡风蔽雨的浓荫已荡然无影。原来大树下那块地方，再也不是人们的聚集之处，拓宽的公路从那里经过，到处都在盖房建屋，过去清荫笼罩的地方，如今尘土飞扬。一段生命的历史，一段人世的风情，就这样戛然而止。

我又想起了若冰，想起当年他要来三渠口的提议，其情其景，如在眼前。大柳树没有了，若冰也离我们而去了。我想，如果能在故乡给若冰修建一座墓园，我会在那墓园里植一棵柳树。柳树的生命力是极强的，随便往地上一插，便能成活，这倒与红柳、梭梭、沙棘很是近似。在故乡的树木中，柳树在春天总是最先发芽变绿，把春的消息早早报告给人们；而秋天又是它最后落叶，在一个四季轮回的谢幕之际，叶子变黄，呈现出一片耀眼的金色，在寒风乍起时给人一种明亮的暖意。垂柳依依，是生物对造化感恩的绵绵柔情；垂柳飘飘，是人们对尊者逝去的无尽思念。

为若冰在故乡种这样一棵树，我想他是会喜欢的，像喜欢红柳、梭梭、沙棘一样喜欢它。

2006 年 3 月

尊　者

想认识王汶石，当面聆听他的教诲，这念头萌生于1971年。那年我19岁，是一个刚刚开始学习创作的业余作者。王汶石当时在杨梧"五七"干校。这个把陕西省和原西北局大批著名人物集中在一起接受审查和劳动改造的干校，便是由著名水利专家李仪祉创立的仪祉农校，就在我的家乡泾阳县杨梧村。

对王汶石的敬仰，是从读他的作品开始的。在"文革"知青上山下乡大潮中，我从学校返乡，当了农民。一天去一位同学家，偶然发现一本已经翻烂了的《风雪之夜》，记得当时便一口气读完了《大木匠》，离开时借了这本书回家。在1968年的冬夜里，在一天沉重的体力劳动之后，躺在炕上，我曾一遍一遍翻读《风雪之夜》里的每一篇作品，作品里表现的渭北农村生活，是我熟悉的生活，那里面的人物是我熟悉的人物，那语言是我熟悉的语言，作家智慧高超的艺术描写，让这生活和人物栩栩如生地展现在我的面前，这对于一个身心困顿的青年来说，是多大的精神享受和心灵慰藉啊。

后来得知王汶石与泾阳还有着深深的渊源关系：早在少年

时代就参加革命工作的他，中学是在陕西竞存中学就读的，毕业后党组织分配他去延安，在等待的时日里，作为掩护，曾在泾阳的农村小学任教近一年。正是从这里，王汶石去了延安，从此开始了职业革命文艺生涯。这让我在对王汶石的敬仰之中，又多了份亲近的感情。现在王汶石又回到了泾阳，尽管是在"五七"干校"改造"，但在我的心中，他是受人尊敬的作家，是大师，若能见到他，听他讲讲文学，该是何等的幸事！于是，我们泾阳一帮学习创作的年轻人，向县文化馆要求请王汶石出席我们的创作座谈会。县文化馆与干校方面联系，最初得到的消息令人激动，说王汶石可以来，我们奔走相告，然而临到开会了，又说王汶石不能来了。当时政治形势非常复杂，不能来自然是有原因的，遗憾和失望，深深地埋在了我们心里。

1973年我上了大学，1975年下半年借调《陕西文艺》编辑部工作。《陕西文艺》实际上就是原来的《延河》，为避免复旧之嫌，不能叫《延河》罢了。这个在当时仍异常险恶的政治环境下办起来的刊物，归属陕西省文艺创作研究室领导，王汶石当时刚刚复出，是文创室的领导人之一。我在小说组做见习编辑，王汶石的夫人高彬是小说组副组长，他们的家也安顿在文创室院子里，从此与王汶石有了直接的接触，也有机会听取他在文学上给我的指点，见证了他在那样的处境下，怎样在"文革"的废墟上致力于陕西文学队伍的恢复和建设。那时我和路遥、叶延滨、叶咏梅、牛垦等都先后在《陕西文艺》，一边做编辑工作，一边创作，刊物和我们的作品，都曾得到王汶石的关注。

初接触王汶石，他给我的印象，不苟言笑，显得颇有威严。实际上他是个内心像火一样热情的人，这一点，从他的作品，便完全可以解读，如果对他了解得更深入一些，感觉会更加强烈。我曾向他请教过小说中日常生活语言和文学语言的关系，因为在我看来，王汶石这一方面的功力，在当代中国作家中达到了一个非常醒目的高度。他并不是土著陕西人，但由于长期深入陕西农村，他对渭北方言的熟悉和在小说作品中的运用，妙味无穷，精彩异常。有些作家在作品中也大量使用方言，但让读者感到生僻难懂，读起来也佶屈聱牙，王汶石的小说语言丝毫不存在这方面的问题，既是生活的，也是文学的，既活在人们日常口语中，也活在灵动跳跃的书面上，陕西读者读得懂，天南海北的读者也读得懂。王汶石给我讲生活和文学的关系，讲关中东府和西府语言的区别，讲《红楼梦》里生活语言的运用，讲对生活语言的文学性发掘。类似这样向王汶石请教文学问题，有过多少次，我已经记不清楚了，难以忘怀的是他亲切和蔼的态度，他的长者风范，一位良师对一个青年作者的热情和诚恳，还有那些精到的艺术见解。他的音容笑貌，多少年来一直深深地刻印在我的记忆里。

　　大学毕业后，我留校讲授中国当代文学。1980年夏，我执教的陕西师范大学中文系现当代文学教研室，想请著名作家给学生做一场有关文学创作的报告，经研究后决定请王汶石。教研室主任找到我，让我出面去请。那时王汶石非常繁忙，他参与刚刚恢复的陕西作协的工作，我担心他抽不出时间。但当我找到他的时候，他却一口答应下来。报告安排在校内最大的报告厅，听讲的对象本来只是中文系的学生，但外系的学生闻讯也都拥了进来，能容纳七八百人的报告厅坐得满满当当。当时文学界的情况颇为复杂，一方面，"四人帮"带给文艺界的余毒尚未肃清，文艺思想还比较混乱，很多问题尚在拨乱反正之中；

另一方面，由于刚刚对外开放，各种思潮涌了进来，思想界、文艺界各种主张都有，真可谓"风乍起，吹皱一池春水"，特别是年轻人，产生了一种莫辨东西南北的迷惘。王汶石报告的题目是《我的创作道路》，他结合自己参加革命工作的经历和长期的文学创作实践，对"四人帮"以"三突出"为代表的文艺思想进行了批判，对"文革"给国家和民族以及人们精神造成的危害进行了剖析，对一些思想问题、文学问题正本清源，阐述文学创作的规律，讲作家与生活、与时代、与人民的关系，讲作家的责任和使命。报告异常精彩，深受师生欢迎。

还令我特别难忘的是，那时做报告是没有报酬的，纯属义务性质。学校打算请王汶石吃顿饭，以表达对他的谢意。但王汶石说什么也不吃，做完报告就要离开，怎么留也留不住。本来安排送他的车，恰巧外出还没有回校，能临时派上用场的只有一辆老牌伏尔加，王汶石毫不在意，只好由我陪他，坐着老掉牙的伏尔加，把他送回作协。

晚年的王汶石，患有肺气肿，这是早年吸烟落下的毛病。陕西作协的老人手都知道，王汶石从前吸烟是很厉害的，他不嗜酒，不讲吃，但须臾不能离开烟。一写起东西来，他很玩命，这时候便烟不离手。按他的收入，什么好烟也能抽得起，但他偏偏喜欢劲大性烈的烟，有一种"战斗"牌香烟，一角八一盒，就属此类，他便长期只抽这个牌子。他抽烟最凶的时候，晚上起夜，也要抽上两支才重新上床入睡。和烟瘾同样惊人的是他的毅力。后来检查出他的肺不好，医生劝他戒烟，他接受了医生的劝告，说戒就戒，从此与烟一刀两断，再也没有抽过一支。我听人讲过他早年抽烟的传闻，问过他戒烟的经验，他告诉我，戒烟想慢慢戒，那十有八九是要失败的，对自己的意志没有信心，那什么事也做不成。他的经验是，烟就摆在面前，告诉自己，别去动它，要坚信自己能顶得住，相信自己能经得起这艰难的甚至是残酷的考验。痛苦、焦躁、神不守舍，肯定是有的，但这种事情，就是自己和自己搏斗，自己战胜自己。戒了烟后，王汶石后来怕烟，讨厌烟，但陕西作家，特别是青年作家，大都是烟筒子，路遥一天三包，贾平凹一天两包，陈忠实抽的是雪茄，邹志安有一段专抽纸卷的喇叭筒叶子烟，好在这些人了解王汶石，在他面前，都克制着烟瘾，想抽了也到一边去抽。但更多的青年作家并不了解这一点，特别是开会，会议室里被烟民们熏得乌烟瘴气。王汶石常常出席青年作家的各种会议，也就跟着受害受罪。那时公共场所对吸烟的禁令尚不普遍，谁也不好去阻止那些瘾君子，这对王汶石是一种巨大的折磨，但他忍着，只因他关注着陕西青年作家的成长，关注着他们的思想动态和创作动向，想尽量多地倾听他们对于文学的思考与追求，想尽量多地与他们交流和沟通。他强忍着有毒的气体对他有病的肺的刺激，在这乌烟瘴气的会场，一坐就是半天、一天，甚至是几天。我们了解他身体的人，非常感动于他这份"坚守"的精神——他坚守的是对文学事业的责任和使命，对陕西文学未来的信心和憧憬，是对青年作家的厚望和真诚。

像许多老共产党人一样，王汶石是一个有着坚定信仰的人。对于这一点，他向来旗帜鲜明，毫不含糊，对于政治上的大是大非问题，对于立场和理想问题，对于文学方向问题，他从来不会说模棱两可、含糊其词的话。但在艺术问题上，尽管他也有着自己坚定的追求，但对人却很宽容，表现出一种豁达的态度。我也见过一些老作家，开始他们是青年作家的导师，但青年作家成名了，艺术上相对成熟了，在很多事情上有了自己的想法了，有些人拿老师也不大当回事了，这个时候双方的关系就不好处了。这首先是青年作家的事，胳膊腿一硬，就忘了扶他学步的人。但有时做老师、做长辈的，也少了一种宽容的态度，于青年要求多，交流少，责备多，鼓励少，看不惯的地方多，看优点长处少。王汶石并不轻易批评或夸赞年轻作家，但他真诚地希望他们健康成长，取得成就，陕西青年作家对这一点都心中有数，所以对他非常尊敬。在一些关键时刻，王汶石也会站出来说话，比如陈忠实的《信任》，原来是发表在《陕西日报》副刊上的一个短篇，王汶石读到后，认定这是一篇优秀作品，当时正逢《人民文学》向前来陕西组稿，王汶石便将该作品推荐给向前，次月《人民文学》便转载了。《信任》最终获得了全国优秀短篇小说奖。那个时候，陈忠实在创作上正遇到一些塄坎，是急需鼓励的时刻，《信任》的获奖，在陈忠实的创作道路上，具有特殊的意义。

记得在1989年那场政治风波后，一次在陕西作协全体大会上，路遥对作协内部的很多事情发表了激烈的批评。路遥是一个血性汉子，心高气盛，难得见他有服谁或说谁好话的时候，但谈到王汶石，他却由衷地说"王汶石是一个很有尊严的人，是一个让人尊敬的人"。

我很认同路遥的这一评价，王汶石的尊严来自他的人格，来自他的修养，来自他在文学和政治地位上堪称得体也足以垂范的表现。所以，王汶石在我的心中，永远是一位良师，永远是一位尊者。

2006年12月13日于北京

歌唱的跤手

——写给路遥逝世10周年追思会

一个人在他去世若干年后，还留给人以绵绵哀思，让人为他的离去痛心不已，甚至他常常像风像梦一样萦绕在我们的生活和感觉里，这肯定是一个富有魅力的人物。

一伙人在一个朋友别去若干年后，仍以拳拳情思，毫无功利目的地为他尽心尽情尽责尽意，把一块圣洁的情感位置固执地保留给故友，这伙人肯定是些够意思的朋友。

路遥是这样一个人，今天为他举办追思会的是这样一伙朋友，因此，我为路遥骄傲，为这样一伙朋友感动。

路遥是一位优秀作家，他以自己光焰四射的智性和诚实的劳动，在中国当代文学殿堂里树立了一道夺目的文学景观。同时，他还以卓尔不群的人生态度，在迫促的生命旅途中树立了一道独异的文化人格景观和意志精神景观，而这后者从某种意义上来说更值得人们体味和总结。盛开在文学百花园里那些属于他的花朵，众多读者可以尽情欣赏，而他那翻江倒海的壮怀所蕴涵的丰富内容，只有与他接近的人才有幸观览。这是命运赋予我们的机缘，也是他留给我们的另一样财富。

路遥是一位歌唱的跤手。42个春秋所显示出沉甸甸的生命分量，在我看来就是因为他有跤手的品格——事实上他的确赢取过摔跤比赛的冠军，那是在他的学生时代，在他的母校延川中学。他以坚强的意志和品质，在通向理想的征途上一路搏杀，和命运交手，和困难交手，和一切阻挡他实现抱负的障碍交手，纵使疲惫不堪，纵使伤痕累累，也不放弃。坚定的人生目标永远高耸在他的前方，鼓舞着他的热情和斗志。他歌唱生活，歌唱人民，歌唱理想，他的歌声让我们迷恋和动情。就像只用他的声音歌唱一样，这位跤手也只用他的方式博取他人生跤场的胜利，他是一位把生的尊严看得比生的过程更重要的强者，为了这尊严，他甚至常常在自己内心世界厮杀，和自己搏斗，自己一人充当跤场上的红方和黑方。当然，这既成全了他，也毁灭了他——如果他对自己更宽容一些，我们完全可以相信他至今仍在继续歌唱。

路遥已经远行，我相信这个生前没有来得及充分享受生活的人是去了天国，在那里他应该有一颗安息的灵魂，因为他的辉煌仍在人间，他的歌声仍回旋在人们耳畔，他的形象还在朋友们的心中。

2002年11月12日

为路遥母亲画像

一

画家邢仪决定为路遥母亲画一幅肖像。

这个念头仿佛突然而至。起初，她以为这不过是不经意间的一时冲动，犹如流星划过天际，亮了，随之也就灭了，可是这念头从闪现的那一刻起，就固执地盘踞在她的心里，撵不走，挥不去，而且像施了魔法似的变得愈来愈烈、愈来愈冲动。她终于明白，这是一种涌动在内心深处的情愫的召唤和驱使。

这是一位令她感到非常亲近、非常敬重而又身世悲苦、命途多舛的老人。

邢仪被心中升起的这个念头弄得激动不已，她将这一想法告诉笔者，笔者与邢仪路遥两家是老朋友，又知道她将很快举办个人画展，于是说："既然有了这样的创作冲动，那么，你的画展里缺了这一幅作品，无疑将是巨大的遗憾，我不知道哪位画家比你更有资格去画这幅画。"

邢仪与路遥的妻子林达是清华附中同班同学，插队开始后，俩人一块儿到了陕北延川县的同一个生产队，后来又一前一后到了西安，日常里两人都是对方家里的常客，她是林达最要好的朋友，也是路遥和林达从初恋直到后来十多年家庭生活的见证人。在林达的女友中，没有哪个人如邢仪这般长久而深入地介入到路遥林达夫妇家庭生活中。

邢仪所认识的路遥，不是作家路遥，而是作为朋友的路遥，作为女友丈夫的路遥，也是作为陕北窑洞里那个朴实老妇人儿子的路遥。

早在女友初恋时，邢仪便随林达去过路遥家，结识了那个养育了一位优秀儿子的母亲，从此，黄土地上这位母亲的形象深深地留在她的心里。1996年，早已回到北京的邢仪与丈夫偕儿子重返陕北，特意专程奔往路遥老家看望老人。山川依旧，草木相识，然而物是人非，土窑寂寂，儿子英年早逝，老伴也早在10年前故去，陪伴垂暮老人的唯有西天的残阳和长夜的青灯。

此趟陕北之行，老人的形象更是深深地扎根于邢仪的心里，而且带有一种震撼人心的力量，邢仪在思考她能做点什么——为那位母亲，为路遥，为热爱路遥的读者，也为养育了一位天才作家的那片贫瘠而又丰厚的土地。

1997年金秋十月一个阳光灿烂的日子，邢仪拎着画布和油画箱，奔赴黄土高原那个在通信地址上叫作延川县黑龙关乡刘侯家圪垯行政村郭家沟自然村的小山沟，半个月后，她返回北京，带回三幅画、一沓速写，还有一本记录着她的行踪和感受的日记。

她请笔者看了她的画，也看了她的日记，然后问："你能体味老人在路遥去世后那令人心颤的生存况味吗？"

　　【画家日记】……又踏上了这片土地，又走进了这条川道，久违了这陕北的蓝天，这高原的风，阳光下黄土墚峁的景色是这样鲜亮，而背阴处的色彩又是如此柔和，陕北在粗犷的外表掩盖下，其实藏就着更多厚重的母性的本质……这是路遥早年曾走过无数遍的路，也是老人走过无数遍的路，路遥永远再不可能踏着这条路回来，老人还会守望在村头路口吗？

　　邢仪赶往老人家这天正逢集，川道里的路上不断走来三三两两的行人和坐满婆姨和女子的毛驴车，陪同邢仪的县文化馆干部冯山云突然跳下自行车，说刚刚照面过去的那辆毛驴车上好像坐着路遥他妈，俩人掉头追上去。果然老人在车上，老人怀里抱着一只篮子，听人喊她，待看清眼前的人，急急从毛驴车上爬下来，掩藏不住满心欢喜地对邢仪说："七八天前县上就有人捎话说你要来，这阵子可来了，走，回喀！"

　　邢仪随老人回到家中，家中三孔土窑，是几十年前掏掘的，岁月的风雨早已使土窑破败不堪，没有院墙，窑内窑外的泥皮大片剥落，从来就没有刷过油漆的门窗更显粗糙破旧。不知是哪个年节贴在窑门上的对联，残片仅存，字隐色褪。老人怕孤独，一孔窑洞里招了一户远门亲戚住着，好赖算个伴儿，一孔窑洞堆放杂物，一孔窑洞留给自己住，与老人为伴的还有家中饲养的10只鸡。每天拂晓，雄鸡用高亢的啼声向度过75年风雨春秋的老人报告，她年迈的生命又迎来一次新的日出。白日里，母鸡下蛋后，声声急切向老人炫示它们对这个家庭新的奉献，给老人呆滞而空洞的目光增添了些许欣喜，给空寥寂寞的小院增加了些许生气。本来是有11只鸡的，可黄鼠狼竟在夏末一个月色朗朗的夜晚叼走一只，心疼得老人第二天整整躺了一天，老人熟悉这10只鸡，就像熟悉自个儿10根手指一样，清点鸡群，她不习惯点数，而习惯于在心里对号，大芦花、二芦花、欧洲黑、瘸腿……所有号都对上，她心里才会踏实。老人知道邢仪是来为她画像的，告诉邢仪，儿子去世后，时不时有些不相识的人来看她，有的说是记者，问这问那，有的给她照相，还有的扛着机器说是要给她录电视。前阵子县上的还领来一个日本人，让她摆了很多姿势，甚至让她比画着做出担水的样子，照了很多相拿回日本去了。对于这些来到这个土窑洞里的人，老人都怀有一种感激和欠亏的心情，对邢仪同样如此，说她老了老了还要害人为她惦挂操心。老人的话使邢仪心里发酸，她改变了主意，不想马上为老人画像，干脆陪伴着老人说说心里话吧。

二

老人是路遥的养母，也是亲伯母。17岁上，她的家里收下60块彩礼，将她嫁给了清涧县石嘴驿王家堡一户王姓人家，王家兄弟两人，她嫁的是老大。两年后，老二也用毛驴驮回了新媳妇，老二讨回的这媳妇，比大媳妇的身价可高多了，彩礼一万块，尽管当时使用的货币比两年前贬值了许多，可也是大媳妇的彩礼翻多少个跟头也追不上的。对此，大媳妇心里没有半点不平，而且这老二媳妇是她一手操办娶进门的，人家模样俊，身架好，心灵手巧，哪样都比她强，彩礼不超过她就冤了人家，她的心里顺顺溜溜，兄弟妯娌和睦相处。命运也是个怪东西，从开始到后来，在王家媳妇之间，它似乎更青睐老二窑里那个后进门的女人，这女人很快就为王家添丁续口，头胎就是个儿子，后来又生四男三女，而老大窑里的女人生倒是生了三个娃娃，然而不是"四六风"就是一些说不清的怪病早早就夺去了娃娃的命，一个也没有抓养活。王家认定这是命，不能怨天尤人，老大女人心里开始颇不服顺，待到后来也不得不认命了。

陕北是个穷地方，清涧又是陕北的穷地方，生活的担子像黄土包一样沉重，王家老大眼看着在家里熬不出个像样光景，便带着妻子走出家门去闯荡，夫妻俩在外帮人种地扛活，后来在延川县落了脚，他们掏了一孔窑，盘了炕，砌了灶，算是有了一个家。但在这个家里面，许多个冷风凄凄的夜晚，夫妻俩是蜷躬在灶角的柴窝里过夜的——热炕头给了那些从榆林一带下来揽工的石匠、皮匠和窑工，为的是多少能挣几个钱，辛勤劳苦，省吃俭用，夫妻俩又掏了两孔窑，添了些家具，养了鸡羊，一份家业算是置起来了。

路遥是在幼年时过继到伯父门下的，伯父无子嗣，而他家兄弟姐妹一串，过继给伯父一个儿子，可谓两全其美，路遥在兄弟姐妹中是老大，懂事早，长得也壮实，将他过继给伯父撑起王家另一片门户最为合适，尽管他很不愿意，但他还是噙着眼泪告别了父母和兄弟姐妹，翻过清涧和延川之间的一道道沟壑墚峁，在郭家沟那三孔窑洞里，他由人侄转变为人子。

那一年路遥7岁，父母给起的大名叫王卫国。

有了儿子，王家老大两口心里踏实下来，儿子就是他们未来的指靠，是他们在世上过日子的盼头，他们喜爱这个儿子，家里光景过不到人前，不像样儿，但破衣烂衫，总想让儿子穿得暖一点，粗糠野菜，总想让儿子吃得饱一点。在遭饥荒的年月，儿子饿得面黄肌瘦，母亲硬是拉下脸面撑起腰杆走出门去，讨饭都要为儿子讨回一口食来，年幼的儿子似乎从一开始就明白他在这个家庭里处于什么角色和要承担什么责任，拦羊、扒草、背粪、掏地，嫩弱的肩膀和双手早早就在劳动中打磨，而且身上有种倔强，不示弱、不服输的劲头，有着与年龄不相符的极强的自尊心。老两口虽然不敢对落脚在这个穷家贱户的儿子的将来抱什么希望，但他们已经看出，他日后不论做啥准能成事。

村里的学校又到了招收学生的时候，不少孩子背上书包，路遥羡慕他们，但一贫如洗的家庭哪能拿出钱来给他报名、给他买笔买纸买课本？更何况他还承担着家里好多活儿，他把热烘烘的心里拱动的愿望强压住，没有向父母亲张口。一天早晨，母亲却把他从炕上叫起，在他脖子上挂上一个书包，轻声说："上学去吧！"

那一刻，路遥的眼睛一下子湿润了。

三

【画家日记】窑里光线不错，在靠近窑门的地方，我支起画架……老人有些喘，喜欢坐在炕上。就先画张坐在炕上的肖像吧，我凝视着那张脸，凝视着那满头苍灰的头发，那脸似乎有些浮肿，头发没有很好梳理，我突然信心不足，不知能否画好这幅画，能否画出我心里那种复杂难言的感觉……老人穿着一件皱巴巴的蓝上衣，刚见面时她说不知道我今天来，知道了就会把好衣服穿上，免得给公家丢脸。因为儿子是公家人，这会儿她又要换衣服，我劝住老人，在一种艰涩的感觉里挥动起画笔。

　　邢仪此趟来给老人带了大包东西：糕点、奶粉、果精，老人接过这些东西的时候，非常过意不去，说这个世上的人好，说公家好，说要是没有好人，没有公家，早就没有她了。老人记性已经有些不大好，先天做过什么事，在哪儿放了件什么东西，今儿个就忘记了，但这几年谁来看过她，谁寄来什么东西，她却牢牢记在心里，这是一位不会忘记曾施恩于她的人和事的老人。

　　老人给邢仪讲起遥远年代谁曾借钱给她，解决了路遥上学报名没钱的"难肠事"，讲谁曾接济过儿子一件棉袄，谁曾给过她一个偏方治好了儿子的痢疾，老人也讲了他们老两口在儿子上学时所受的艰难，老人静静地坐在炕上给邢仪讲述往事，画家凝视着老人和画布，视线却时不时变得犹疑起来——她能越过老人脸上的沧桑，洞穿那被岁月烟尘所遮盖的人生故事的底蕴么？

　　陕北山沟里的娃娃上学，识几个字就行了，谁也没指望娃娃喝几滴墨水就能成龙变虎，村里学校只有初小，也就是一年级到四年级，五六年级属于高小，只有县城才有，迈进高小的门槛不容易，但路遥却考上了，随后的问题是，他的家庭有没有能力送他去县城读书。

父母亲没有犹豫，儿子坐进县城的教室里了。

陕北人把上山劳动叫作"受苦"，路遥父亲一生"好苦"。他以当年在他乡异土初创家业那样的劲头，在生产队挣断筋骨地干活，在黄土里拼命刨食，母亲也是一个好劳力，除了和男人一样上山"受苦"，还要揽起家里喂鸡养猪缝缝补补一大堆事情。一年辛苦到头，劳动手册上的工分记了不少，但生产队一直"烂包"没有个景气相，很难从队里拿回几个钱，而支撑在家中窑角的粮瓮，往往还没春荒三月就亮出了底儿，儿子是背干粮上学的，星期天离开家里时背三天吃食，到了星期三，母亲便挎着篮子，赶15里路，进县城给儿子送去后三天的吃食，在家里已经揭不开锅盖的时候，母亲的篮子里，仍有红薯，有南瓜，还有掺着糠的窝窝，南瓜是老人自个在窑背上种的，红薯是留给来年的苗种，窝窝面是向村里人讨借来的，家里再作难，就难在大人身上吧，不能让儿子在学校里断了顿。

高小毕业，路遥在不到20%的录取率中考取了初中。这是1963年，三年饥荒灾害拖留下来的长长阴影，仍笼罩着陕北高原，能否再把他送进中学校门，能否再供这个已长成半大小伙子、在生产队差不多已顶得上一个劳力的儿子继续读书，是父母面临的又一次选择，他们再次艰难而明智地做出了后来令他们感到无限欣慰的决定。当他们把儿子送进县城中学大门的时候，实际上已为儿子的人生做出了另一种选择——那个大门连通着一个更为广大的世界。

四

【画家日记】两天了，仍找不准感觉，画布上的形象难以令自己满意，只能把心中的欲望强压下去，先多画些速写吧……窑里老鼠很多，大白天就在人面前窜来窜去，老人说老鼠总欺侮她，夜里还要爬到炕上爬到她的身上。记得1975年大年初二，我和吴伯梅来这里过年，路遥、林达和我们坐在炕上玩扑克，老人忙前忙后，为我们摆了一炕席的吃食，满窑都是我们四个人的笑闹声，那时这个家里多有生气、多开心啊……

气喘病总在折磨老人，老人憋得难受，就吃止疼片，然而吞咽止疼片时，却不由生出另一种心疼的感觉——过去这小药片片2分钱一片，几毛钱能买一瓶，而今涨到8分钱一片，翻了番，每次吃药，老人总有一种糟蹋钱的感觉。

家中吃水要到很远的沟里去挑，老人没有这个力气，村里一个汉子帮着挑水，作为报偿，老人每天管汉子一顿饭。

小院里有盘石，这天来了几个婆姨推磨，还有一群小娃娃，院子里顿时热闹起来。邢仪来后，老人情绪很好，逢人便介绍说这是我儿媳妇的同学，专门从北京来给我画像哩。这天院子里人多，婆姨们说笑逗乐，娃娃们玩耍疯闹，老人更显得有了精神，老人是很害怕寂寞的，平日里，她一个寂守空窑，那实在是她最难挨的时光。她常常锁了门，去东家西家串游，找人说说话，有时到饭时也不愿回家。老人精神头一好，脸上眼睛里就有一种闪闪烁烁的亮色，邢仪捕捉到了这种难得的生动神情，她想表现在画布上，但却很难与心里另一种更为突出的感觉相融汇，这时她才明白，她选择的实在是一个很难表现的题材。

这天有一件事情使兴致蛮好的老人生了一阵子闷气，家里养的10只鸡，每次喂食的时候，老人总要守在旁边看着它们吃食，邻居也有一群鸡，总过来抢食，特别是那里面有四五只长得高大威武的公鸡，凶蛮得跟强盗一样，不光抢食，还要欺主家的鸡，害得老人每次都要像卫兵似的保护自家鸡们的权益，今天院子里人多，撒了食没留神，活生生地便宜那群"强盗"，气得老人将笤帚疙瘩在窑门上直拍打。

老人和邢仪自然要谈到林达，婆婆对这位儿媳妇至今怀有一种感念的心情，老人对邢仪说，儿子上大学前靠家里，上大学后靠的是林达，林达是北京人，家里境况好，在经济上给了儿子很多接济，就连背到学校里去的被子和褥子，都是林达给准备的。没有林达，儿子在延安城里念书，肯定要受恓惶。儿子生前两人闹矛盾，后来有人在她面前对林达说长道短，她不愿往耳朵里听。老人对邢仪说："林达棒价。"（"棒价"是陕北土话，意思是不错、挺好。）老人还感叹地说，前阵子，林达从北京还托人给她捎来800块钱，"人嘛，不贪求啥哩，人家的好处咱要记住"。

初中毕业返乡后，路遥有一段非常苦闷的日子，正是青春年华却因"文革"而中断了学业，工作无着，前途未卜，加之他倾注满腔热情热爱的一位姑娘离他而去，失意与苦恼熬着他，正是在这个时候，林达走到了他的身边，在与命运拼搏中，爱情帮他恢复了自信，为他注入了强大的动力。母亲曾在他初恋失败后关切地询问其原因，他赌气回答："人家嫌我衣裳烂！"而这一次，当他将这位北京姑娘领回家门时，同样是那身破衣裳，母亲心虚地瞅着他不由捏了一把汗，他笑笑，说："不怕，咱就是这样了，谁看上谁来，看不上走她的路！"

在北京知青中，林达参加工作算是比较早的，她先是在公社做妇女干事，后调到县通讯组，路遥有一段时间在县文工团打杂，编节目、管戏箱、拉大幕都干过。陕北山圪崂的文工团自然不会有什么名角，但这个小县城却荟萃了几个日后在文坛上颇有名气的人——诗人、《延河》杂志副主编闻频，现在北京的作家陶正，诗人、《延安文学》主编曹谷溪，都曾在这里与路遥一起谈诗论文，一起创办了一张文学小报《山花》。龙盘于渊，虎踞于坳，虽尚未酿成气候，却蓄势待发，壮怀激烈，心志高远。林达在延川算是官方正儿八经要笔杆子的角色，但她却非常欣赏还正在野路子上闯荡的路遥的文学才情，当初恋的失败正在折磨着路遥的自尊和考验着他的自信的时候，她知道该做什么了——她能抚慰一颗受伤的心。

母亲对儿子的雄心壮志懵懂不晓，但对儿子的婚事牵挂在心，儿子能好上一个北京知青，自然使她欣喜不已。林达来家里，啥活都干，朴朴实实就像个当地女子一样，只是吃饭不会盘腿坐炕，而要趴在柜子上，林达问老人："这样子难看不？"老人说："不难看，不难看，自个家里，想咋样就咋样。"邢仪至今还记得，在县革命委员会林达住的窑里，林达、路遥、邢仪，还有其他几个要好的北京知青，常常聚在一块儿谈理想，谈抱负，唱苏联歌曲和过去一些老歌，兴致最好的时候是聊着唱着同时还有一些东西吃着：炒黄豆、红薯、黄米糕，还有那只在陕北才有的玉米黄——这些吃的东西都是路遥母亲特意做的，她就像当年给在县城念书的儿子送吃食一样，隔些日子就会挎着盖块花布的篮子，给林达送来一堆吃物，她知道北京娃娃就好这些个口味。

一个朴实而又能力有限的老人，还能给她喜爱的儿媳什么呢？

在十多年的家庭生活中，路遥和林达后来闹起矛盾，对此外界多有评论，特别在路遥去世后，一段时间林达在道德舆论上面临如山的压力。其实最接近他们夫妇的人，一般都保持沉默，两人都是强性子，路遥以生命做抵押投入文学创作，无论对于自身还是对于家庭都很难顾及，而林达也是一个事业心极强的女性，让她放弃事业心甘情愿地去做一个家庭妇女，那是万万不可能的。特别要命的是，林达又时时事事极为敏感地保护着她的自尊心和独立人格意识，比如单位派她出门办什么事，别人介绍她"这是路遥夫人，关照点吧"，她就特别反感，似乎她办事必须凭借路遥的面子，而不是凭借自己的能力。两强相遇，日常磕磕碰碰的事自然难免，其实早在路遥去世前10年，两人的矛盾就曾闹得厉害，甚至考虑过是否分手——这实在是他们性格的悲剧。

如果世人都拥有一种宽容而慈厚的心怀，如果能够学会理解和体谅人，如果承认林达在路遥成才的艰难旅程中曾给予他无私的奉献和宝贵的动力，那么，就谁也别去指责，只能在心里分摊他们的悲哀。

一个山村的老妇人，一出家庭悲剧男主角的母亲，在对这复杂世事的态度上，给了我们一份感动，一份启示。

五

【画家日记】今天有大收获，发现一个新角度，速写画了几笔，我就感动了，当时天近黄昏，一转眼不见了老人，走出窑发现她正一个人静静地坐在那棵老槐树下，面向村口大路，举目望着，残阳从她侧后方照射过来，她的脸影处在半明半暗之中，但那种期盼的神情仍清晰可辨，她身后的老树有种铁一样的质感，身下石头透出一种冰冷的气息，脚前洒落着几片枯黄的树叶……她在期盼什么呢？早先盼儿子放学归来，儿子去了大城市，盼儿子能回来看看她，可如今再也盼不来儿子的影子了，她已失去了盼头，也许她也不知道在盼望什么，但她仍是那样专注地望着村口……

1996年那趟看老人，使邢仪最受刺激的是老人哭诉听到儿子去世噩耗时的情景，那份悲痛、绝望和无奈，在邢仪觉来如箭镞穿心，不由潸然泪下。这趟来，邢仪在与老人接触交谈中，总是小心翼翼想绕过这个话题，别去触动老人的痛心处，但几次老人却不由自主把话题扯到五年前初冬那些个昏天黑地的日子——这是她心灵上一道永难愈合的伤口，也是她一生中最感恨憾、永难释怀的事情。

儿子从生病到去世，没有人告知过她。

她未能见到永远睡着了的儿子，在儿子最后"上路"的时刻，她未能与儿子道别，未能为儿子送行。

当村里那个小女子在那个傍黑天跌跌撞撞奔到她面前，转颜失色地说："婆，婆，我路遥叔殁了！电视上刚报的！"她根本不相信，怎么可能？儿子好好的咋就能殁呢？谁也没给她说过儿子有啥病症呀！她巴望是小女子听错了，可小女子却说没听错，电视上还有路遥叔的像，她顿时觉得像天塌地陷一般，两眼一黑，栽倒在炕上。

第二天一大早，急得跟疯了似的她上了路，要赶到西安去看她的儿子，半道上硬是给人拦了回来，随后便是连续好多个不辨日月与晨昏的似梦似醒的日子，哭一阵，昏睡一阵，昏睡一阵，再哭一阵……她不记得这些天里她是怎样吃的饭，谁来看过她，都对她说了些什么，在似梦似醒之间，她只觉得自己的一颗心被老鹰叼走了，她的胸腔子被掏空了……

路遥大学毕业到西安工作后，他被事业所累，回家次数并不多，有时回陕北深入生活，抽身回家看看，也是来去匆匆，问老人生活得怎么样，老人总回答说好，路遥在家待的时间最长一次，是和吴天明一块儿在延川拍电影《人生》在家住了20多天，那20多天是路遥父母老两口心里最快活、脸上最风光的日子，儿子成了人物，穷山圪塄的村子也跟着露脸，瞧瞧吧，村里人看他们老两口那既羡慕又感激的眼神……路遥生前最后一次回家，是在他去世半年前，母亲没有从他身上看出任何毛病，还是那么喜欢家乡的口味，还是那么喜欢她做的饭，那一顿洋芋馇馇豆钱钱饭，他吃了那么多，吃得直打饱嗝，兴奋的母亲没有觉出儿子的情绪有些感伤、有些悒郁，其实儿子这趟回家一踏进家门，心里便压上了一种沉重的感觉。

告别母亲的时候，路遥深深叹了一口气，对母亲说：儿子不好，妈，以后我一定好好孝敬你们！

谁知这竟是他与母亲的诀别！

路遥病倒后，有关单位通知了他的几个弟弟，在他病重期间，五弟从清涧老家赶来一直守护在他的身边，弟弟们也许是不愿让家中老人感情受煎熬，也许是认为他们起不了什么作用，路遥病情不断恶化的情况，他们并没有告诉陕北的老人。路遥去世后，治丧委员会决定接陕北老人来参加遗体告别仪式，最终不知何故老人没有接来。现在清楚的是，弟弟们仅仅通知了清涧老家的父母，而延川的老母对于一切竟毫不知晓——这位可怜的母亲被人遗忘了。

路遥若有知，能认同这种感情天平的失衡么？

母亲想不通的还有，为什么要把儿子烧了。殁了，留下个囫囵尸首，送回来找块黄土一埋，还有一个坟堆堆，想人了还能照（看）一眼，如今变成了烟，想照个影影也照不见了，人们告诉她烧了还有骨灰，骨灰装在盒子里，跟棺材一样，她便要求："那就把骨灰给我送回来，我守着他，给他做伴。"

但骨灰老人最终也没能看上一眼，与老人相依相伴的只有那棵大槐树。

掠过树梢的风儿能把老人的思念带给远方的儿子么？

六

【画家日记】……听说路遥的骨灰后来被安葬在延大后边的山坡上，曹谷溪几次写信打电话，让我去延安，这次从北京直接来延川，回去时也许要经过延安……今天同老人告别时，鼻子直发酸，硬忍着没让眼泪流下来，我不知道自己还会不会再来到这个地方，还能不能再见到老人，更不知道这些画会给别人一种什么感觉。其实，画得好赖，我觉得已变得不十分重要了，重要的是我了却了自己的一个心愿……

不知怎么搞的，离开了老人，眼前仍不时地浮现出她，还有那孔窑、那棵大树……

邢仪与老人告别时，老人送她两口袋东西，让她带回北京，一袋是小米，一袋是杂豆，老人说，这小米，这杂豆，都是她自个儿种的、自个儿打的，家里没有别的啥，就是有，送你你也不稀罕，老人还央求邢仪一件事情："你给林达捎个话，把远远的照片托人给我捎一张，我想孙孙哩，有照片我就能照见孙孙了！"

邢仪鼻子一酸，连忙点头答应。

老人特别感激邢仪给她带来奶粉，说喝了奶粉，气喘病好了许多，心口不那么堵了，比吃止疼片强，邢仪知道奶粉并不能治老人的气喘病，说不堵，也许只是因为喝了奶粉就吃得少了，减少了胃部对肺部的压力，邢仪便劝老人多喝奶粉少吃饭，老人说："还能常吃奶粉？奶粉贵着哩！"邢仪本想告知她在窑里炕上留下些钱，转念又怕老人推辞不受，只是说："您别太舍不得花钱，有困难了，不是还有公家，有大家吗？"

路遥去世后，延川老母的命运和生活状况引起了人们的关心，陕西作协按照国家有关政策，除一次性抚恤金外，每月定期还给老人以经济补助，有时还派人去陕北看望老人；《女友》杂志社向社会发起募捐活动，募集到资金15000元。《女友》总编王维钧委托曹谷溪处理这件事，这可使老曹犯难了，他考虑到老人家庭中的实际情况，这些钱没有全部交到老人手里，而是由县民政局设账管理，并规定了严格的领取办法，原则上，募集到的钱作为基金存了起来，以利息补贴老人生活所需，这笔利息加上作协的补助，老人每月可以领到250元，这250元钱，除老人外，任何人都不能代领。而家中如遇到意外事急需花钱时，必须由乡上出具证明，县民政局批准，银行才能在固定的生活费之外列支，这钱同样必须银行亲手交与老人。

一笔数目并不大的钱，却让人煞费苦心！

但谁又能说这不是为了保护老人的利益呢？

路遥去世三周年的时候，延安人把路遥的骨灰接回陕北，隆重地安葬在延安大学校园内的文汇山上。就是这所学校，曾在那个纷乱的时代，为路遥提供了三年宝贵的读书时光；就是这所当初连土围墙都是豁豁牙牙极不牢靠的简陋校园，却钢铁般巩固了路遥的文学理想，并赋予这理想以奋飞的翅膀；正是在这杨家岭旁文汇山前的窑洞里，路遥的名字才最初飞出黄土高原层叠连绵的山峦墚峁，开始为外界所知晓。

母校骄傲地送出了自己的优秀学子，最终又深情地迎回了自己的学子。

路遥永远安睡在母校的怀抱里，安睡在生他养他的黄土山中。

而那位曾同样将儿送出门的母亲，却难以寻找到这份慰藉，她只能背依那棵老槐，永远无望地守望。

在她75年的生命岁月中，最牵肠挂肚的只有一个人，那就是她的儿子——路遥！

1998年3月20日

郑文华镜头里的路遥

郑文华拍了不少有关路遥的照片，其中很多被各种路遥纪念文集和图册选用，就表现路遥的精神和气质而言，有些照片俨然具备经典意味，成为路遥形象的标志。这得益于郑文华的工作环境，也与他的敏感执着有关。

郑文华是《延河》文学月刊的美术编辑，在工作和生活中经常与路遥接触，路遥写作《平凡的世界》那几年，向陕西作协借来一间斗室作为写作间，正好与郑文华的办公室对门。那是陕西作协的旧平房，早年国民党将领高桂滋的公馆。路遥写累了，有时会去郑文华办公室坐一坐，心思还在作品里，有一搭没一搭和郑文华拉话，偶尔兴起，也会拿起毛笔，在郑文华的画案上铺开宣纸，龙飞凤舞地写几张字。郑文华的儿子柳柳，一个虎头虎脑的小家伙，路遥一见，立即会来精神，总要抓过小家伙，咬一咬那胖胖的小胳膊。有时路遥会随便在院子里一个僻静角落坐下，晒太阳，抽烟，发呆，大凡这个时候，在路遥不经意间，郑文华拿了相机，把路遥瞬间的形象定格在胶片上。那张广为流传的路遥手扶额头，斜倚在一截枯木上的照片，就是这样得来的。那是

1987年暮春，《平凡的世界》第一部问世，但遭到冷遇，评论界多有批评，路遥陷入巨大的痛苦之中。计划中的三部百万字巨著，第一部就遭受迎头一击，后两部怎么写？还有没有信心和意志写下去？路遥在苦苦地思考和挣扎。那个春日的午后，路遥从小屋子走出，墙角堆放着几根木头，他坐在上边，一根木头竖起，他把胳膊架上去，扶住额头，像昏睡，又像沉思。身旁是一棵合欢树，绒线一样的合欢花谢落，洒坠在他的肩上和倚撑他的枯木上，就这样一动不动，如同一尊雕塑。郑文华出办公室，正好看见这情景，他取了相机，在路遥浑然不觉中按动快门，留下一位正在经受煎熬身心俱疲的作家的传神写照。

路遥的很多照片，郑文华都是这样得来的。和路遥工作生活在一个院子，接触多，交往多，对于一个有心的摄影艺术家来说，机会自然会多一些。我要强调的是有心，郑文华的确是个有心人，他时时观察，处处留心，人物的瞬间情态稍纵即逝，往往会被他抓拍到。另外陕西文学界的活动，郑文华经常参与，他见证了当年文学陕军的崛起，很多活动都被他收进镜头，他有一种自觉意识，知道他的工作的意义，他把自己的摄影作品详细记录，悉心收藏，日积月累，如今都成了珍贵的文献资料。

郑文华是我过去的同事，也是我很好的朋友。他已经出版过一册有关路遥的摄影集，产生了很大影响，还出版过有关陈忠实、贾平凹的摄影集。这次出版的是关于路遥的第二册摄影作品。这册集子里，有他在路遥故去后，专门去陕北路遥家乡拍的一些片子，从更多侧面展现了路遥成长、生活、创作的风貌。郑文华为我们提供了一位优秀作家艰难跋涉不懈奋斗的图证，他的贡献，同样会载入中国文学的史册。

2017 年 12 月 20 日

先生教我

——我认识的阎景翰先生

1973年9月，我进入陕西师大中文系就读。

上大学前，我已尝试着文学创作，在县上、地区的文学刊物上发表过作品，也曾多次给省上的报刊投稿，参加过地、县的业余作者培训班。能被录到陕西师大中文系就读，能够一心投入到自己喜爱的专业上，我心中是很高兴的。陕西师大中文系的师资力量有口皆碑，许多教师的大名于我都像仰望天上的星星一般：教古典文学的冯成林、霍松林、朱宝昌、高海夫，教古汉语的高元白，教古典文论的寇效信，教外国文学的周骏章、马家骏，教现代文学的黎风，教写作课的阎景翰……能拜他们门下求学，实在是我的幸运。

在这一长串名单中，阎景翰先生对我具有一种特别的吸引力，我已选定把文学创作作为终生奋斗的方向，阎先生教授写作课，自然祈求得到他的教诲。我还在读高中时，我的文学启蒙老师刘羽升先生，向我介绍陕西作家，其中就讲到候雁北，那时我就知道候雁北的原名叫阎景翰，我们的邻县礼泉人。刘羽升先生说候雁北是一位多面手，小说、诗歌、散文、杂文，样样拿手，20出头即成名，在陕西师大任教，既是学者也是作家。刘羽升先生20世纪50年代毕业于西安师院，他当学生时阎先生已是西安师院院刊编辑，所以对阎先生了解比较多。后来我在1959年选编的《陕西建国十周年文学献礼集·短篇小说选》中，读到候雁北的《井》，被深深感染。最喜欢的是先生的语言，朴素、清新、典雅，一如画法中的白描。从小读《三国演义》《水浒传》，后来又读孙犁、朱自清，对文学作品中的白描手法甚是欣赏，候雁北也是运用白描手法的高手，也就肃然起敬。我后来选用"白描"作为笔名，盖出于这种审美追求。

大学一年级开设写作课，很盼望阎先生给我们授课，但没有，教我们写作课的是宁锐老师。宁锐老师的课教得很好，但心中对阎先生的念想还是放不下，一打听，说是先生有什么历史问题未做结论，还不能登堂讲课。那时"文革"还在继续，很多老教师都不能进入教学一线，阎先生有什么问题，不清楚，心中不免怅然。

宁锐老师在写作课上，给我们布置了一个作业：读户县农民画《老书记》，用文字，把画面呈现的内容表现出来。

这幅画的作者是户县农民刘志德，当时全国兴起轰轰烈烈的农业学大寨活动，刘志德作为一个农村基层干部，带领社员群众参加了一系列开山修河、平整土地的劳动。当时上到县委书记下至一般干部，都在劳动第一线，十分感人，这种亲身经历，触发了刘志德创作《老书记》的动机。画面中，"老书记"在开山造田的劳动间歇，坐在一块石头上，身后背着柳条帽，身边放着铁锤、钢钎、垫肩、军绿色挎包，面前一块大石头缠绕着粗铁链，下边是下抬杠。"老书记"脚穿布鞋，高挽裤腿，一面聚精会神学"毛著"，一面漫不经心划火柴准备吸烟。这幅画当时很有名气，参加1973年户县农民画北京展出，又在全国八大城市巡展，被中国美术馆收藏，先后有40余家报刊发表，并被美术出版机构印制成年画、挂历、水印木刻等广泛发行，还制作成邮票。据有关方面统计，《老书记》当年的发行量仅次于《毛主席去安源》。

根据这个画面，我展开想象，洋洋洒洒写了一篇3000多字的文章，交了上去。

随后的写作课讲评课堂上，宁锐老师把我叫了起来，问了我一些写作时的想法，我说了些什么，已忘记了，宁锐老师让我坐下后，他没有就我的写作展开讲评，只是说："我要读一位老师的点评，这位老师你们不认识，他就在我们系上，听听他的评语，你们一定会有收获。"

宁锐老师便开始读这位老师对我文章的评析。

评语先从写作命题谈起，大意是，读一幅画，写一篇文章，看似简单，其实要写好并不容易。难度在于画面并不复杂，但在画面之外，可以勾连呼应的东西却很多，看似这个命题写作对内容的规定性很强，但对文字表达提供了广阔的延展可能；画面是静态的瞬间，画面之外却可以是轰轰烈烈的动态背景；观尺幅之画，心却要遨游高山大川，缺乏想象和联想的能力，就画写画，就所见写所见，思路窄逼，笔墨拘泥，文章肯定写不好。点破写作要领之后，老师对我的文章展开评述，多是欣赏称赞语，当然这种称赞不是空泛笼统之言，而是结合我的行文展开具体分析。我的写作是由里及外、由近及远、由小及大，把想象和联想由画面上荡漾开去，以层层递进的方式，描写了这幅画外被作者略去的工地的火热场面，同时向纵深开掘，让"老书记"的形象在时代的、社会的大背景下定格。老师逐层分析我的文章，一些地方还引述了我的文字，整个评析煞是周详具体。事后我统计了一下，老师用红色蘸水笔一丝不苟书写的评语，达700多字。

宁锐老师宣读完这篇评语后，告知全班同学，写评语的是阎景翰老师，既是教师，也是作家，笔名候雁北。

候雁北！是我尊敬的候雁北！先生读了我的作业，并如此认真予以点评，我受宠若惊。一心想结识先生，祈蒙先生点化，然而时不我与，心有不甘，不承想借助这样一个通道，以这样一种方式，与先生"谋面"，得先生"加持"，我把它看成是先生送我的一份礼赏。

事后我得知，那时先生不能上讲台，被安排在系资料室工作，但系上知道先生的能力和功底，为了发挥人才的作用，就让先生阅改指导学员的写作课作业。我的作业有幸得先生阅批，不能不说是我的造化。

我之所以把先生评述我的文章看作是予我的礼赏，不简单是得到一次表扬，让我在同学中脸上有光，也不简单是在才俊荟萃的同学里让我收获了一份自信，坚定了我走文学创作道路的信心，更重要的，是我在文学前行的道路上，相信找到了一位引路人，相信星星就在我眼前闪烁，相信立雪程门必有所得。对于一个苦苦求索的学子，一个跌跌撞撞往前攀爬的青年写作者，没有比这个更幸运的了。

然而很久，我无缘拜见先生真容。知道先生在系资料室工作，但资料室不向学生开放，不敢贸然寻访。有心去先生家里，但学校不让先生代课，就等于说是限制先生和学生接触，我去了会不会给先生带来麻烦？这些顾虑，让我把对先生的仰慕只能埋在心里。

初秋入学，见到先生已是深冬。一天，在中文系教学楼前，我看见宁锐老师和一个人正从楼里出来。我向宁老师问好，宁老师向我点头致意，我们错身而过，宁老师突然止步叫住我，说："来来来，白志钢，给你介绍一下，这就是阎老师。"

对于阎老师，那个笔名叫候雁北的人，我曾在脑海勾勒出这样一副形象：挺拔的身板，锐利的目光，高耸的鼻梁，精致的额头和下颏，举止潇洒，风度翩翩。是的，这就是我想象中的候雁北，读他那些洒脱清新的文字，这样一副形象已在脑中形成，但站在宁老师身边的这位中年人，个头不高，面容有些苍白，虽然身上裹着厚厚的棉衣，但仍显得很是瘦削。知道他不过40多岁，但看去比实际年龄要老很多，身形似乎还有点佝偻。贴近想象的只有眼睛、额头和下颏。眼睛不大，却目光深邃，额头饱满，下颏突出，有种坚毅的力度。突然见到先生，我有点慌乱紧张，竟不知说什么好。宁老师告诉先生，他欣赏的那篇写"老书记"的文章就是我写的，先生向我点头，以微笑的神情看着我，没有说话。那时，我紧张得说不出话，却希望先生能给我说点什么，哪怕是一句鼓励的话，但没有，先生什么也没说。事后知道，先生就是这么种性格，内敛，少语，他对我并没有多少了解，只读过我一篇写作课作业，该说的，已在评语中说了，其他的缺乏针对性的虚话套话不想说，干脆就不说。

但总算认识了先生，有了接触。也就少了顾虑，后来专门拜访过先生，在学业上得到先生的指导。上大二的时候，我写过一篇表现工农兵大学生"上、管、改"的小说，即工农兵学员上大学、管大学、改造大学，小说题目叫《改造》，寄给《陕西文艺》（即《延河》，当时更名《陕西文艺》）。小说是花了些力气写成的，要表达的主题是当时形势的产物，很应景，编辑部很慎重，把稿子打印出来，组织陕西师大、西北大学两校中文系学生代表讨论，倾听意见，后又把打印稿送陕西师大中文系，要听听老师们的看法。这等于给系上的老师们出了个难题，工农兵上大学、管大学、改造大学，是个新生事物，小说写工农兵学员对旧大学的改造，对旧知识分子的改造，现在要让一帮被改造对象对小说表态，这于他们的政治安全来说是很有风险的，当时我不知道老师们对小说提了些什么意见，编辑部最后没有发表这篇小说。陕西师大中文系苏成全老师事后和我有过交谈，说中文系看稿的老师有他、马家骏、张登第、阎景翰等，大家觉得小说在冲突的设计、人物的把握上，没有准确概括校园的实际情况。当时心理上有些懊恼，但后来形势的发展很快让我多了一些反思，我从一个对"上、管、改"的拥护者转而成为一个怀疑者、反对者、批判者，以至于后来写出泣血含泪的《没有绣完的小白兔》。我的这种转变，不仅关乎写作上的进步与突破，重要的是关乎思想认识和政治立场的拨乱反正。我感谢老师们为我把守住《改造》这一关，没有让我陷入"四人帮"文艺的泥沼中。我要感谢的人中，自然包括阎先生。

1976年我大学毕业留校任教，而先生的所谓历史问题仍然没有澄清，还在资料室工作。先生是个慢性子，走路、说话，慢慢吞吞，从不起急，对他的处境也不见有多么上心，该干什么干什么，一副听天由命的态度。后来我知道，拖拽在先生身后的历史问题，是他在礼泉县读初中时，曾集体加入过三青团，那时他年方十五六岁，还是个懵懂少年。但他在20岁就投身革命，参加彭德怀、习仲勋领导的一野，在政治部文工团任创作员，那时，他就写了《西进途中》《水》《关于青海的"花儿"》

等，刊于《群众日报》《甘肃日报》《新民生报》。先生的经历，新中国成立初期即有政治结论，但"文革"又折腾先生，被关进"牛棚"，下放农场，长时间内得不到公正对待，但他不计较，一任命运的摆弄。在与先生交往接触中，看到他一如既往的从容坦然，特别是看到他那静如秋潭般的目光，我相信，先生不是随波逐流，只有具有信仰的人，才会在命运的颠簸里守得住那份笃定。

1977年，陕西师大中文系师生接受《烽火春秋》续集写作任务，先生和我都被抽调到写作组，共同在礼泉烽火待了数月时间。一同被抽调的老师还有马家骏、王志武等。同学写作水平有高有低，老师要领着学生采访、制定写作提纲，修改学员的作品。写作组把写作能力较弱的学员分配给先生，这样先生的工作量势必会增大，但先生毫不在意，极尽心力，认真辅导每一个学生，认真对待每一篇文章，等于把大学的写作课搬到烽火的田间农舍。后来大部分师生撤回，省委宣传部安排邹志安、贾平凹和我继续从事《烽火春秋》续集的写作，此前先生对很多学生写烽火的文章都有精心的修改，这些浸润着先生心血的文章最后成书时都收了进去。

在最后编辑《烽火春秋》续集的文章时，仔细看着先生留在学生一页又一页稿纸上的修改字迹，不由得又想起先生对我写作"老书记"那篇文章的批阅。先生教我，恩礼以励，而先生教泽宏敷，曾接受他礼馈的学生，谁又能算清有多少？

直到1977年年底恢复高考，七七届学生入学，先生才甩掉了身后的负累，重登讲堂讲学授课。

在中文系名师中，我曾经担心两位先生的身体，一是霍松林先生，一是阎景翰先生。当时系上办了个青年教师回炉深造班，霍先生给我们讲古代文学，坐在讲台上讲，他患有肺气肿，讲着讲着就接不上气，从书袋里拿出一支氧气喷筒，张开嘴向里喷，缓过劲来接着讲。对霍先生的担心还在于，他离不开烟，刚喷完氧气，接着他就会点燃一支烟，而且不是什么好烟，两毛六一包的"大雁塔"，边抽烟边讲课。阎先生干瘦，面色苍白，也抽烟，从不见高声大气说话，走路脚步沉缓，外形显得比真实年龄要老很多。两位先生的身体，可以说都不算好，岁月无情，命运会不会假他们以高年？

事物的发展出乎人们的预料，两位先生后来成为中文系的老寿星，霍先生去年在96岁高龄上鹤归，阎先生今年90仍健在。阎先生做人通透，活得大气，世间大事，从不糊涂，而人际之间的恩怨是非又从不介意。红尘滚滚，牧心灵于兰若净土，世道纷纭，观变幻于云卷云舒，持守一份真我，写意人生春秋，天行健，仁者寿，阎先生的生命之树，雄哉伟矣！

认识先生，是先生教我作文；懂得先生，则是先生教我做人。先生教我，幸莫大焉！

2018年10月17日于课石山房

神性之马

——看兴安的水墨艺术

兴安来自内蒙古，是从草原上走出的蒙古汉子，一位文学评论家，一位艺术家。爱马，画马，对于兴安来说是再自然不过的事情。但是每次面对兴安笔下的马，我一直在琢磨，他画的到底是什么马呢？

应该不是蒙古马。蒙古马皮厚毛长，体格粗壮，而兴安的马与此相去甚远。也不是东瀛大洋马，不是西域汗血马，不是欧洲纯血马，也不是美国夸特马，不是中东阿拉伯马，更不是云贵川藏的山地小走马。那是什么呢？

我突然想到了《聊斋志异》里边写到的一匹马。

《聊斋志异》里有一篇故事，叫《画马》，说的是山东临清有个叫崔生的青年，穷困潦倒，家里院墙坍塌了都懒得去修。但这个穷家小户，却出了一件奇事：每天早晨崔生起来，都会发现他家门口卧着一匹马，这马黑色皮毛，上边有白色的色块，这叫"黑质白章"，应该是很漂亮了，缺憾是马尾巴短了一截，像是被火烧过一样。崔生把马赶走，可它晚上照旧又回来，他一直无法断定这是谁家的马。后来崔生要去山西投奔一个混得不错的朋友，就找来缰绳，拴了这马当坐骑。这马上路，风驰电掣，行走如飞，晚上则不吃不喝。崔生以为马病了，第二天上路就不敢让它走得太快，可这马依旧是瞬息百里。到了目的地，崔生骑马路过街市，谁都夸这马好。晋王也非常喜欢这匹马，以八百重金买了去。后来晋王府有公干，派校尉骑这匹马赴山东临清，谁知刚到临清，这马就挣脱开缰绳疾奔而去。校尉一直追赶，眼见那马跑进崔生的邻居家，可进屋搜查却不见马的踪影，只在主家的墙壁上看见一幅元代大画家赵子昂的画，画上是一匹马，黑质白章，尾巴也似被火燎过一般，与他的坐骑一模一样。校尉这时才醒悟过来，他骑乘的是一匹"妖马"。

赵子昂画的马成精了，是妖是神。想到赵子昂的马，我就想到了兴安的马，兴安的马也是妖马，也许说成是神马，更恰当一些。来自草原的人都爱做梦，身上有一种神性，神奇而富想象力。因而，兴安笔下出神马，一点都不奇怪。

兴安的马在现实中不存在，只存在于他的心里。他的心里有一片绿色草原，那里是养马的地方。

所以我对兴安充满期待，期待着欣赏兴安的神马，期待着驾驭这神马，走向远方，当然不会像崔生那样走山西，而是走进一位艺术家的梦，走进他的心灵，走进一个妖娆别致的艺术世界。

2018 年 7 月 22 日

先生马林帆

马林帆是我敬重的一位师长。

在故乡泾阳，有几位我很感念的老师，他们是我文学起步阶段的引路人，是滋润我成长的雨露播洒者。

这些人中有我中学语文老师刘羽升，有泾阳文化馆的陈艺，有名驰文坛的杂文家冯日乾，有满腹珠玑的杨双仁，还有我初中、高中时的班主任李相钤，当然，这中间少不了马林帆。马林帆是一位优秀诗人，成名很早，1965年我还在读初一时，他就出席全国第二次青年作家创作会议，当时的叫法是"全国业余文学创作积极分子大会"，那是中国当代文学史上一次重要的会议，那时的我对文学还稀里糊涂。

在这些老师中，最早把我领上文学道路的是刘羽升先生。这是一个热情开朗的人，泾阳名师，后来曾任县政协副主席。他讲课，不拘泥于课本，喜欢从某一点切进去、散开来、荡开去讲，古今中外文学名著随手拈来，旁征博引，同学们都喜欢听。他最佩服的作家是鲁迅和契诃夫，熟悉他们的每一篇作品，至今还记得他给我们讲《小公务员之死》的情景：官卑职小的庶务官伊凡·德米特利奇·切尔维亚科夫，坐在戏院看戏忍不住打了个喷嚏，怀疑唾沫星子溅到了前排将军的脖颈上，心中生出巨大的不安，找各种机会反复向将军道歉，将军被他不断的骚扰终于惹怒，大发脾气，结果这个胆小可怜的小公务员回到家，往沙发上一躺，死了——吓死了。刘羽升先生讲：沙俄社会极端恐怖的统治造成了人的精神异化、性格扭曲、心理变态、行为怪诞，看似一个荒诞不经的事件，却表现出一个下等官员可悲的奴性和可怜的结局，折射出一个社会的悲哀。我当时的读书单，就是刘羽升先生给我开的，他对我厚爱有加，我的每一篇习作，他都看，提出意见，帮我修改。他平易近人，完全没有老师的架子，面对我这个学生，讨论问题时总说："对这个问题你怎么看？"像是同事之间的平等探讨，愈是这样，愈迫使我须得认真读书，深入思考，不可懈怠疏慵。刘羽升先生门下走出的学生有雷抒雁、李志君，雷抒雁的处女作小小说《小羊倌》，是在上初中时经先生推荐在报纸上发表的，后来雷抒雁成为中国诗歌界的翘楚。李志君也是先生最早发现他的写作才华，悉心栽培扶持，后来成为优秀小说家，担任新疆军区创作组组长。

陈艺在20世纪70年代是泾阳县文化馆的创作干部，县上的文学创作活动，青年作者培训，都由他来组织、实施，同时还编辑印刷《泾阳文艺》。这是泾阳作者的一个创作园地，虽不是公开发行，但却是印刷厂正式印刷，在《泾阳文艺》上发表作品，就算是把作品变成铅字了。我在永乐中学读高中时，开始在《泾阳文艺》上发表作品，当时有一种特殊文体叫"革命故事"，相当于旧时的评书话本，内容却必须是宣传革命思想，塑造英雄人物，我在上边发表过"革命故事"、诗歌，后来回到农村当农民继续在上边发表习作，记得有小说《海量叔》、诗歌《老车户》《打药姑娘》，甚至还发过相声作品，作品名字已经忘记。这些早年的习作，都是经过陈艺之手发表的，他在我最初摸索着走上文学之路时，给过我很多教诲，至今，回想当年往事，我面前就会浮现出这个这个魁伟高大的身影。

冯日乾当时在白王中学任教，写评论，写杂文，写剧本。记得他创作过一部秦腔剧《宋家川》，剧中人物和情节记不清了，但主人公有一大段唱词，用了一连串的叠词，诸如夜沉沉、风飒飒、雷轰轰、雨哗哗……在秦腔《周仁回府》的《夜祭》里，有这样的叠词唱段，但《周仁回府》是旧戏，在当时是批判的对象，冯日乾不走革命样板戏的路子，大胆借用传统戏曲的表现方式，古为今用，虽说有点"离经叛道"，但没惹来麻烦，反倒是人人叫好——盖因周仁唱得悲悲戚戚，哀哀怨怨，《宋家川》的主人公却唱得激情满怀，豪气干云。《宋家川》经泾阳县剧团排演，演出了好长时间。当时能写出那样剧本的人不多，所以从那时起，冯日乾在我心里就是个了不起的作家。

杨双仁是西安人，1958年毕业于西安师范，分配到我的母校泾阳永乐中学任教。我在永中读书时，他已调离，去了崇文中学。曾经受教于他的同学告诉我，杨老师语文课讲得特别好。他与刘羽升交好，常到永乐中学找刘老师，刘老师把我介绍给他。自此我也就把他看作我的文学导师。杨老师知识渊博，口才好，听他谈天说地聊文学，是莫大的享受。他住崇文河李村，在我高中毕业返乡当农民的日子里，还去他家拜访，一次去他家，我一根棍子挑了两口瓦瓮，他说家里面粉口袋总让老鼠咬破，我送瓦瓮给他，可防老鼠祸害。在我母亲逝世三周年之际，他和刘羽升先生，还有我的中学校长朱忠孝先生，合写了一篇

《祭白老夫人》文，专程送到家里。前几天与他通电话，告诉他那篇祭文已收入泾阳政协文史资料第十九辑，他则告诉我，我40多年前送他的瓦瓮，一口打碎了，一口还在，现在仍在使用。

李相钤是我初中、高中时的数学老师，同时是我初高中时期的班主任。他教数学，却通文学，写文章，也写古体诗词。记得初中时一次班会上，他给我们全班同学念他写的一篇文章，至今清楚地记得文章题目叫《小卒》。按现在的归类应该是一篇随笔。写象棋盘上最不起眼的小卒勇往直前、绝不后退、敢于牺牲、顾全大局的作用和品格。那时候就领略了这位数学老师的文学才华。到了高中，我学习写作古体诗词，平仄不懂，对仗不工，竟贸然送给李老师，李老师给我讲所谓七律、五律都应该是一个绝句中间夹两个对子。他用最浅显最通俗的讲法，给我讲律诗的基本常识。从那以后，我写出来古体诗就请他看，李老师居然步韵与我这个毛小子唱和，把他的诗赠与我。

我的文学起步阶段吃"百家奶"，营养来自多方面，这中间马林帆先生自然也是我的开导者。从初识到以后凡数十载，他一直是我最亲近、最尊敬的老师之一。

马老师20世纪70年代初也是县文化馆创作干部，与陈艺不同的是，他不大爱说话，又是个黑脸汉子，开始接触，会觉得他有点冷，这种感觉与读他那些热情洋溢的诗，判若两人。他对青年业余作者很是关爱，但即使表扬你，赞赏你，也是冷冷地说出来，脸上看不出喜爱之情。相处时间长了，你才会真正认识他，他像炭，滚烫的情怀藏在冷峻的外表下。

那时文化馆经常举办创作培训班、改稿会，马老师看青年作者的稿子绝不敷衍，我在《泾阳文艺》发表的短篇小说《海量叔》，就经过他悉心的指导和修改。当时文化馆在县城太壹寺里，大殿前立着文物保护碑。我把碑上"太壸寺"三字，念作"太壶寺"，马老师告诉我，第二个字不念"壶"，而念"壸（kǔn）"，下边是"亚"而不是"业"。他给我讲解，寺的前身为前秦王苻坚的行宫，北周时改为佛寺，名"惠果寺"。隋文帝时对寺院进行了扩建，由于他的母亲常来寺院进香，故文帝敕名"太壸寺"，由此成为全国著名的皇家寺院。隋文帝谁都知道，但对苻坚我一无所知，于是先生便给我讲"五胡十六国"，讲前秦，讲苻坚，讲"草付臣又土王咸阳"的掌故，讲"投鞭断江""草木皆兵""风声鹤唳"这些成语出处皆关乎苻坚兵败如山倒的淝水决战，对苻坚其人，从那时起我才算有了了解。

后来我上大学，毕业后留校任教，马老师和刘羽升老师几次到学校看我，谈文学，谈泾阳的文人朋友们，谈古说今，话题广泛，谈兴甚浓，一次错过了食堂开饭时间，我们就在宿舍用电炉煮挂面。学校不允许用电炉，我们关了门，偷偷摸摸，像做贼一样，门口一有响动，就停下筷子，不再大声吸溜面条，过后三人掩嘴直笑。那时候，我们不像师生，而像是朋友，交往甚是开心。

20世纪70年代，我还在读大三的时候，被借调到《陕西文艺》做编辑，和我同时被借调的有路遥、叶延滨、叶咏梅等，说是做编辑，实际上是陕西老一辈文学家培养文学新人的一个举措。大学毕业后，我想去《延河》，却被留校做了教师。以后几年里，陕西作协一直调我，但学校不放，到了1982年年初，陕西作协请省上一位领导给学校做工作，希望为我放行，这时我却犹豫了——我在学校讲授中国当代文学，很用心地做学问，上课受到学生欢迎，大学也恢复了职称评定，顺着这条路子稳稳当当走下去，前景一片光明，调进《延河》，陷入编辑事务里，忙和累是看不到头的。当时马林帆被借调到《延河》诗歌组做编辑，我就和他商量。马老师帮我分析两种选择的得失，他告诉我，在大学将来肯定可以做教授，工作稳定，受人尊重，稳当，不利的是创作就不能当作主业了；进作协当编辑，累，但天天和作家打交道，有浓郁的文学现场氛围，有利于创作，理想的是干几年编辑，然后进专业创作组，做一位专业作家。马老师的建议，也正是我的一个选项，我把这意思向陕西作协做了表达，作协主席胡采等领导答复可以考虑。1982年我进陕西作协，1984年刊物在改革中我却被推上《延河》主编岗位。那时马老师已回到泾阳文化馆，闻讯后当即致信给我，表示祝贺，并叮嘱说《延河》是名刊，希望我在主编岗位上，把《延河》越办越好。

有一件事情，至今让我心中过意不去。20世纪80年代末，马老师的儿子马楠在西安医学院第一附属医院做换肾手术。马楠年纪轻轻，身体却到了这个地步，马老师夫妇的心理状态可想而知。换肾是个大手术，在经济上需要一笔很大的开销，马老师夫妇都是工薪阶层，尽管他没说，但我知道肯定很犯难。那时我工资低，几乎没什么积蓄，想帮马老师，却力不从心，只买了些营养品去医院探视。马楠出院后，康复治疗阶段，我又去看望过几次，那是与医院合作的一个院外康复病房，平房小院，马老师和师母邢老师陪护儿子住在里边，自己买菜，自己做饭，照顾儿子吃药打针。马楠小时候我见过，一个生龙活虎的男孩子，生命却遭遇这么大一个硬坎，马老师心中经受的煎熬悲苦不会少，但我从未见他悲戚愁苦的样子，他把重压扛在肩膀上，该做什么做什么，这是一个刚强的大男人。

1988年，我的长篇《苍凉青春》出版，嗣后工人出版社和

《小说评论》编辑部联合在西安召开研讨会，马林帆和刘羽升两位老师一大早专程从泾阳赶到西安出席研讨会，两人似乎比我还兴奋，会后，到我家聊《苍凉青春》，聊书中人物的命运和遭遇，聊他们的阅读感受。那天他们没有回泾阳，就住在我家，晚上一直聊到深夜。

2005年，先生和师母有一趟北京之行，我和雷抒雁接待。那次，我开车带马老师夫妇游览长城、颐和园、十三陵等处，马老师夫妇很高兴。登长城那天，风大，很冷，先生和师母衣服穿得少，我从景点摊位上给他们买了两件绒衣。临离开北京前，马老师硬要把绒衣还我，我说不必，为此我们争执了半天。他就是这样一个人，你对他做一点点事情，他便很是过意不去。

2016年年底，我在广西北海，一天突然接到泾阳好友高逢电话，告知马老师不幸辞世。这消息来得太突然，简直难以置信。好好一个人，怎么说走就走了？那几天我拉肚子几乎到了虚脱程度。正在医院打吊针，我强忍泪水，望着医院天花板，一直呆呆地望着，马老师的音容笑貌一直在眼前晃动。随后，我先后给泾阳几个朋友打电话，询问马老师怎么会突然发病，怎么就会突然撒手西去。我悲痛难抑，在医院拟了哀悼马老师的挽联：

平生清苦哪堪晚来悲风摧林泾水呜咽送遗恨
永世光耀最敬一路慨歌扬帆仲山昭仰留诗名

先生清苦一生，老来多坎坷，马楠换肾后撑了几年，最后走了，家里也有别的让马老师伤情的事情，他的硬汉子脾性从不愿低头求人，他是一个把尊严看得比命都重的人，遇到事情宁愿一个人硬扛。熟悉他的人都敬佩他铁骨铮铮的人格。他有期待，他还有很多事情要做，但他却令人猝不及防也令他猝不及防地訇然倒下，带走了无尽的遗恨。他是一位优秀诗人，他走了，但他的歌声仍留在泾阳大地，留在仲山泾水间，留在中国文坛。

我本来打算回家乡与马老师做最后的告别，但家人鉴于我病体未愈，阻止了我。马老师遗体告别那天，我嘱家乡朋友拍摄视频给我。在南国的病床上，我看着视频，在心中遥祭我尊敬的先生。聊以慰藉的是，我的挽联，经人书写后悬挂在告别厅台口两侧，我的心，算是到了现场，算是陪马老师走完最后一程。

2017年春我回故乡写作《天下第一渠》，去看望师母邢老师。邢老师告诉我，出事那天，马老师一切如常，晚饭吃得津津有味。饭后在书房写毛笔字。马老师对书法和绘画都有很高造诣，早年漫画曾在报刊上发表，书法取各路名家所长，承晋韵唐法，造意运笔，纵横有余。他曾赠书法作品与我，我一直珍藏。他的最后一幅书法作品是写给李相铃老师的，是他为李老师贺寿创作的一首七绝。他与李相铃老师同年毕业于高陵师范，一同分配到永乐中学任教，两人在数十年里的光阴里有着深厚的情谊。这幅书法暂时挂在书架上，尚未来得及送给云天高谊的好友，他却倒下了。邢老师告诉我，他从书房出来，说要洗澡。邢老师把要换的干净衣服拿给他，洗完澡，换了衣服，刚刚坐在床沿上，突然感到不适，让邢老师给他拿药。此前并未发现他有心脏疾病，但家里备有心脏病的应急药，药拿来，他服下去，但没起作用，头一歪，便倒了下去。

先生一辈子刚刚正正做人，清清爽爽行事，从不苟且，从不懈慢，他是把自己收拾得干干净净、利利索索，然后归去的。正应了那句话：质本洁来还洁去！

转眼，先生离开我们将近三年，而这近三年时间里我因写作《天下第一渠》，在故乡泾阳待的时间多一些，我常常想，如果马老师在，我们大概会经常在一起，有关故乡的很多人情物事我会向他请教，如今却不见故人，心中难免作痛。这就是人生，天意难测，呜呼，哀哉！

但又想，有些人，肉身羽化而去，但他的精神和灵魂却会留下来，先生马林帆就是这样的人。在我心中，马老师还活着，踏上故乡的土地，他会陪着我，即使我远行千里，也有他的影子与我相伴。

2019 年 7 月 19 日于课石山房

石峁纪行

曾经两次探访石峁。

第一次是2017年4月，从鄂尔多斯到榆林，特地绕道神木，为的就是看看石峁。

对于石峁的向往，源自这里发现有很多史前玉器。看过玉器的图片，也阅读过不少报道石峁玉器的文章，这已经是十多年前的事了。到了2012年，石峁遗址以"中国文明的前夜"入选当年十大考古新发现和"世界十大田野考古发现"以及"二十一世纪世界重大考古发现"，让我对石峁更是心驰神往。去石峁，是一趟动于心愿之行。

汽车从神木高家堡下高速，进入一条简易道路。道路时而穿过沟底，时而在山包上蜿蜒，约十多分钟后就到了石峁村。这是位于秃尾河北侧山峁上一个很不起眼的村庄，窑洞藏在被山包遮掩的沟道里，看不见几户人家。上了一座山头，眼前出现像废弃的长城一样的石构建筑，这便是石峁遗址。

先民建城，一定会对地点有所选择的，但登高四望，我实在看不出古城建在这里的理由。四下是陕北黄土高原常见的山包塄峁，起起伏伏，逶迤在苍穹之下，几个稍微平缓的山梁，其间也分布着大小沟壑，满眼是望不到头的黄色。既不平整，也不见水草树木，为什么会把城建在这里？唯一的解释可能是，现在呈现在眼前的，并非早先的地理原貌，也许早先这里平展开阔，水草丰美，后来气候变化，人为开垦，水土流失，于是才有了这纵横的沟壑和枯焦的灰黄。古城的历史已有4000多年，在漫长的光阴里，沧海桑田，什么情况都有可能发生。

石峁遗址是陕北截至2012年12月发现的规模最大的龙山文化晚期的人类活动遗址。先参观外城东门，这里的考古发掘已告一段落，但还留有专家，印有"石峁考古队"的红色旗帜插在城门遗址的最高处，在风中"哗哗"飘扬。外城东门是遗址区域内最高处，登顶远眺，周边景物尽收眼底。遗址分布于呈倒"丫"字形的山梁上，由外城、内城和皇城台三部分构成，山梁下是深深的沟壑。东门位于外城东北部，这里地势开阔，位置险要，由石砌城墙、外瓮城、两座包石夯土墩台、曲尺形内瓮城、门塾等部分组成，一条约9米宽的门道，把这些设施连接在一起，构成一个完备的城防系统。有专家指出，石峁遗址东城门结构，开启了中国城建中城防设施的先河，具有重要的学术意义。

从2001年起，考古人员在石峁遗址出土了玉器、石器、陶器和壁画等。石峁玉器名气很大，数量众多。早在20世纪20年代，外国人就搜集到很多石峁玉器，如今大英博物馆、科隆远东博物馆、哈佛大学赛克勒博物馆、波士顿美术馆、芝加哥美术馆、白鹤美术馆、伦敦大学亚非美术馆等许多著名博物馆均有收藏。70年代，陕西的考古人员在石峁征集到127件玉器，有刀、镰、斧、钺、铲、璇玑、璜、牙璋、玉蚕、玉鹰、虎头、人面形雕像等，被陕西省历史博物馆收藏。我读过最早发现石峁遗址的考古学家戴应新的一篇回忆文章，讲他在1975年隆冬如何只身来到榆林秃尾河畔神木县高家堡镇收购散落在民间的玉器。他先找到镇收购站一位名叫段海田的老收购员，段海田告诉戴应新，附近的石峁经常出土玉器，县外贸每年下来收购两次，他配合工作，每次都能买到十多件到数十件不等的玉器。他在收购站工作的十多年里，从未中断过，总计至少收到一千五六百件。因为由他负责付款、点收、装箱和托运，故其对玉器的成色、大小、件数及钱款，至今记忆犹新。县外贸把玉器转售北京总公司，加工出口，赚取外汇。由于其仅着眼于买玉料，当时他们只择取质地莹润、厚大精致者收购，凡质差粗黑或薄小者一律不收，由村民带回保存，估计还有不少玉器散落在各家各户中。

根据这一线索，戴应新找到石峁村党支书，支书很支持他的工作，召集各村组群众拿着各种各样的玉器到一处打谷场上，自觉排成方队，由戴应新面议选购。男女老少上百名群众，买家只有戴应新一个，仅那一次，戴应新便精选了两箱玉器带回西安。经鉴定，石峁玉器年代被确定为龙山晚期至夏代之间。

玉的发现，说明当时的祭祀或占卜是石峁人社会生活的重要部分。但2001年对外城东门遗址的发掘，让人匪夷所思的是，其中有的玉器，是在石头筑就的墙体里发现的，古代先民用玉，有祭祀之用，墓葬之用，窖藏之用，佩饰之用，将玉藏于石墙内，石峁是首次发现。玉在东方人的观念里，有除崇辟邪作用，石峁藏玉于墙，是祈求城防永固，御敌抗灾，给自己增设一道精神屏障？抑或是还有别的讲究？这让专家和很多人脑洞大开，成为热烈讨论的一个话题。

从东门出来，向南，再向西，是一片凹地，越过凹地，地势骤然隆起，高地上的石头建筑，便是内城的皇城台，皇城台巍然耸立。本来计划外城和内城都要看的，但这趟到石峁已是下午4点，转完东门，天色近晚，遗址总面积很大，知道这次是看不完了，只能带着遗憾而归，只盼再有机会来石峁。

好在没有等太久，2018年10月，神木高家堡镇邀请作家到陕北采风，我在其中，参观石峁也被安排在日程之内。

相隔一年多时间，石峁外城东门遗址，考古队的旗帜依然在风中飘扬，与先一年不同的是，遗址不再是露天，已建起高大的钢结构玻璃遮罩顶，避免了遗址再被雨淋日晒。这次我重点游内城的皇城台。皇城台是石峁遗址的核心区域，套合着内城和外城。据考古人员介绍，皇城台是大型宫殿及高等级建筑基址的重点分布区，8万平方米的台顶分布着成组的宫殿、池苑等建筑。其周边堑山砌筑着坚固雄厚的护坡石墙，自下而上呈斜收趋势，在垂直达70米的方向上具有层阶结构，犹如巍峨的阶梯式金字塔，所以有人说，皇城台就是中国的金字塔。城门遗址主要由广场、外瓮城、南北墩台和内瓮城等四部分构成。其中，广场处于门址的最外面，是一个南北走向，面积超过2100平方米的平整场地，这也是目前我国确认的史前时期最大的广场。城门的结构大体和外城门址的结构类似，两边有南北墩台，有内、外瓮城，还有石砌的台基、道路、护墙等。

到场的作家都被这座4000多年前的石头城池所震撼。考古界对石峁究竟是何人所建，说法不一，有的专家说这里可能就是传说中黄帝的昆仑城，陕北是黄帝和他的部族曾经活动的地带，《史记》《汉书》有黄帝的陵墓在距石峁不远的陕北子长一带的记载。但有专家指出，不要把考古与传说轻易挂钩，认为黄帝的年代距今约5000年，4000多年的石峁古城不会与黄帝有关。有专家判断石峁古城可能是北方草原文明的遗存，是他们对南方农耕文明的一种防御性建筑。有专家对此持否定意见，认为石峁遗址与朱开沟文化类似，朱开沟文化基本属于一种农耕文化，尤其在它的早期阶段，而石峁古城的始建年代正值朱开沟文化的早期。种种考据，种种论证，加上种种猜想，围绕着石峁遗址而展开，至今，石峁古城为何人所建，仍是个谜。

在我看来，无论是何人建造石峁城邑，都是人类文明长河里的一个奇迹。

我曾游览过意大利庞贝古城。这座始建于公元前6世纪的古城，是当时仅次于古罗马的意大利第二大城，于公元79年毁于维苏威火山爆发。庞贝城东西长1200米，南北宽700米。我穿行在亚平宁半岛这座从火山灰下刨出的古城街巷中，曾感慨庞贝规模的庞大和历史的悠久。我也曾游历过湖南澧县的城头山古城遗址，这座被誉为"华夏第一古城"的文化遗址，距今约7000年至6500年，是汤家岗文化的一支先民的聚落，居住地周围掘有壕沟，筑有城墙。庞贝和城头山，作为人类早期的城邦，对推动人类文明发展都起到巨大作用，但庞贝城内面积1.8平方公里，而石峁遗址总面积4.25平方公里，规模要比庞贝城大得多，建造时间也要比庞贝早1000多年。城头山城邑早于石峁古城，但城内面积8.8万平方米，规模难与石峁城相比。华夏大地上还有山西陶寺、浙江良渚古城遗址，与石峁遗址年代相近，良渚遗址300多万平方米，陶寺遗址270万平方米，这两处也比不上石峁，石峁可谓是目前所知国内规模最大的新石器晚期城址。

最让我震撼和难以想象的是，石峁内外城墙长度约10公里，宽度在2.5米以上，这些石砌的城墙需要多少石料？如果统计出来，一定是个惊人的数字。还有这些开凿整齐的石头，需要多少人力来完成？建造者手中是什么工具？以当时的社会发展水平，建造者需要聚敛多少财力和资源？指挥调动这样规模的工程，必须具备多么超强的管控能力？

这一切，都超出我的想象。

但奇迹就这样诞生了，它就矗立在眼前，让我们惊叹，让我们思考，让我们遐想。

站在皇城台门道外，我的心里发出这样一个声音：这里有人类中一个族群的伟大创造，这里有一道历史的门槛。跨过门槛，就会进入文明的秘密。

2019年5月14日于郑国渠风景区

子丑寅卯素罗衣

子

注意到素罗衣，缘于她在我博客的一则留言。寥寥数语，文字清奇，言存奥旨，知道来访者大不一般，循迹回访，便走进了她的文字世界。

顶头是《初识一瓣香》，写花的一篇散文。花儿草儿，本是女性最喜摆弄的东西，假那形色，感怀寄情，喻人比己，也算见得多了。但这女子出手奇崛，只写花香的各种气息，纯主观的一种捕捉，无踪无迹，无形无影，却能揽进襟袍一一辨析，款款品评，没有细敏的感觉和锐利的笔锋，断是得不了那质地的差异和天趣的。黄葛兰、栀子、夜来香、茉莉、水仙、梅花、百合、玫瑰、紫荆花……醉人的、蛮气的、凛然的、内敛的、沉闷的……各有妙判。"黄葛兰和栀子花的香，是同一路子，有股不由分说的蛮气，叫人稍稍不安，但并不讨人厌，像在酒桌上，被一娇俏的可人儿捏着鼻子灌酒，喝呀喝呀，本不想喝却也不由自主地喝下去了。""最野蛮的要数夜来香了，放恣而不讲道理，简直近不可闻，一闻就犯晕。白天倒澹如，一到晚上，烈得像酒精勾兑的假酒，一拧瓶口就哄地冒出股刺鼻的味来，邪的。"——读这样的文字，不称奇才怪呢。

便一路读了下去。

奇还奇在这女子喜好古体诗词。

说喜好近于浮泛，应该说还写得一手不错的古体诗词。朋友命题作文，以"向晚采南台"为起句，题一名曰"采南台"的书房。她一时兴起，两晚写了30首，友人惊呼她"搞批发"。当然不排除有显摆才情的意思，但那才情是显而易见的。给你一钵面粉，要你做出30种面条来，不费踌躇才怪呢。相近的例子是写田园。从不玩游戏的她，一段时间也玩上了QQ农场。用她的话说："整天种菜种花种寂寞，偷风偷月偷闲情。"边偷菜还边写诗，《田园》一题，竟连写18首仍觉意犹未尽。"闹市起田园，忘机亦忘言。香随流水动，人与落花闲。对月皆童话，闭门是鹤山。垄间息百事，何处不安禅"（《种菜亦参禅》）；"蔬圃在邻家，桑榆映豆花。垄头多故事，篱下共新茶。日出虚烟树，更深有远蛙。秋情在我心，我心在天涯"（《秋情在谁家》）；"初日在斜溪，远山半入云。茅屋低绿树，犬吠杂花熏。种菜时挥汗，锄禾转忆君。茕茕还极目，离思更纷纷"（《离思》）。把个虚拟世界里的把戏耍出锦绣文采，耍出雅趣书香，没有两把刷子是不行的。

丑

从文中，我们不难看出素罗衣心中的那份散淡，或许她是苏轼所说的闲人，宜于就着一本书，一张琴，一壶茶，赏花戏水，玩风弄月。她不属于文坛，不属于俗世，甚至不属于网络。她的写作全无功利心，听听这样的告白："不以文字为生，但以文字为药，为衣，医我二三心病，慰尘世荒凉。"她没有想过把她的文字拿出去发表，起码在很长时间里没有试过。她说文字是精心浇灌出的花儿，自己疼着，爱着，若路过的你看到了，欣赏了，蛮好，没有看到，于她也无遗憾。她有她的圈子，有圈子里那些朋友读着，赞着，传着，议着，就有了大满足。圈子是借助网络建立起来的，但她只驻足于热热闹闹的网络边缘，拒绝与人深交（至今未见过网友），她篱笆桩子扎得密实又窄逼，真正圈进里边的都是些意气相投的人，多有才高八斗的名士，也有蛰伏民间的高人。他们惺惺相惜，在写作中寻找着快乐。

写作已成为她的生活方式之一。

数码相机让人人都成了摄影家，网络让人人都成了作家。我曾在一篇文章中说过："网络是个神奇的东西，它打碎了作品发表出版的审查戒律，想写就写，想发表就拿到网上去发表，人人都可能成为作家不再是白日说梦。"但是毕竟，因为门槛太低，网络文学泥沙俱下、良莠不齐是不争的事实。

我看素罗衣，没有把她当作网络作家看，她骨子里渗透着很浓的精英意识，走的是传统的路子，学的是"士"的范儿。

我曾脱口将她比作当代李清照，那是在读了她的词作之后，情知赞得有些过头，但似见李易安的感觉却真的起在心头。

落红成阵春风起，断肠谁念南陌。柳摇旧绿，花开僻处，燕赴新约。情怀正恶，便恰似，春光淡薄。更哪堪、心随望远，迤逦已成昨。

遥念旧游路，笑语欢歌，当时灼灼。前盟在否，想如今、绿黯红落。不敢沈吟，恐心事，被人探索。拟说，怎奈向，一说便错。

——〔凄凉犯〕相思

看梅英疏淡，碧树带烟，花笑东风软。信步河堤去，柳帘下，依约双双飞燕。游人已倦。三两两，相与林苑。便西畔、靠长椅斜枕，更醉深眠浅。

无限。又拈花斜抱，搔首拍片。有少女轻笑，花间立，盈盈春在人眼。乱红谁管。怅青春，烟水遥远。奈争似当时，惟梦中，得一见。

——〔眉妩〕踏春

且不论词章文采，那敏感多愁的情怀，那幽幽咽咽的调门，那寂寥空落的况味，也正投合了800多年前那位漱玉才人。

读素罗衣，恍惚总有一种读线装书的感觉。有厚古念旧之人说，现代书籍横排版，读着叫人直摇头，线装书竖行直排，读来却是不住点头。这样的思想有些不合时宜，断语多少也有些牵强，但话说得还算形象有趣，捧起直排版的线装书，不一样的感觉总是有的，正如读了众多他人作品，再读素罗衣一样。

从传统文化汲取营养，打好学问底子，让自己从静水流深的文学港湾起航，如今这样的年轻写作者是愈来愈少了。更多的人喜欢吃零食，习惯享用五花八门的快餐食品，从便捷的现代媒体随手抓来，让知识迅速发虚发胖，致虚极却不再守静笃，骛高远却不再接地气，这样的路子，不会走得太长。

寅

回到素罗衣，回到她的文章上。

要说出彩的还是她的散文。

她写花写草，写山写水，写亲情友情，写故旧新知，写儿女情怀，写游历见闻，无论写什么，总能透出灵气，从中可见一派逸致幽思。寻常的物事，经她写来，便出了味道，纵使她家乡的一条石板路，经她一写，也飞扬起来。"这些石板路把老街拦腰一勒，噗地勒成了两半。一块块石板串起来，像一卷古老的书简，不知被谁摊在山顶，轻轻一推，便迂回曲折地，直奔山下去了。再被时光一泡，就成了本泛黄的历史书。你在上面，可以查阅到下河街的民俗，民情，甚至民心。"（《老街呓语》）

看很多作家的作品，目光从上面划过，不会驻留，就像匆匆赶路一样，但读素罗衣的文字，如同欣赏鲜亮风景一般，目光时时会被勾住，有朋友评价她能"把文字烹出香气"，也有人说"她的文字能吸引人一字不落地读下去"，此言不虚。那些字词被她擦亮而熠熠生辉，不由让人叹服她笔下的力道，叹服汉语言文字的魅力与姿彩。

宋张表臣《珊瑚钩诗话》引陈无已评价杜甫，说"学诗之要，在乎立格、命意、用字而已"。若能做到"体其格，高其意，炼其字，则自然有合矣"。素罗衣奉此为圭臬，她说："写文章除架构与意境外，还是要讲究词句的，词句的品质上去了，文章的趣味也就上去了。一篇文章读了半天，如果既无奇句，又无新意，就不能满足我们的美感，再写得流畅，也只能算是一泻千里的单调。语言是需要锤炼的，一下笔，就不可马虎。"（《美在自然》）她写桃花节赏花："那几日桃花村像发生了战乱，行人在陌上你推我挤，前后左右叽叽喳喳全是人头，攒在一起比花儿还要多，连花蕊里也填满了喧哗与吵闹。我总觉得那种看花的法子，是一种过于隆重的热情，有一种做作的成分在里头，不能被容忍。"而在下山途中，"经过一个深宅大院，我探头往一个墙洞里一瞧，居然在院角看到一株桃花。唯一的一棵，艳粉粉锦重重的，烈火绯云一般，啪啪地开了满树，像个喷嚏一样猛地从天地间打出来，打得人措手不及。我吃了一惊，被她的铺张震动了。她似乎也觉得了，哗哗笑着，兴奋得松弛不下来，那势头实在是健旺，可同时又实在是可怜的，小院深深，一把锁阻断了所有的爱花人，这样无人解析无人疼，一树繁红为谁开呢？"（《桃花如诉》）写菊花："不知为什么，黄色一落到菊花身上，便有一种轻愁，从不觉得它艳。"（《点滴皆年华》）此般绝妙文笔，在她文章中时时可见，端的非同俗辈。

为文用语，轻漫粗率者失之鄙俚，雕琢弄巧者失之涂饰。有些作家，本无意于造语，所谓因事以陈词，而作品却能酣畅淋漓，浑然天成，这是大家，如太史公者；有人"为人性僻耽佳句，语不惊人死不休"，也是大家，如杜子美者。两者本无高下之分，讲究的是气韵格致，真情从心中流出才成自家气象。

素罗衣工于造语，奇于得句，是她修得学养，成于胸中而发于笔端，故文中自现天生丽质。

以为素罗衣过于感性，性情女子大抵都会让理性去做感觉的附庸，但读过《几句……》《国学，你热了吗》《先达后近先疏后亲》《一次小声的辩驳》等，倒真切地看到了她长于思辨的一面，理性升堂，俨然一位学者或者律师。人格丰满作品才能丰满，性情深厚作品才能深厚，作为一个知性的人，理应具备这样的素质弹性。

卯

素罗衣四川蓬安人，一个山清水秀的地方，出过司马相如，那可是一位大辞赋家。是否得家乡山水滋润，文脉养护，让她藏灵蕴秀，纳芬吐芳，不得而知，但我想那是有干系的，一个人志趣的养成毕竟与其生长环境关系甚大。因了文学，她可以挥纵激情，也可以独守宁静，她开拓了一片属于她的天地。看她姿态，谦谦恭恭，羞羞涩涩，但我判断她腔中藏着大野心，她恐怕要制造出自己的风景，点缀在她钟情的文学里。

这样的判断，基于她的那份专注和用心，基于她的坚守。在新潮写作风生水起的时下文学生态环境里，她浸淫于往昔经典，在那里寻寻觅觅，捕捉灵韵，然后打点行装，整饬梳理，庄重上路。古典美，经典意识，支撑着她的写作理想，她是另一种另类。

以才情而论，实现这梦想于她不难，但一个人的风景气象，有大有小，这其中存在宽广深邃与窄逼狭小的分野。素罗衣文章写得精致典雅，如同苏州园林，曲径通幽，一步一景，意蕴充盈，情趣盎然，但若论格局，毕竟不大。每位写作者都有自己的风格，都有自己的习惯路数，强求每个人都营造大格局、大境界，既不客观，也无道理。但对于作家自身而言，要明白自己的长处和短处，清楚自己的才力和这种才力延展的可能性。截至目前，素罗衣笔墨所系，多是风月景致，周遭物事，个人意趣，友人长短，视野的局限性是显见的。视野实际上代表着胸襟，依我看，素罗衣在书房中的用力，多于对生活的介入，文本意识强于社会意识，对文字精敏度的追求甚于对生活深度的发掘。作家是要担当的，文人雅兴之外，还有更为阔大的大众情怀，小我之外，还有大我，将个人生命体验融入时世波澜，与时代共振，发大众之声，这样的文学更有力度。张载《横渠四句教》的文化理想不是人人都能实现的，但"为天地立心，为生民立命，为往圣继绝学，为万世开太平"的士子抱负，却足以励志。素罗衣不是没有此等潜质，读她的《苍天莫我顾，长号患其忧》，我就深受感染，那种为苍生呼号的声音里就透出大境界："甘霖久未沐，杲日已三秋。其雨朝阳怨，何日尚休休？地裂如龟背，溪河断其流。哀我粱仓内，颗粒未曾收。不能获稷黍，何怗百姓喉。中心何裂裂，中心何纠纠。我欲振衣去，昊天为之求。未有肃肃羽，怎可解其忧？安当后弈至，射断一腔愁。"只是这样的作品，不是素罗衣的主流，未免让人觉得遗憾。

现在的素罗衣，作品相继在刊物发表，除了那个小圈子之外，她得到了更大范围、更多读者的认可，出版商把目光也盯准了她。"劲翻会高风，功名咳唾中"，高风尚可凭借，咳唾岂是等闲，我想素罗衣会认识到这一点。

说长道短，其实我对素罗衣的了解非常有限，很长一段时间只局限在博客上留言、发纸条，彼此连电话号码都不知道。后来因她作品要在刊物发表，有事情商量，才有了电话联系，至今未曾谋面，关于她的家庭情况、教育背景、职业详情、生活状况，甚至年龄，均无从知晓。要说出个她的子丑寅卯来，只能凭她文字猜个一鳞半爪。子丑寅卯是要溯本探源、穷究事理的，如此看来，这里的子丑寅卯，也只能算是把感觉碎片拼接起来，姑且行文，姑妄言之了。

2011年8月14日于课石山房

听刀郎云朵

喜欢刀郎。

和很多人一样，在刀郎之前，我没有听到过如此演绎曾经熟悉的那些经典歌曲。不是移植，不是颠覆，不是解构，不是打碎了再捏合起来，经典的魂还在，经典的壳也在，但它却融入了一颗按自己节律跳动的心。这是一颗苍凉的心，有戈壁滩岁月雕刻的纹路，有荒原烈风掠扫过的印痕，有西部霜雪侵蚀过的斑驳，有大漠驼队践踏出的踪迹。但这颗心依然鲜活，依然强劲，心的感知传递出岁月的艰涩和人生的况味，坚硬的声音，却能融入人们胸怀中最柔软的地方，直抵人们的魂魄和心灵。

刀郎之后，又有一朵云彩飘拂而来。她的名字就叫云朵，刀郎的女弟子，那个粗犷的男人一手编织的一片云锦。

她歌唱故乡，歌唱母亲，歌唱亲情，歌唱放飞的梦想，歌唱年轻生命四射的活力。少了刀郎的苍凉，却多了少女的柔情；不见了岁月的积淀，却凸现了时代的斑斓；避开了硬派汉子的直打直冲，却萦绕了似水柔情的千回百折；拒绝了感伤无奈的太息，却拥抱了真切实在的希冀。这是一个漂泊者的倾诉，是

在故乡的土地和城市的天空飘荡的梦歌、情歌，可以说，云朵
是如今一代漂族的代言人。

> 那年我离开像一朵云彩
>
> 单单地飘向天外
>
> 风拉着我的衣带
>
> 像阿妈慈母情怀

任何一位漂在城市的闯荡者大概都有这样的经历。

> 等着我回来
>
> 吻你双鬓洁白
>
> 向你倾吐爱以及爱
>
> 年少读不懂亲人的关怀
>
> 傻傻地执着未来
>
> 痴迷在天外的色彩
>
> 不见你心泪似海

现实与梦想，家乡与天外，亲情与感悟，在歌手心中交织，
形成巨大的冲突，但终归，她知道最终想要的是什么：

> 你笑着问我要什么
>
> 我要你紧紧搂着我……
>
> 我搂着阿妈的爱
>
> 从此后再不要分开
>
> 我登上圣洁琉璃的天台

还是你的小孩

情还在阿妈的怀里，根还在家乡的泥土里，即使登上人生辉煌的峰巅，她知道，这朵云彩从哪里飞来，又将飞归哪里。

我欣赏的是云朵的MV，歌曲名字就叫《云朵》，词曲均出自刀郎之手。MV由台湾著名音乐人向月娥导演制作，齐燕任美术。向月娥和齐燕都是我的朋友，向月娥编写的剧情式音乐录像带脚本超过50部，其中的歌手包括蔡健雅、陶喆、孙燕姿、梁咏琪、阿杜、胡彦彬、郭品超、萧亚轩、林俊杰、任贤齐、张栋梁、范冰冰、孙楠、胡兵等，而她创作并由著名歌手演唱的歌词年表可以排出几页纸。

来自台湾的向月娥与来自四川大山深处羌族村寨的云朵，人生经验背景相距甚大，但MV中那扑面而来的泥土气息，那份纯真，那份清澈明净，那份质朴又炽热的乡怀，浓浓酽酽，氤氤氲氲，融贯在每一个画面和每一句歌声里，在欣赏时，我沉醉其中，数度感动得不能自已。

我想，以云朵的天赋，加上刀郎、向月娥等人的扶持，她会变成夺目的彩霞，映照、温暖并鼓励着一代漂族孤寂的心，继而映红一片天地。

2010年11月26日

礼敬玉神

　　这是一群年轻的玉雕艺术家，他们土生土长于中原大地，大都是农家子弟出身。农活行里，摇耧扶犁，耕耘耙耱，播种收获，难不住他们，他们生命的脐带连着脚下厚厚的土地，是从草根里拱出的一丛林木。

　　同时，他们生命的脐带还连接着一座山，他们家乡的山，一座蕴藏美玉的山。山赐予他们另外一种宿命，让他们从农田走出，承继并创造着一个古老的传奇。和祖先一样，他们的梦想根植于脚下的大地；和祖先又不一样，他们不是在泥土里书写创造的价值，而是在玉石上镌刻属于他们也属于一个民族的历史，那是代代绵延的古老历史的续篇，在他们的刀铊下，这续篇辉煌而耀目，让家乡那座一度曾经沉寂的山，就此重彰声名，光芒四射。

　　因而这片从草根里拱出的林木，翠华葳蕤，摇飓卓立。

　　他们继承传统，又不拘泥于传统，他们把自己生命体验融入玉雕创作之中，那些有感有知甚至有血有泪的草根体验，铭刻入骨，所以他们刀铊代笔，刻画生活，泼墨人生，记录时世，放歌心声，于是就有了《乡村旧事》《把酒话桑麻》《饭晌》《太行恋曲》《恩爱百年》《心路》《天路》，等等。

从生活中获取玉雕创作的灵感，让亲历的鲜活生命体验点燃创造的激情，每件作品都能感知到他们心的温度，这是他们留在自己作品上的胎记，有别于当代众多玉雕艺术家，也特立独行于那些因袭前人玉雕窠臼的泱泱玉匠队列之外。生活是他们的根，文化是他们的魂，情感是他们的质，原创是他们的坚守。当代玉雕原创能力不足，文化蕴涵稀薄，他们独树一帜，不光让一个古老的玉种重拾魅力，也为当代玉雕创作提供了可资借鉴、可供学习的范例。

2010 年 12 月 7 日于课石山房

一条河流　一名女子

　　最古老的歌声曾在这条河流上流淌。

　　那是穿越千年的《诗经》里的歌吟："泾以渭浊，湜湜其沚。宴尔新婚，不我屑以。"——一个幽怨的女子在向喜新厌旧的丈夫泣诉：我是清白的，我的品行清澈见底，请不要再诋毁我好不好？"淠彼泾舟，烝徒楫之。周王于迈，六师及之。"——周王征伐，六师扈从，英勇之士奋力划船，船行划破泾水的涛声。"凫鹥在泾，公尸来燕来宁。尔酒既清，尔肴既馨。"——野鸭沙鸥在泾水中游动，盛大的宴乐正在举行，清冽的美酒，美味的佳肴，神主来到这祭祀场合心情会多么欢畅！

　　最惨烈的故事曾为这条河流目睹。

　　战国末年，秦临泾水建望夷宫，秦二世在大秦帝国摇摇欲坠之时，梦见一只白虎吃掉了自己的左骖马，恐惧异常，占卜说是"泾水作怪"。秦二世祭祀泾水，斋于望夷宫，并沉白马四匹。但这并未遏止大厦将倾的颓势，当楚将沛公刘邦攻入武关，赵高恐惧，与他的女婿咸阳令阎乐、弟弟赵成密谋："上不听谏，今事急，欲归祸于吾宗。吾欲易置上，更立公子婴。"于是以郎中令赵成为内应，诈称有敌情，令阎乐召发士卒。阎乐率千余士卒攻至望夷宫殿门，杀卫令，直入宫中，面对秦二世，历数其罪状。太史公在《史记》里以不动声色的笔墨记录了当时的情形："二世曰：'丞相可得见否？'乐曰：'不可。'二世曰：'吾愿得一郡为王。'弗许。又曰：'愿为万户侯。'弗许。曰：'愿与妻子为黔首，比诸公子。'阎乐曰：'臣受命于丞相，为天下诛足下……'麾其兵进，二世自杀。"骄恣暴虐、昏庸无道的秦二世胡亥，没想到在自己改诏篡位登基的第三个年头，在24岁的时候，竟是这样一个下场。这个血溅泾水的故事，史称"望夷宫之变"。

最是天翻地覆的历史剧情，曾在这条河流上演。

公元前246年，韩国眼见秦国势力日益强大，吞并六国几成席卷之势，心下惴惴，遣派一名间谍进入秦国。这名间谍姓郑名国，是一名水工，他推行的是"疲秦之计"：上马一项水利工程，让秦国劳民伤财，无力亦无暇东进扩张。《史记》载："韩闻秦之好兴事，欲罢之，毋令东伐，乃使水工郑国间说秦，令凿泾水自中山西瓠口为渠，并北山东注洛三百余里，欲以溉田。"郑国的间谍身份中途暴露，秦始皇欲杀之，《汉书》载："郑国曰：臣始为间，然渠成亦秦之利也。臣为韩延数岁之命，而为秦建万世之功。"《史记》和《汉书》以几乎相同的笔墨，记载了这条被秦始皇命名为郑国渠的水利工程建成后秦国的获益：用多泥多沙的泾水浇灌关中多盐多碱的潟卤之地，改变了土质，废壤为良田，一亩地竟收获200多将近300斤粮食，"于是关中为沃野，无凶年。秦以富强，卒并六国"。韩国在六国中是被秦灭掉的第一个国家，"疲秦之计"，成了史上最令人惊骇、最搞笑的一个乌龙球。

最风流的景况曾被这条河流记录。

唐贞观五年（631年），唐太宗在今泾阳县城东南10公里处的泾水之滨建台曰瀛洲。此台近有千古奇观"泾渭分明"，远眺东南有灞、沣、滈等八水绕长安，南眺秦岭青山如黛，西望可见汉唐帝王陵冢。每当初春，这里绿莎翠茵，姜迷交映。唐太宗李世民喜文爱书，多有收贤纳士之举，于贞观七年设立文士兼文学馆学士，选聘当时最负盛名的杜如晦、于志宁、苏世长、房玄龄、姚思廉、孔颖达、陆德明、薛收、李玄道、李守素、虞世南、褚亮、蔡允恭、颜相时、许敬宗、薛元敬、苏勖、盖文达等，经常相聚讨论政事、典籍，被人称之为"十八学士"。唐太宗曾邀请十八学士登高瀛洲台，观景览胜，宴饮赋诗，谈天说地，纵论今古。一时被天下人所仰慕。唐太宗命大画家阎立本为十八学士画像，遂有《十八学士写真图》，褚亮题赞。当时被唐太宗选入文学馆者被称为"登瀛洲"，此后，众多文人学士因敬仰十八学士的才名，纷纷去瀛洲台寻觅他们的足迹，观景赋诗，以抒胸襟，瀛洲台也因此闻名遐迩。在北京故宫御花园的花石路上，镶刻有"十八学士游瀛洲"的故事传说图案。在三原县城隍庙一石碑坊上也有十八学士游瀛洲台浮雕，生动地再现了当时的景象。明代人乔奉先曾作"瀛洲春草"诗赞"玉堂人回草姜迷，绿野新莺到处啼"。瀛洲台原有"瀛洲故址"石碑，后遗失，所幸近年石碑失而复得，已被找回。

还有传说：柳毅传书、汉高祖拔剑斩白蟒、魏徵怒斩泾河老龙王……所有这一切，都被这条河所承载，所见证。

这是泾河，是这些故事的发生地。

有一天，一名年轻女子在我面前，说：我要写这条河。

这是2008年年底，家乡电视台这名叫李胜灵的女子前往北京拍摄《东西南北泾阳人》专题片，对我采访结束后，在鲁迅文学院我的办公室，她告诉我她的打算。

"我要沿泾河走一趟。"她补充说。

我知道她是长武人，她的家乡在这条河流的中游，她伴随着泾河的涛声牙牙学语，追随着泾河的浪花蹒跚学步，跟随着泾河的长流走出深山高原。在泾河冲出大山谷口后，她像一朵水花，跃身上岸，把自己融进泾阳这块土地。她在这里开始播种和收获，寻觅与思考——播种理想的种子，收获事业和爱情的果实，寻觅人生的价值，思考这条河、这块土地与她关联的隐喻与象征，以及在这一切之下的感知、体验、想象和理解。

我问："想写一本书？一本什么样的书？"

她回答："一本触摸泾河灵魂的书。"

作为新闻记者，她曾撰写非遗项目《泾河号子》专题片，片子完成后，她萌生了策划一个大型文化活动"寻梦泾河源——泾河文化之旅"的想法。用她的话说：作为一名泾河岸边的女子，她想知道家乡之外的泾河是怎样的，泾河的源头是怎样的，泾河流域每一片土地所孕育的子民和风土人情、历史文化是怎样的。她要追寻泾河魂，再现泾河魂。

泾河也是与我生命紧密连接的一条河。我虽然不是生在泾河岸边，但我家乡几个村子统称三渠口，就是因当年的郑国渠、现今的泾惠渠的渠口所在地而名。所有土地都受泾惠渠灌溉，泾河的水，流进渠里，流进地里，润泽着禾苗草木，麦子收了，苞谷掰了，瓜果梨桃熟了，我靠着大地的这些奉献成长发育，我的肌体、我的血脉里有泾水的滋养。离开家乡愈久，便愈怀念家乡，怀念家乡那条河，我的书法所用的闲章，就有"在泾之阳""泾水钓翁""渠口赤子""吾念泾"等。我的游泳就是在家乡泾惠渠的"跌水"里学会的,从"跌水"游到游泳池,游到江河湖海。在永乐中学上初中时,一天与生长在泾河边高庄的几个同学偷偷跑到泾河里游泳,那是第一次下河,河里涨水,我差点被淹死,但侥幸终是从河道中间的激流里游到岸上,从此我知道了泾河的凶险和泾河的慈悲,她教训了我,又让我新生,她的慈悲,让我得以铺开长长的生命的光阴,不断前行。我将终生铭记着这慈悲。

早就想写泾河,但一直没有找到切入点,没有排进计划中。现在这个年轻女子要写,她显然比我更有资格,计划更周详,构架更宏阔,未来作品的面目自然会更大气。我告诉她,我支持她的计划,希望早日看到她的作品。

北京道别,她回泾后就开始准备。

这一准备,竟是一年有余。

2010年9月5日,泾河文化之旅采风摄制组一行5人,从陕西咸阳出发,开始了他们的远征和跋涉。先是奔赴泾河源头宁夏固原的泾源县,沿着泾河流域一直走过宁夏、甘肃、陕西3省区29个县市,历经81天,行程14000公里。2012年9月,李胜灵撰写完成了50万字的《追寻泾河魂》,编辑完成了大型画册《图说泾河》,2013年这两本厚重的大书正式出版。

在北京,李胜灵把她的成果放到我的案头。像卸下一副重重的担子,她显得轻松而从容。她给我讲述她的泾河文化之旅,讲述其中经受的煎熬和痛苦,欢欣和快乐,她语调平缓,仿佛所经历的一切都值得咀嚼和回味。我知道,我面前这个女子,分明经历了一次人生的历练和精神上的洗礼,她不光收获了可见的创作上的成果,同时还收获了隐形的属于心灵的财富,她和她的作品同时成长。

八十一是个值得玩味的数字。唐僧西天取经历经八十一难，李胜灵的泾河采风，虽不能与唐僧取经的磨难相比，但确实是一趟文化苦旅。首先是经费，这次采风活动的动议受到了咸阳市政协的支持，但也只是得到了一个发向流域各县的一份倡议和请予支持的函件，雇聘人员，租赁车辆，摄影摄像设备，吃饭住宿，处处需要花钱，有限的经费恐怕只能维持一辆车的运行。但已经迈出的脚步绝不能停下来。而这项活动她前后总共花去二三十万，她是押上家底，以自己对泾河的一片赤诚之心支撑着完成了整个活动；每到一地，都要烦劳当地支持配合，如与相关部门的对接、商讨采访重点、提供影像、图文资料，等等，这都需要恰当的掌控和有效的沟通。所经县区大多都非常热情，为了犒劳奔忙劳累的采风组一行，晚上一般都会安排宴请，宴请就得喝酒，酒桌上的西北人豪气干云，一口一杯，李胜灵是一口酒都不能喝的女子，但也得豁出来，与人饮完去卫生间吐，吐过回来再喝。宴席散去，无论多难受，回到房间她还要做第二天的工作计划，阅读有关资料，做出行程安排，好几次她都是强行支撑着回到房间，一进房门就直接趴倒昏睡在地上，半夜醒来看资料定行程；也有个别地方反应则较为冷淡，在一个重点采访区，正逢领导班子换届，大家忙大事，采风组需要有关泾河和当地的一些人文资料，却迟迟拿不到手，是她一次次执着的联系沟通，感动了具体工作人员，在他们的帮助下，终于拿到了相关资料；西北高原，沟壑纵横，泾河在这些沟壑里蜿蜒曲折，有些地方车进不去，必须步行，最远的一次，单程就要徒步走30多里。路远都不是最难的，她说刚到泾源那天，在进入小南川途中遇到了暴雨，她不小心崴了脚，为了不让大家担心，她忍痛把全身力气都使在崴了的那只脚上，硬生生把错位的骨头矫正归位，当她撑着走完全程回到车上的时候，脚脖子肿得跟棒槌似的；采风组里还有一位70多岁的老同志，得过癌症，劳累辛苦，那是可想而知的了。

这一切，是在两本书之外看不到的。

咸阳报社王永杰称泾河文化之旅活动和《追寻泾河魂》的写作，是"一个弱女子的壮举"。这里边凝结着很多人的心血，但李胜灵的努力构成了全书的主要血肉和脊梁。王永杰写了如下文字："书中涉及地理学，地质学，建筑学，河流，物产，历史，传说，诗词，民俗，医疗等人类生活的方方面面的专业知识，但你能从作者看似不经意的个性化描述中，感受到她无论涉及哪一方面都颇为不俗的专业修养，并从她随手引用的古书、典籍、诗词当中，看到她读书的认真以及涉猎的广泛，能从她触物触景的感受中看出她思想的深度。"王永杰评价《追寻泾河魂》："它既有专业性的严谨与扎实，又有散文的灵动与感性，还有杂文随笔的思想与深邃。从中，你不仅可以看到沿途的自然物产，人文景观，一条河流对一个地方的浸润与影响，你更可以触摸到作者心灵的律动。"

王永杰其言中肯，我深赞之。

2017年初夏，我拟写作有关郑国渠的纪实文学，回到故乡采访。我沿着泾河，溯流而上，这次李胜灵成了我的助手，她熟悉这条河流，每到一处，地貌山川，人文历史，传说掌故，诗词歌赋，都会细加向我介绍。在长武她的老家，在著名小镇亭口，我们待了一天。这里有龙山凤岭，有碾子坡先周文化遗址，有汉代古驿站遗址，有习仲勋、汪锋等当年在这里从事革命活动的旧址。印象最深的是在老龙山的山坡上，出现在我面前的古丝绸之路留下的车辙。那是当地人叫作"石阶子"的一段山路，石头山坡上，有一条劈山而凿的崖道，崖道里有东西两条车道，坚硬的石头上被往来车辆碾轧出的车辙近一尺深。这是2000年前古丝绸之路的历史见证，是那些不知其名、不知所终的古代先人用自己的行走雕刻在山石上的史诗。

面对这深深的辙印，我突然想起伯父。那个我小时在三原县"腊八会"上总让我骑上他的脖颈挤在人窝里看戏的伯父，他年轻时当过车夫，赶着大车把棉花、布匹、茶叶从泾阳运到甘肃、青海、宁夏一带，然后再把皮货、药材、食盐运回泾阳。眼前这条古崖道，是从家乡通往西北地区的必经商道，伯父一定走过这里，这石道上有伯父的脚印，这车辙里有伯父的车轱辘轧碾过的痕迹。我突然感觉到，这崖道，这车辙，竟与我有着如此紧密的关系。

在我坐在古道上拍照留影的时候，李胜灵告诉我，因为父母曾经在亭口工作过，她小时候经常随父母来"石阶子"，大人们忙自己的事情，她就趴在留有车辙的石道上游戏玩耍，把一颗小石头子从高处的车辙丢进，然后看石子"咯喽喽"从车辙里往下滚。说这话的时候，她眼睛晶亮，脸上泛起童稚般的笑容。

初识李胜灵，我有时会把她的名字搞错，有时会叫成"李玲胜"，以后纠正过来叫"李胜灵"，但在心里却会浮出"李圣灵"三个字。后来她告诉我，她出生在党的十一届三中全会胜利召开那一年，在单位上班的老共产党员父母为了纪念这个具有特殊意义会议的胜利召开，就给她取了"胜灵"这个名字。她还告诉我，她的前边，已经有三个姐姐，母亲怀上她后，本来是不打算要的，打胎药吃了几服，硬是没有打下去，她不屈不挠地来到了这个世界上。

从这里向山下望去，泾河从东北方向绕过老龙山，折过一个弯向南流淌，泾河的支流黑河，从西北方向而来，在老龙山下汇入泾河。我想，要认识泾河，就要认识泾河人，眼前这个女子，就是一个典型的泾河人。她与生俱来就带有传奇色彩，而又生得恰逢其时。泾河从她的家乡，一路高歌，冲出高原，冲过平川，汇入渭河，汇入黄河，流向大海。她追寻泾河魂，在由她出生那一年所界定的一个崭新的时代，向她张开怀抱。这是属于她的河流，这是属于她的时代。

2017年7月3日于课石山房

亦奇亦绝杨毓荪

杨氏毓荪，平湖琵琶第八代嫡派传人。其父杨少彝先生，平湖派琵琶大师，著名音乐教育家，音乐之外在中国画上亦颇具造诣，杨家人又世代通医缘，故积淀渊源家学，使毓荪自幼受益匪浅。

毓荪是我的好友，但对于他，我不能说完全读懂。这不能完全读懂，在于他能够不断玩出一些既新又奇且绝的活儿来，令你诧异莫名，感慨唏嘘。

首先他的经历就是一部传奇。4岁习画，7岁学琴，15岁时"文革"爆发，家被捣毁，父遭流放，少年杨毓荪在大雁塔下随人操练拳脚，以求在纷乱的世界里得以自卫生存。当他也被赶到农村"接受贫下中农再教育"的时候，他第一次做出了反抗这个世界的举动，离开插队的农村，潜入父亲劳改的农场，毅然决然要接过父亲衣钵，开始了他的"牛棚大学"的学琴生涯。随父亲系统地学完平湖派，又只身闯荡上海，拜琵琶大师林石诚为师学习浦东派。"文革"结束，毓荪技艺在身，演奏、教学、研究齐头并举，声誉渐起，他却出人意料地掉头转向商海，开办乐器厂，创立中国琵琶研究会，斥巨资研制出中外轰动的珍宝琵琶。而正当他的事业如日中天，他却又出人意料地举家赴美，希望在大洋彼岸辟出一块属于自己的天地。逆境顺境均能率情率性从艺做人，令人感慨；而他那瘦小之躯何能蕴含如此巨大能量，又不能不令人诧异；而再以国人喜稳求静心态揣审之，杨氏之不安分，又实实令人惊奇了。

说绝，毓苏的绝活当数他的珍宝琵琶。

20世纪80年代末90年代初，毓苏十数次踏访中缅边境的赌石商号，押上身家性命购得宝石原料，精心制作了三把分别名为"绿珠""蓝雨点""红石榴"的珍宝琵琶。当珍宝琵琶在北京人民大会堂亮相那天，北京政要名人，各路艺术巨擘大家，纷纷赶来祝贺并欲先睹为快，中外驻京各大媒体记者亦趋之若鹜。杨成武、张爱萍两位将军亲自为珍宝琵琶揭幕。将中国民族音乐文化与宝石文化相结合，让人类两道流动的光芒同时凝聚于象征民族精神的物质载体之上使其辉煌永恒，既具备使用价值，又具备收藏价值，难怪香港著名拍卖大师胡文启先生在以权威眼光冷静鉴定了珍宝琵琶之后，又以欣喜断然的口气做出每把琵琶100万美元底价的评估而动员杨毓苏参加'92首届北京艺术品拍卖大会。

玩音乐，玩琵琶，玩得轰轰烈烈，谁能料到杨毓苏又改弦更张，到美国后竟又玩起画来。

还在国内，杨毓苏就出过一册画集，请著名音乐家冯光钰作序，我想杨毓苏此刻还未将自己视为画坛中人。实际上，他的画已具备深厚功力，早为各界人士所索求。家学熏陶，毓苏自幼练琴又习画，家乡古城西安乃是长安画派发轫之地，石鲁、赵望云、何海霞等大师都是杨少彝先生的故交挚友，聪颖灵慧的杨毓苏自然得到长安画风熏染，虽只将绘画当作丰富提高自身的学养，无心插柳，柳却兀自牢牢扎下了根。

毓苏的画，法乎自然，不事雕饰，随心所欲，清新灵动。毓苏曾说："音乐是情感的喷泉，画是生命的霞光，生命底蕴愈厚重，画笔下折射出的霞光愈灿烂。用生命作画，画就有了生命。"坎坷崎岖的人生旅程，厚重艰辛的生存体验，以及他那率情率性的生命张力，意足韵实，早期的画，也许因为年轻气盛，这些特点尤为突出，总能给人以强烈震撼。这不是从学院中学来的，不是刻意攻习技法所达到的境界，而是万象万物经感情浆液浸润后从心灵中生出的造影。著名作家贾平凹看了毓苏的画后，由衷赞赏："少了学院派的严谨，却多了学院派的活泼，一样是花草鱼虫，线条色彩随心流动，清新可人，有极强的音乐感。"进而由毓苏画生出感慨："时下的中国水墨画，大师级的画家愈少，名家就辈出，要么媚俗，要么欺世，这如越是治不了的病，越是在治这类病里有著名医生。那么看绘画，看那一点清新倒觉得亲近和难得。"平凹的书画与他的文学作品一样才气逼人，而他评画却极为苛刻，很少听他称道画圈中人。平凹如斯评价毓苏，可谓惺惺惜惺惺，实在难得。

在美国生活几年，毓苏的画风有所转变。这种转变是很有意思的——漂泊异乡，生活无定，左冲右突。而他的画里却多了一种雍容沉静的气色。如果说他以往的画多少有一些扬州八怪或石鲁晚期的笔意，狂放、孤冷、清寥、迫疾，如一位情绪激荡的行吟诗人的吟哦。那么现在读毓苏的画，我们却仿佛面对一位参禅的居士，静远、平和、雍容、丰沛，在传送某种情绪意趣的同时，体现出明显的唯美倾向。这种转变，我想原因有二：一是生命体验的积累，常在风浪里闯荡，久而久之，风浪在感觉里便成为寻常事物，终使人回归于一颗平常之心，可算曾经沧海，参悟了人生。这种心态是一种境界，很难得的。这是心之使然，无意为之而为之。二是有意为之。毓苏近期的画，明显看出他主观上追求"改良变法"的努力，他在保持中国传统水墨画特点的同时，刻意创新，特别是在空间不太宽松的花鸟画上，他的创新独有心得。他显然汲取了西洋画的一些观念和技法，对形式更加琢磨讲究，比如依然是水墨画，在画面上却再很少留白，笔意恣酣，很多具象成分提升为抽象，形而上的意趣更重，对一些题材的处理大胆地突出其装饰性。将西洋画透视原理尽可能移植到自己画中，以丰富和强化其表现力。生活在西方文化背景中，要想让西方洋人接受他的画，毓苏这种独辟蹊径的中西融合、"改良变法"无疑是必然的了。

参禅也好，得道也罢，毓苏却始终保持着蓬勃的生命和青春活力，这种活力仍贯通于他的画中。去年岁末，毓苏归国，与平凹等文人好友欢聚于骊山脚下。几杯"西凤"下肚，毓苏性起，为迎牛年，当场挥毫作出一幅健牛图。那牛雄健奇伟，仰天哞叫，奋然有神。平凹拍案叫绝，当即为画命题曰《天问》，这位素来敛声屏气的儒生其时竟豪气冲天，捋袖抓笔，将自己正遭查禁的《废都》里那只老牛对人类城市的诘问洋洋洒洒题于画面之上。平凹何来此胆，盖毓苏牛力牛气牛神牛韵之感染也。此画随后被印刷成牛年年历，成为许多人索求的抢手货。

1995 年 10 月 10 日

阅读魏翔

读画

　　曾经读过魏翔的画。美术科班出身、又从事多年美术教育的他，功力自不待言，自有一番做大事成大家的大气象。画界是很讲究师承关系的，他画油画，虽不像中国画那样看重师承有序，却也源流分明，他却能做到不门不派，亦中亦西，风范卓立，自成一家。他的笔下，无论是具象的现实生活写真，还是抽象的借形写意，看得出，他都在表达自身的心灵体验，着力发掘题材的内在蕴含，有一种深远绵长的情怀的寄托，有一种让人咂摸的味道。那是一种可以称作灵魂的东西，是画家借助色彩表现出的人格造影。

读人

　　我不止一次对魏翔中断他的艺术求索扼腕太息。想当年他正是为了实现自己的艺术梦想闯荡欧洲，那梦想热切率真，灿烂辉煌，条条道路通罗马，他要去的正是意大利，他以为能够抵达自己的目的地。可是梦想是自己吹起来的气球，现实却如冷硬的钢锥，钢锥刺破了气球。当他被阻滞在匈牙利，沦入不得不以卖鞋糊口的境地时，他是否嘲笑过自己的轻率浪漫？他曾以调侃的口吻戏称自己是"误入鞋（邪）途"，当然，这是在他卖鞋取得成功之后，别人看他卖鞋的成功来得有些意外，他便随之附和，戏以"鞋（邪）途"之说，可是知根知底的人都清楚，这成功实在来得不易。浪漫艺术家转身成为冷峻的商人，并不只是简单寻常的身份换位，而是需要经过一个精神裂变过程的，魏翔痛苦地完成了精神的跨越。这需要才能，需要禀赋，更需要一种意志力。温文儒雅的魏翔，对自己有一种狠劲，敢把自己往绝路上逼，想做的事情，一定要做成，而且标新立异，力求完美。当别人或借鸡下蛋，或偷梁换柱地在匈牙利卖Nike、Adidas时，他却要创立自己的品牌，要把一个叫作"Wink"的高质量的运动鞋穿在匈牙利人的脚上。一件看来近乎痴人说梦的事情，在他的打拼下实现了，这是眼光、智慧、胆略、勤奋赢得的结果，更有一种咬定青山不放松的精神意志的力量贯穿其中。拥有这样意志力的人，任什么事情也会干得漂漂亮亮。我想，即使魏翔不"误入鞋（邪）途"，他的画家的梦继续做下去，成功最终也不会拒绝他，区别在于，他创造出的将是人类的另一种财富，精神财富。

读摄影

　　大概是对艺术之梦中断心有不甘吧，近年魏翔玩起了摄影。说是玩，是指他对摄影毫无功利之心的一种态度，实际上我看他还是有寄托的，他把摄影视为一门艺术，进入他镜头的物象都经过了严格的艺术眼光的筛选。2007年春我曾陪他走了趟西安，他照古老的城墙，照春阳下街巷里悠闲自在的老人，照旧官府门前的拴马桩，照古城建筑和市井风情，他手拎相机，穿行在一座拥有数千年历史的文化名城里，捕捉寻觅周秦古风和汉唐遗韵，以及由此氤氲而生的具有华夏文化特质的东西。后来，他又专程去了趟西藏，把雪域高原许多神话一般美丽的景物收获到他的镜头里，让美凝固，让奇妙的瞬间化作永恒。他走过世界许多地方，大千世界有无穷无尽的旖旎风光，但好像让他倾心钟情的是那些文化意蕴深厚的人景物事，或者是意象深远的一些东西。他的摄影，如同他的画、他的人一样，不是看，而是要读的，譬如《红杉树》刊发他的一组摄影作品，田园、乡村、古老的建筑、现代化的街景、白天阳光的明媚、夜晚灯火的璀璨……众多景物，意蕴指向却集中明了——表达一种心灵诉求，那就是宁和。这是读出来的摄影家的心绪。我想，是不是现代人的生活太紧张了，魏翔作为一个跨国大企业的掌舵人，操持八面，奔波四方，也感到了某种压力，从而在艺术世界里寻找他最渴望、也是人人都渴望得到的那片宁静祥和？假如我没有误读误解，假如我的读解不算牵强附会，那么说到底，魏翔还是一个梦想家。

人总得要有梦。没有梦，你人生的画面就暗了，你生命的面庞就暗了，你指向这个世界的镜头就暗了。

2008 年 1 月 19 日

感觉王振东

振东属虎，却性情敦厚，言谈举止谦谦儒雅，待人接物彬彬重礼，全无虎的刚烈霸气。不喝酒，抿口就上脸；不善谈，张口显木讷。子曰：木讷近仁。振东重行轻言，他的仁，是深埋在内心深处的一种恭敬和真诚——对人，对事，特别是对他所从事的书画事业。成大事者，多属此类不显山、不露水之人。

振东字镂石，画室曰好风堂。镂石大概取荀子"锲而不舍，金石可镂"的意思，借以励志；好风堂的斋名则表达了一种祈愿："好风凭借力，送我上青云。"他借来过好风，董寿平、启功、刘炳森等书画大家都先后授艺于他，曾多次在国内外的画展书展上显露峥嵘。锲而不舍的精神更是贯注于他的求艺生涯里。

我是在一鸣堂文化公司的画室里与他相识的，他是这个公司的专职画师，终日勤奋创作，毫不懈怠，面壁图破壁，人又极谦逊，每有同道来，必请指点新作，所以他的艺术能够日益长进，较之从前展览获奖时，又有了一番新气象。

好的画家，无论是画山描水，写荷摹菊，笔下表现的实际上都是自己的心象。振东是用心作画的，他的画里有一种清丽婉约的柔情，有一种隽永蕴藉的韵致，坚硬的东西，在他笔下都软化了。这并非他对表现刚烈能力不逮，而是性情人格使然，审美取向使然。或刚或柔，并无高下之分，"大江东去"的雄浑，成就了苏轼不朽的地位，而"杨柳岸，晓风残月"的婉约，同样让柳永扬名立万。境由心生，意由心生，风格也由心生，画中见性情，便是好画；以画写人格，便是好的画家。

依我看，振东还有潜力，他的大喷发、大成就还在后边。

2004年冬至

臭壤与金丹

给你一堆烂字，要写一篇颂文，写得了么？

不明白？好，把这些字给你吧：媚、苟、聋、盲、吝、病、贪、疑、弱、懒、惰……尽蝇营狗苟阴煞丑陋货色，骂人损人是现成的，教你拿去歌功颂德，如何使得？

天下偏有这奇文，剑走偏锋，专从惊险处着笔，把一堆恶心吧唧的烂字、脏字，居然捣鼓出华章异彩来。不信？好，那就看看：

以媚字奉亲，

以淡字交友，

以苟字省费，

以拙字免劳，

以聋字止谤，

以盲字远色，

以吝字防口，

以病字医淫，

以贪字读书，

以疑字穷理，

以刻字责己，

以迂字守礼，

以狠字立志，

以傲字植骨，

以痴字救贫，

以空字解忧，

以弱字御侮，

以悔字改过，

以懒字抑奔竞风，

以惰字屏尘俗事。

这是清人金缨的妙笔，出自《格言联璧·持躬类》。

金缨，字兰生，浙江山阴人，因纂辑《觉觉录：金玉良言大全》《格言联璧》而广受世人追捧，称道他"字字沁人心脾，言言落入肺腑"。更有说法："以金科玉律之言，作暮鼓晨钟之警。"他搜集掌握了大量中华传统文化的至理名言，并精心编纂，透点真谛，引人突破混沌，径入众妙之门。读他的书，如饮醍醐，如饮醴泉，实在是莫大的享受。

在注释里，金缨道："此二十字，皆人所深恶之者，今乃假鸩毒为参术，变臭壤为金丹，真觉老大受用，讨尽便宜。"

金缨知道这是一篇讨巧的文字，但巧得聪明，聪明之处是用了歪打正着的手法，逆向思维，把这些字拧巴着用，为其安顿了一个恰到好处的对应性指向，经这番移花接木，偷梁换柱，负值即刻转变为正值，意思大变，遂觉老大受用了。

如此看来，汉语文字里，何来"臭壤"？耕耘得好，砚田笔下端的便能生长出馥郁可人的花朵。

2009 年 7 月 28 日

汉字偏旁"王"该怎样读

看中央电视台公益广告《插上放飞梦想的翅膀》，李瑞英、海霞、李修平、康辉、郎永淳等《新闻联播》主播齐上阵，呼吁社会关注贫困地区孩子的学习，鼓励孩子们学会使用字典，我以为实乃有益之举。字典是获取知识的帮手，是学习、工作不能少的工具书，用李瑞英的话讲，是一个人一辈子的老师。CCTV（中国中央电视台）的金牌主播们，无私地投身公益事业，放下身段，深入山区，以自己切身体会告诉孩子们学会使用字典的重要性，不光精神感人，也必然会带来积极效应，为此，我要为他（她）们拍手叫好。

但这则公益广告，却有一处近似"硬伤"的地方，既关乎汉语基本知识，也关乎广告自身质量水平，关乎这些金牌主播们拍摄广告的初衷，本人在这里指出，算是与广告拍摄者商榷，也企望就教于各路方家。

广告中，主播们教孩子怎样查阅字典，在偏旁部首举例中，选择了"王"字边。画面上板书的字有：玷、玛、珑、玑、玟等。主播们告诉孩子：这是"王（wáng）"字旁，四画。孩子们也就随主播朗读。

我首先想说的是，主播们拍摄这则广告时，举例欠考虑。在汉字里，"王"字旁的字，是特殊一例，要讲清楚，须刨根溯源，多费一些工夫。那么多汉字，汉字里有那么多偏旁部首，为何弃易从难偏偏选择"王"字旁？只能说，主播们不清楚它的复杂性，属于知识误区或者盲区。

其次，读音错误。主播们读"wáng"字旁，而正确的读法应该是"玉"或"斜玉"旁。为什么读"玉"或"斜玉"而不读"wáng"旁？因为作为汉字偏旁的"王"，本是"玉"字。"玉"字去掉一点，是在偏旁里的一种简化。

"王"字作为汉字偏旁，本与"玉"同，这从各种辞书中均可查到。

《康熙字典》（中华书局1958年1月版），在部首索引中，四画中没有"王"部，附注："王"同"玉"。在五画中，也注明"玉王同"。在午集上"玉部"中，玉、王、玕、玩、珑、玛、瑛、理、琢、璞等带"王"部的字，均收列其中。

《中华大字典》（中华书局1978年版），在部首索引中，没有"王"部，只有"玉"部，第1377页至1412页，关于"玉"部的字涵盖了王、玖、玫、玟、玷、璇等。

《中文大辞典》（中文大辞典编纂委员会编纂，1982年版），偏旁部首索引表中，四画有"玉"旁，五画也有"玉"旁，没有"王"旁。

《汉语大字典》（四川辞书出版社、湖北辞书出版社，1986年版），在部首表中，注明"王玉同"；"玉同王"。

《辞源（修订本）》（商务印书馆1979年9月版），在第三册部首目录里，明确标注"王同玉"，"玉同王"。

在有些辞书里，也有将"斜玉"旁按四画对待的，如《说文解字》。《说文解字注》（〔汉〕许慎撰〔清〕段玉裁注，上海古籍出版社1981年10月版），在检字索引中，"王"和"玉"是分开的，四画第一个部首是"王"，五画第二个部首是"玉"。现在印行的《辞海》（上海辞书出版社）、《现代汉语词典》（商务印书馆），"王"与"玉"分别按四画和五画来对待。

将"玉"写成四画，是汉字偏旁的变形。但即使按四画来对待，偏旁"王"所含"玉"的词性，并未改变，读音也应该是"玉"或"斜玉"，而不是"wáng"。

最后，读"玉"或"斜玉"与读"wáng"，不光音不同，重要的是对于理解字义词性，会带来影响，音与义二者之间有着极大的关联。

在汉字里，有两个字很有讲究，一个是"示"，一个是"玉"。"示"是"神"的本字。从"示"的字，一般与神，包括对神的崇拜活动和心理有关，如神、祖、祈、祥、祀、祚、祠、祐、祇等。"玉"是一种物质，《说文》谓之"石之美者"，在我们老祖宗看来，它是沟通人与天地神灵的媒介。从"玉"的字，大都与美好事物联系在一起。这两个偏旁构成的字，前者大都含有令人尊崇的意思，后者大都指向令人喜爱的物事。据统计，汉字里以"玉"为偏旁部首的字，有500多个，以这些字组成的词，有1000多条。这些词语除过本义之外，还渗透有中华民族伦理的、道德的、价值的观念体系，诸如"玉碎""玉成""玉容""玉缘""守身如玉""冰清玉洁"等。读"斜玉"旁，其义自在其中，而读成"wáng字"旁，中华汉字独有的妙味丧失殆尽。比如，汉字里的"珏"字，基本字义是合在一起的两块玉，表意字，如果读"wáng"字旁，那还是老祖宗造字时的意思吗？"王"字的本义，辞书上告诉我们，作为名词，是古代君主的一种称号；作为动词，是统治天下之意，与"玉"字的本义南辕北辙，风马牛不相及。

所以，当CCTV金牌主播指着板书上的玛、玑、玫、珑、玷等字，告诉孩子们这些字都是"王（wáng）"字旁时，就不能不让人遗憾了。

我不知道现在学校语文教学是怎样讲"王"字旁，也许早改了，就念"王（wáng）"字旁，这样简单、省事，主播们是对的。但即使真改了，那么这种改对不对，我不敢判断，所以在此也算就教于众专家学者。

2013年5月30日于拉萨

我知道……

　　我知道，他们早就蠢蠢欲动。

　　这种早，是在开学还不到一周，就有人开始密谋了。他们心痒难耐，想一试身手，一展才华，一炮打响，一鸣惊人。他们是"鲁十一"，他们想证明自己。

　　说"蠢蠢欲动"，实在是一个很不准确的词，可是我找不到恰当的用语。他们有激情，有冲动。他们中有60年代生人，也有80年代生人，年龄大点的已经老于世故，年纪轻的正是热血沸腾，但终归他们还都是年轻人，我知道。

　　我还知道，他们的冲动，源自内心，是血脉里奔涌而出的生命的呼啸，是张扬的青春灼热的闪光，是激情的燃烧，是渴望交流、渴望融合、渴望彼此认同的心灵的诉求，是建立和发展友谊的手段，是各自衷肠的热切表白。他们想用自己的方式，发出一个信息——"鲁十一"就是"鲁十一"，他们想给学兄学姐学弟学妹们看看，在北京东八里庄南里27号，有这样一群人曾以这样的姿态驻留过、存在过。

　　往届，一般都是在彼此熟识之后，才会有这样的冲动。他们却早熟，发育过快，借用小沈阳的描述：眼睛一闭一睁，来鲁院了，再一闭一睁，身边的同学就成哥们儿姐们儿了。于是乎，就有了想法：出类拔萃，卓尔不群，删繁就简三秋树，领异标新二月花，几乎没有过程，就要显摆自己了。

这是年轻的冲动、年轻的野心，也是年轻的明快、年轻可爱。我知道。

一台联欢会，紧锣密鼓地在课余筹备起来。节目单拉了出来，歌唱舞蹈诗朗诵，相声小品小游戏，自愿报名与众人纵容相结合，一杯多姿多彩的才艺鸡尾酒，一餐五花八门的视听觉飨宴。有总策划、总导演、总撰稿、总监制，有舞美，有DJ，有发号施令的，也有听喝跑堂的。浏览他们其中某位的博客，当院外的年轻作家问及某学员时，此君回答："他啊，总导演，想想央视的春晚吧，他们有多忙，这里就有多忙！"看后忍俊不禁。拔尖的心态鼓胀着他们的热情，竟成为一种集体无意识——不，还是有意识的，这就是"鲁十一"的集体荣誉感。我知道，他们的心中有一个团队，有一个由54名成员组成的大家庭。

知道会很精彩，但还是出乎意料。首先，他们颠覆了鲁院既往联欢会的会场风格，过去周围一圈座席，中央空场是表演区。现在会场正中是前台，座席在后区斜刺排开，偌大一面别出心裁的联欢会幕板映得满堂生辉。我知道会被感动，但没想到会如此感动。当五位主持人声情并茂朗诵开场诗时，我的感动便由此开始，一直贯穿到最后《难忘今宵》唱起的时候。一群多么可爱的人儿，一颗颗多么自由的心，一双双多么明亮、溢满多少梦幻的眼睛。是的，他们驾驭着梦想的翅膀从天南海北飞来，栖落在鲁院的枝头，这梦想是那么灿烂。他们在这里落脚，又要从这里出发，去闯荡更为阔大的天地，圆他们更为灿烂的梦想。

我知道我属于他们。他们充实了我的生活，丰富了我的生命体验，拓展了我的价值疆域。我把心交给他们，愿意把灵魂敞露在他们面前。来了，去了；去了，来了，铁打的营盘流水的兵，一拨又一拨。时光像沙漏一样，我的年华在他们身上流淌而去。我思索过如此存在的意义，有时也发出质疑。但最终明白，我还是属于他们。他们的呼吸牵动着我的心率，他们对你寄予期望，你同时也把期望寄予他们。他们会让你感到惊喜、骄傲，当然你也不能让他们失望。这样想后，即刻释然，不再为个人计划中的某些事情在他们身上延宕或者放弃懊丧。而一切付出也是有回报的，我的人生行囊里，装进了他们的礼物，是从别处不可能得到的礼物，那就是师生的感情。每当他们即将离去，每当与离去的他们重逢的时候，来自他们的那份滚烫的对母校和老师的感念之情，让这个世界都变得温暖了。

我知道我又不属于他们。他们属于蓝天，属于大海，他们将驰骋于无边的草原和广袤的山川大地，他们属于未来。我呢，仍将像枚陀螺一样，在一个固有的点上兜圈子。还有生命的规律，大路在他们面前一直延伸，看不到尽头，因为他们年轻；而我，已经看清了前面的景观，因为我不再年轻。我只能陪伴他们同行一段，而后，路就由他们自己走了。

我知道，一场联欢会只是短暂的欢聚，但记忆可以很悠远。

2009年3月20日"鲁十一"春分联欢会后深夜

安葬贺龙元帅骨灰旁记

虹

2009年6月27日，贺龙元帅骨灰安葬仪式，在湖南张家界天子山贺龙公园举行。我正在中国浦东干部学院学习，应贺捷生将军邀请，先天晚乘上海浦东至张家界航班，赶赴元帅的故乡，参加这一迟延40年的仪式。

出发前一直担心航班能否起飞。26日从午后开始，上海就变天了，下午4时出中浦校门时，已开始下雨，能听见隆隆的雷声。在出租车上问司机会不会有大暴雨，司机说刚听过天气预报，6小时内就有。路上雨越下越大，天空不时有闪电划过，碰上这个雷电天气，航班要是不飞，就糟糕透了。

上海迎接世博会，浦东到处修路，从中浦到机场花了一个多小时。进航站楼先看航班预告，还好，从浦东飞往张家界的FM9341航班没有变化，18：55飞。办完登机手续和安检，心里还不踏实，谁都知道民航航班预告常常是不作数的，何况明明有雷雨，闪你进去，再告诉你由于气象原因航班延误甚至取消，有甚脾气？

　　但很幸运，18时15分——我之所以记住这个时间，是因为这个时间我看到一幅美妙的景致，此时我正行走在浦东机场候机大厅长长的通道间，透过落地玻璃，看到了外边灿烂的阳光，一道壮丽的彩虹飞架浦东机场跑道的尽头。我再强调一下时间：2009年6月26日18时15分前后，相信这段时间在浦东机场的乘客，都会看到并记住那道彩虹——在现代化都市难得一见的自然奇观。

　　老天作美，准时登机。因为飞机停置背向彩虹，看不见那道美丽的风景驻留了多久，但透过舷窗我却看到了漫天彩霞，像金箔，像锦缎，灿烂辉煌地堆涌铺排在雨后初霁的天际。飞机上不少乘客凑向舷窗抢拍镜头，遗憾的是我的相机没电，本想晚上到地方后再充电的，不承想错过了这一机会。

　　《周易·乾》云："云从龙，风从虎。"贺龙是条龙，谁说这不算奇兆？

天梯

　　贺龙元帅的墓址选定在天子山上的贺龙公园内。元帅的骨灰专机是26日从北京抵达张家界的，27日8时10分，护送元帅骨灰上山的队伍从武陵源专家村宾馆出发，元帅一生战斗过的地方和曾经工作过的部门，都有代表来，由于人数太多，上山队伍分为两路，一路陪同灵车抵达百龙电梯下站，乘电梯上山；

一路抵达天子山索道后，下车乘索道上山。我被安排在第一路，随贺捷生将军等贺龙亲属，护送骨灰乘电梯上山。

百龙电梯堪称人间奇观，由于电梯处于纯自然的环境，依托奇险无比的石峰拔地而起，因而给人既惊心动魄又赏心悦目的感觉。电梯垂直运行高差313米，由156米山体内竖井和171米贴山钢结构井架组成。不过几分钟，我们已经登上高山之巅。想当年贺龙举起两把菜刀闹革命，之后讨袁护国，北伐征战，指挥南昌起义，日后又在家乡这一带开辟革命根据地，这里的山山水水都留着他的脚印，留着他浴血奋战的踪迹，元帅一定不会想到，他最后回到这里，再不用自己去攀登这崇山峻岭，已有天梯送他扶摇直上了。

是的，我愿意把这电梯看作是天梯。它送一个伟人的忠魂直抵天国。天梯名曰"百龙"，并不是因贺龙而得这个名字，它是由北京一家名叫"百龙"的公司与美国某公司合建的，正所谓机缘巧合。

伴随贺龙元帅命运沉浮的6和9

阅读贺龙生平史料，两个数字出现频率极高，过去是否有人留意到这一点，我不知道，在我对这两个数字警觉之后，便把它们从元帅的生平当中摘出，于是看到每每在贺龙命运重要关头，包括生和死，这两个数字都如影随形，着实让人颇费思量。

这两个数字是6和9。

贺龙生于1896年3月22日（农历二月初九），逝世于1969

年6月9日。

1916年，贺龙以两把菜刀闹革命，组织起农民革命武装。当年，响应蔡锷护国讨袁号召，任桑植县讨袁总指挥。

1926年参加北伐战争，担任国民革命军第九军第一师师长。1927年6月，升任国民革命军的二十军军长。

1919年，贺龙故居被反动"神兵"烧毁。之后家人重盖房子，设有天井，铺有岩塔，砌有围墙，1929年，房子又被反动团防毁成一片废墟。

贺龙的胞妹贺满姑于1928年6月在战斗中被抓，9月9日（农历八月初六），被刺死在桑植县城。1984年9月，当地政府在贺满姑就义处修建"永生厅"。

1982年10月16日，中发【1982】43号文件做出："中共中央关于为贺龙同志彻底平反的决定"。

在贺龙漫长的革命生涯中，与6和9有关联的大事件还很多，比如1936年7月，任红二方面军总指挥。1937年9月，率部东渡黄河，取得对日作战的雁门伏击战等胜利。1939年9月，在晋察冀边区指挥了著名的陈庄战斗，等等，算不得典型，不赘。

还是回到生与死。

1896—1969.6.9，10个数字，就有7个6和9，特别是忌日6969连续排列，刺目锥心，注满悲情。但我还要补充一点：医案记载：贺龙因糖尿病等病情恶化，于1969年6月9日晨从西山拘押处被送往301医院，上午8时55分住院，死于下午3时04分。从入院到逝世，共6小时9分钟——又一个6和9！

没完，还有。贺龙骨灰安葬仪式由两部分活动组成，先是在北京举行骨灰送别仪式，时间是2009.6.26，又是连串的9和

6。安葬是6月27日，月份含6，日子没有6和9，但别忘了，27日正是星期六，6还是出现了。

数度思想，华夏远古先民就已经拥有并演进发展，后来广泛用于观天揆地、体国经野、安邦立宪、探究自然、察知命运，乃至卜卦炼丹等方术。古人认为，数，蕴含着天人丰富的信息。西方近代科技传入中国后，人们对数有了一个科学的概念，但在人类社会和自然界中，仍有一些现象传达出某种神秘的用现有科学理论难以解释的数字信息。

我在这里列举伴随贺龙元帅命运沉浮的6与9数字现象，没有宣传迷信思想的意思，更没有为林彪江青集团迫害贺龙元帅最终导致他死亡的罪行开脱的用心，只是对之疑惑不解，把自己的这个发现——也许纯属巧合，不揣浅陋提供出来，就教于各路方家。

2009年6月29日

愿你拥有翡翠一样的美丽人生

——在"人民文学奖"颁奖典礼上的致辞

我年过六十，在这个岁数，已经明白了很多事情，比如，我明白了生命的巅峰时期已经过去，那活力四射的岁月不再属于我，早先种种青春的梦想与期许，于我渐行渐远，就像这个时节的天气，日见转寒变冷，有些已然结霜冻冰。我明白了虽说时光不老，岁月悠长，但一个人一辈子想做的事情很多，可做的、做成的事情却有限。我明白了来到这个世上，曾经的或将要面对的幸与不幸，都是命运的定数，不可超越，不可回避。我明白了属于你的那颗星星终将会陨落，生命终将要化作尘土，所有一切，都将随风而散。

但在这个年岁，也还有许多我不明白的事情，比如空气怎么突然就变成了这个样子，为什么天不再蓝，水不再绿，空中的飞禽地上的走兽为什么会给我们染上禽流感和口蹄疫，田里的庄稼园里的菜蔬为什么会毒害我们的健康。有些事情更不敢细想：人类社会有一段文明，叫作石器时代，人类从使用第一块石头到冶炼出第一块铁，经历了300万年时间；从第一块铁到制造出原子弹、氢弹，用了3000年时间；工业文明诞生距今不过300年，而互联网的广泛使用仅仅才30年。人类文明前进的速度，越来越快，我们乘坐的现代文明的列车以这种令人惊愕的加速度向前冲刺，会不会失控？时间在它面前会不会坍塌？这一切，我搞不明白，伴随而来的是莫名的忧伤和恐惧。

每当这种忧伤和恐惧袭来的时候，我会不着边际地想到古代先哲为我们描画的那天人合一，返璞归真，造化为母，万类和谐的人类生存样态，那种与自然保持着血脉亲情，普天之下高扬"民胞物与"旗帜的世相图景。可眼下，上下求索，希望成灰。这个时候，有一样东西能填补我的失落，抚慰我的心灵，那就是玉石。玉石汇聚日月之光华，神通造化之精灵，她是大地的舍利子。在我魂不守舍的时候，我与石对晤，与石私语，她展露给我一种美丽的表情，我回报她一腔滚烫的挚爱。玉石的德行，与人相通，而中华民族所创造的绵延8000年的玉文化，她的核心理念，她的价值支撑，她的精髓要义，却为现代文明渐渐疏远，渐渐淡忘，渐渐背弃，而这正是人间发展所要遵循的正道、常道、恒道。

《翡翠纪》就是在这样一种背景和状态下写出来的。当然，我并不满足仅仅是歌颂一种石头，也不满足仅仅是普及知识格物致知，我还想写出一种文化传承流布的曲折进程，写出其中复杂的旋律和多种多样的和声，写出这闪光发亮的石头所映照出的世道人心，写出藏在这石头里的喜乐悲伤。我的想法是否实现，相信读者自有评鉴。

前边说，我知道自己生命的巅峰已经被抛在身后，我的脚下，是难以回转的下坡路。前面也许还会有几座不太高的小山头，等待着我去攀爬，我会再努把劲向上攀登，走多远算多远，尽人力，听天命，只为安顿自己的一颗心。我虽如此，但在这里，在这个庄严喜庆的时刻，我很愿意与大家分享文学为我们带来的美妙感觉，我还要为大家献上我的祝福，特别是要为年轻人祝福，你们的未来还很广阔，愿你们都能拥有翡翠一样的美丽人生。

2015 年 12 月 11 日

图书在版编目（CIP）数据

飞凤家 / 白描著. -- 北京：作家出版社，2020.4
ISBN 978-7-5212-0896-2

Ⅰ.①飞… Ⅱ.①白… Ⅲ.①散文集－中国－当代
Ⅳ.①I267

中国版本图书馆CIP数据核字（2020）第040631号

飞凤家

作　　者：白　描
责任编辑：兴　安
扉页题字：白　描
装帧设计：意匠文化·丁奔亮
出版发行：作家出版社有限公司
社　　址：北京农展馆南里10号　　　　邮　　编：100125
电话传真：86-10-65067186（发行中心及邮购部）
　　　　　86-10-65004079（总编室）
E-mail:zuojia@zuojia.net.cn
http://www.zuojiachubanshe.com
印　　刷：河北鹏润印刷有限公司
成品尺寸：142×210
字　　数：200千
印　　张：9
版　　次：2020年5月第1版
印　　次：2020年5月第1次印刷
ISBN　978-7-5212-0896-2
定　　价：46.00元